一个人的单车环岛旅行

# 台湾，用骑的最美

洪舒靖／著

中华工商联合出版社

**图书在版编目（CIP）数据**

台湾，用骑的最美：一个人的单车环岛旅行 / 洪舒靖著 .
—北京：中华工商联合出版社，2013.9
ISBN 978-7-5158-0632-7

Ⅰ.①台… Ⅱ.①洪… Ⅲ.①游记－作品集－中国－
当代 Ⅳ.① I267.4

中国版本图书馆 CIP 数据核字（2013）第 168409 号

**台湾，用骑的最美：一个人的单车环岛旅行**

作　　者：洪舒靖
责任编辑：胡小英　郑　婷
装帧设计：周　源
责任审读：李　征
责任印制：迈致红
出版发行：中华工商联合出版社有限责任公司
印　　刷：唐山富达印务有限公司
版　　次：2014 年 4 月第 1 版
印　　次：2022 年 2 月第 2 次印刷
开　　本：710mm × 1020mm　1/16
字　　数：250 千字
印　　张：18.25
书　　号：ISBN 978-7-5158-0632-7
定　　价：59.00 元

服务热线：010-58301130
销售热线：010-58302813
地址邮编：北京市西城区西环广场 A 座
　　　　　19-20 层，100044
http：//www.chgslcbs.cn
E-mail：cicap1202@sina.com（营销中心）
E-mail：gslzbs@sina.com（总编室）

凡本社图书出现印装质量问题，
请与印务部联系。
联系电话：010-58302915

# 特别推荐

有关旅行，林语堂曾写过这样一段话："一个真正的旅行家必是一个流浪者，经历着流浪者的快乐、诱惑和探险意志。旅行必须流浪式，否则便不成其为旅行。"一个年轻人，一辆单车，一捆行囊，在宝岛台湾这片土地上，开始了独特的流浪式的"沙发"旅行。他用自己的方式，为我们展示了台湾不一样的美。人之所以爱旅行，不是为了抵达目的地，而是为了享受旅途中的种种乐趣。行者境界用自己的体验为我们阐释了台湾的美，不仅仅在于风景，更在于人。伴随车轮的痕迹，这本书带我们领略了环岛之旅的种种精彩，实在是不可或缺的台湾旅行读物。

——捷安特（中国）总经理 郑宝堂

从西藏，到台湾，这个行者用车轮丈量着大地，用勇气和血汗向我们展示着沿途的风景，让我们感受不同的风土人情。伴随着飞速的轮子，他在大地上奋力向前，如同天空自由翱翔的飞鸟。生命在于运动，张开生命的翅膀，让身体如同轮子般运转起来；梦想在于行动，张开梦想的翅膀，让心随着单车飞翔。如果说西藏是一次朝圣之旅，那么台湾是一次温暖的友人相聚。让我们的身心随着行者境界的车轮一起运转，朝着梦想的彼岸奔跑，同时不忘一同去领略过程中的种种精彩。他用单车诠释着旅行别样的风采，更让人感受到梦想的力量。人生或许就像单车，奔跑就在前进，停滞就会倒下，你的身心在路上么？

——台湾著名媒体人、主持人、旅行家 眭澔平在旅行路上的那段日子，总是最美好的时光。沉睡了许久的灵魂，到了真正苏醒的时候。蓝天下的飞驰，即使只是一个人，也能看到阳光下期待的张扬。感受同一片蓝天下不同的泥土气息，就像在问好一样。风景随着车轮倒退而去，在车上收获他人传递的能量，这些都让心加快了欣喜的频率。

这，就是行者境界的台湾骑行之旅。在这本书里，台湾的风景和人情温暖而幸福，满怀的希望足够填满继续向前的心。台湾究竟有怎样的美，让他愿意用骑行的方式环抱台湾。很高兴行者境界作为一名骆行者，带着骆驼的户外信念在台湾实现着前行的梦想，追逐着生命的力量。这样的精彩，值得你用心去感受和珍藏。

——广东骆驼服饰有限公司总经理 万金刚

# 序 言
## 最美台湾，与你同行

东明相

当收到行者境界第二本书时，我颇为惊讶。因为他的第一本书《去野吧，西藏》是有关西藏骑行的所见所闻和沿途的感悟，然而这一次竟然是有关我最熟悉的家乡——宝岛台湾。同时，心里又有几分遗憾，他如果能早点告诉我，我或许能够去拜访他，甚至陪他骑一段路。不过，当我读完这本书，心里又十分惊喜，因为书中不仅仅详细介绍了台湾沿途的风景，更细腻地记录了他在台湾与当地人发生的种种故事，以及沿途的所思所想。如此真实的场景和真挚的情感，让久居在台湾的我，也一同重温了台湾很多美好的记忆。

如果有人问我台湾最美的地方是哪里？我几乎很难说出一个地名，因为台湾美丽的地方有太多，每个地区都有独特的美。山，不仅有阿里山，还有玉山、栖兰山；湖，不仅有日月潭，还有嘉明湖、彭湖；海，不仅在垦丁，还有花莲的七星潭；不仅仅有各种主题公园，各种博物馆，还有独具特色的农庄，我相信不仅是当地台湾人可以如数家珍般地说出很多耳熟能详的景点名胜，很多去过台湾或者没去过的朋友都能说出台湾很多熟悉的地名。可是如果只能让我推荐一个地方，我会推荐台东的太麻里。因为她的那种美，美得纯净，美得自然，美得无法用语言表达出来，她的美深深震撼我灵魂深处，让我一辈子难以忘怀的。

记得那时我正在拍电影《进行曲》，拍的场景正好骑行经过太麻里，当晚在那里过夜。熬过了餐风露宿的寒夜，当我睁开眼睛，看到了我这辈子永远无法忘记的画面——红日从东边冉冉升起，慢慢地，轻轻地，却又努力向上升。先是露出小小一角，像探出头来，接着半圆，仿佛趴在云朵上，偷偷看着大地；最后是全圆，开始尽情绽放灿烂的笑容。刹那间，万道金光投向大地，云散雾尽，漫天彩霞，天空变成了一个色彩缤纷的瑰丽世界，棉花糖般的云霞闪烁着金色的光芒。此时，我被眼前的景象惊呆了，感觉自己是置身在童话世界中。

此时，我思绪纷飞，心迹飘渺，只是凭栏伫望，心中的忧愁瞬间凝聚了。此刻，我的灵魂仿佛安放在静谧的湖水中，浮世的沧桑、人生的悲喜，都随着微波荡漾，心也随之在慢慢融化。当我环顾四周海岸边一望无际的木麻黄林时，在阳光的照射下，它们变成了金色的海洋，我那溢满感伤的灵魂慢慢沉淀安静，阳光似乎渗透到心灵的每个角落。时光就在这一刻停滞了，我的心融化了，只是远离喧嚣，静静凝望。这个画面将永远定格在我心里。

有人说，"台湾最美的风景，是人！"也许你看过很多文字和图片介绍台湾的美食美景，可是当你置身在台湾时，你会更加真切感受到这里弥漫着的浓郁人情味。倒不是因为我是台湾人，才这样自卖自夸。很多来自世界各地骑车环岛旅行的朋友，在沿途中不仅可以看到美丽的风景，还能遇到各种不同的人群，可是无论走到哪里，都会看到一张张热情洋溢的脸，带着灿烂的笑容对你说："加油！祝你环岛成功。"如果你途中遇到什么问题，他们也会友善地尽可能帮你。所以当你有一天置身在台湾的街头小巷，如果看到骑行的朋友，不要忘记说声："加油！"相信每个来台湾的人，都会被台湾友善、谦逊和人情味的氛围所感染。我希望每个来台湾的朋友，不仅仅可以欣赏美景、品尝美食，还可以感受到台湾的人情味。

感谢行者境界这本有关台湾的书，期待很多去过或者希望来台湾的朋友，可以通过这本书更加了解台湾，也可以经常来台湾走走。每次翻阅这本书的时候，我都会想起自己拍《练习曲》，骑行环岛的经历，点点滴滴的回忆都珍藏在我心里。我相信每次台湾之行，总会有触动你灵魂最柔软部分的东西，或许是你难以想象的美景，或许是让你难以忘怀的美食，可是我想台湾的文化和台湾人的人情味，总会拨动你的心弦。

# 自 序

从小我们就知道，我祖父的二哥（我得叫他二伯公）被抓去台湾当壮丁。有一天，二伯公回来寻根问祖了，给家族里的人带来了一麻袋我们从来都没见过的新款式的衣服，以及一人一张面值100元的美金，当时觉得台湾一定是个非常富裕的地方。

童年里，《爱拼才会赢》这首歌，从未离开过我愤怒的听觉器官。当时的街头巷尾，还流行播放猪哥亮的录像带，猪哥亮老是甩着看似每天都做过焗油的马桶盖式的头发。他那时不时出现的黄腔台语，潜移默化地启蒙了我们最初的性教育。

懂事以后，电视上台湾的许多政治人物伴随着我们成长，我们也伴随着他们的兴衰。许多年过去了，那些依然不落幕的政治连续剧，依然还不知疲倦地上演着。

上大学以后，发现台湾的综艺节目很好看、很搞笑、讲话尺度很大。如今，《练习曲》、《海角七号》、《那些年，我们一起追过的女孩》……带着清新文艺的气息，毫无阻碍地被引进了大陆，我们了解了更多真善美的台湾！了解了来自太平洋的风！

……

台湾，总是以一种熟悉而神秘的姿态，泊在我的脑海里。这个伴随我成长的地方，某种程度来讲，甚至比西藏还神秘。我对你是那么熟悉热爱，可又对你陌生疏远。两岸因某些爱恨情仇分隔了几十年，亲自去深度感受台湾，很早便排进了我的行程，甚至排在骑行西藏之前。对于热衷于骑车旅行的我，环台骑行无疑是深度感受台湾乡亲最好的旅行方式。台湾的公路电影《练习曲》，一直是一颗磁石，总是呼唤着我，从潜意识的海洋里跃上岸来。

我想去台湾，我要去台湾！

## ▎去野吧，台湾！

对于旅行，我不喜欢刻意约伴同行，因为旅行最好的同伴——Ta，已经在路上等你了。一个人去野，你会发现自己有一对不拘的翅膀，不必经过任何人同意就能飞。

2012 年 11 月 2 日，单人出发，无计划，无线路，单车环岛，独自去野……背上行囊，一人一世界，这感觉真好！

15 天的单车环岛，自给自足、以力易物、沙发交换成为我游遍整个台湾的旅行方式，不去景点、不住酒店是我的旅行原则。带着一起征战多年的帐篷睡袋，以天为帐，以地为席，贴近最有台湾气息的土地；用我的劳力和旅行故事，换取旅行中志同道合的驴友的一餐饱腹或是一晚无关风月的安睡；沙发旅行，相信自己，相信陌生人，也被陌生人相信，聆听来自最台湾的心声……

在旅行的路上，能深刻印在脑海里的往往不是醉人的风景，或是令人垂涎的美食。环骑宝岛，一路和台湾最美的风景——人，次第相遇。

梦想骑士娜娜用行动去生活，努力走出黑暗的过去，并鼓励更多人为成长筑梦；邂逅单车环球旅行家阿锴，启发旅行的意义，鼓励为梦想追逐。

台湾心、动物情，两位兽医徒步环岛，带着他们的动物保护理念，一路旅行，找寻人与人之间的纯粹；街头偶遇不服老的郝大叔，夕阳逐梦，义无反顾。

让我改变旅程的草根慈善家黄大哥，真心付出、感动无言，把爱化作蒲公英的种子，散播开来。

突如其来的帮助也让我感动不已：有安安的日落、庙宇的留宿、仁铭感动的祷告、陌生大姐的帮助、江哥的热情、刘教官的一段陪骑、陌生骑友的声声加油……

沙发主的热忱也让我体会到最深刻、最人情味的台湾——阿峰父子的风趣、吴大哥夫妇的热情、阿纬和 Sue 的对话、年轻的志阳为成长旅行……

一路上，我寄宿过庙宇、海边、加油站、教会、警察局、灯塔……

在台北的街头我被怀疑是骗子、邂逅各路达人、连续爆胎又被警察开单、去垦丁的潜水、和流浪狗夜宿灯塔下……

去野吧，单车上的慢台湾，累并快乐着的旅行。

慢下来的旅行，让我仔细地体会不同的人有不同的人生，也切身感受着中华民族的传统美德在台湾的传承，热情、环保、自由、分享、精致，是我眼里的台湾，也是台湾的精神！

## ▍和台湾相遇

旅行在台湾，这块我陌生又熟悉的地方，有种久违的感动，温暖着生命中的善意、真诚与精致。邂逅的人和事，让我切身感受到——台湾最美的风景是人！

旅行回来的某个晚上，我坐在案前，台灯下一大摞亲手制作的明信片上，正面是我和台湾朋友们的合影，背面是我写给他们的密密麻麻的亲笔信。他们都是曾经在我单车环台骑行期间帮助过我，或是相遇的人。数字时代的今天，我都记不清有多久没有拿起笔写长篇文字了，比起电脑输入，亲笔书信如今似乎变成一门"手工艺"了。

"我不喜欢用网络，很少用 facebook，只是偶尔会用 e-mail，和朋友联络我都喜欢直接打电话，或者亲笔写信。这样会让我的朋友感到亲切、用心，而我自己也确实很用心地书写。"和梦想骑士娜娜聊天时，她无意中蹦出来的话，依然让我清晰牢记。也许是受了娜娜的感染，我才提起久违的笔。

旅行，让我遇见台湾，也让台湾遇见了我……

在和台湾的相遇里，我有了一个新的、久违的名字——阿靖。这是我在台湾，所有遇到的人对我的亲切称谓。我很喜欢，因为从小时候起，家里人就是用闽南语这么唤我的。

看着明信片里一个个熟悉的身影，回想起在台湾骑行的日子，"阿靖"的称谓总是让我倍感亲切。而这个的称谓也取代了"我"，走进了即将展开的旅行故事和每一段相遇……

"我叫阿靖，阿靖就是我……"

# 目 录

**D1 去野吧，用你最爱的方式 / 001**

两小时骗子 / 003

父与子 / 006

**D2 台北初印象 / 009**

一瓶乡思 / 012

你我很纯粹 / 015

中坜夜市 / 022

**D3 睡你家"沙发" / 026**

花开的声音 / 030

每一次火车经过 / 033

铁马驿站 / 035

五分钟的邂逅 / 038

安安 / 040

妈祖的沙发客 / 046

**D4 如果旅行慢下来 / 055**

梦想骑士娜娜 / 061

临别的祝福 / 077

**D5 路思义教堂 / 081**

单车是一扇窗 / 083

突如其来的热情 / 087

夜宿加油站 / 095

**D6 你我皆行者 / 099**

北回归线的邂逅 / 106

暖暖的遇见 / 113

不去会死 / 121

**D7 台南早味 / 130**

府城映象 / 134

日出中央山脉 / 144

**D8 教官的约定 / 148**

致郝叔 / 157

对话 / 166

**D9 这里是垦丁，天气晴 / 171**

台湾之南 / 182

**D10 太平洋的风 / 187**

蒲公英的家 / 194

不结束的旅行 / 203

**D11 把爱传出去 / 207**

阿朗一古道 / 211

黄大哥，加油！ / 218

**D12 道离别 / 223**

台湾最美的风景 / 228

怎么旅行 / 237

**D13 梦想阻力 / 243**

情迷苏花 / 250

日出计划 / 257

**D14 回归台北 / 264**

**攻略 / 274**

**环岛路线、里程、高度表 / 278**

# D1 去野吧，用你最爱的方式

出发时，深圳的天空霾霾的，在前往香港机场的路上，阿靖似乎有意无意地又审视了一遍深圳，似乎想要和即将要抵达的台湾做对比之前，记住更多的参照物。穿梭在高楼林立的街道，车厢后是个硕大的纸箱子和一个塞得满满的登山包。纸箱里装着一部单车——那是陪着阿靖走南闯北的爱车，虽然车子价值不高，但在他眼里已经是无价之宝了，尤其是它走过西藏之后。登山包里的则是旅行所有的行李。

阿靖回过头看了看单车的箱子，这样的场景似乎又熟悉了起来。他似乎嗅到了一种味道——旅行的味道。看着乌云密布的天空，想着这个行程可能会大部分是雨天，阿靖不禁锁了锁眉头。他深呼吸了一口，灰霾的空气里，他似乎嗅到了那股飘荡在空中的旅行的味道，忍不住笑了一下。

香港机场，旅客并不太多。

这是个连接中国与世界各地的驴友们一个重要的集散地之一，在机场很容易

能碰到各种各样装束的各国旅行爱好者。有个留着络腮胡子的外国人，推着一辆装着单车的行李车，和阿靖擦肩而过，他们彼此并没有说话，而是冲着对方点点头，笑了一下。阿靖心想，不管他要去的地方是什么，他就是我的旅伴———秒钟旅伴。

阿靖喜欢独自旅行。

一个人的旅行，说走就走。独自去野，犹如拥有了一对不拘的翅膀，不需要经过别人的同意，自己就能飞翔，最好的旅伴就是在旅途中邂逅的Ta。尽管那个外国人只是一秒钟的邂逅，那已经足够了。旅行就是要收获这样的快乐，哪怕是一秒钟的微笑。

阿靖轻车熟路地托运好了行李。这是一架大客机，好不容易才挤进拥挤的机舱里，看着窗外，雨淅沥了一阵。飞机准时离开地面，直插云霄。

阿靖的心已经放野到台湾……

# 两小时骗子

"你到台湾后用桃园机场的 wifi 和我联系，我去台北市市内的机场大巴停靠处接你。"和阿靖聊天的是峰。他是阿靖的第一位沙发主，出发前，他们一直在网上密切地联系着，峰也给阿靖很多骑行线路的建议。

昨夜一宿的兴奋，让阿靖没能睡上几个钟头，飞机起飞没多久他竟呼呼睡去了。不知过了多久，飞机穿过云层，机身剧烈的抖动让他醒来。机舱广播提示已经快到台湾的桃园机场了。飞机穿出云层，地面越来越近，一个个房子如火柴盒子紧贴地面，星罗棋布地散落在绿野田间。这就是台湾！

真的到了台湾！

阿靖不禁兴奋起来。跟着拥挤的人流走出通道。杂乱喧嚣的人群，让他有种想尽快脱离的感觉，恨不能赶快吹到太平洋的风。

桃园机场离台北火车站还有一段距离。阿靖掏出手机，捣腾了一阵，好不容易才连接上机场的 wifi，便上网和峰取得联系。机场的 wifi 似乎不太听话，时断时续。"我现在坐车去市内了，司机让我到台北火车站下车。"连上网络，阿靖给峰留言后，就上了大巴。

这辆叫"国光"的大巴，看起来陈旧不堪，至少有十几年历史了。阿靖似乎不太敢相信——台北不是很繁华的都市吗？唯一能让他将这大巴和繁华都市联想起来的，可能就只有司机的服装了。

窗户外闪过一幕幕台北的街景，和想象中的还是有点小差距。

巴士到了台北火车站的街头就不走了，阿靖搬出纸箱和背包，杵在台北的街头。时近黄昏，台北街头华灯初上，人头攒动。

没有台湾的手机卡，街头搜寻不到可用的 wifi 源，一时没法和峰取得联系。无耐之下，阿靖开始尝试在街头向路人借手机。台北的街头尽管人来人往，可是阿靖却屡遭拒绝，愣是没有问到可以借他手机的人。他把借手机这件事儿想得太简单了，有些人甚至在他还没开口借手机之前，就挥手拒绝，或是假装没听见。

最令人伤心的是被拒绝的情况还不是重点，有位被询问者还小声地和同伴说："这个骗术也太老套了吧！"

夜色黯下，台北的街头霓虹闪烁。热闹的街头和孤独的内心，形成强烈的对比。第一天到台北就遇到这么扫兴的事，这让阿靖感到相当失落，心情很沮丧。从下车开始，已经两小时过去了，还是没有找到借他手机的人。阿靖有想放弃又不甘心流落街头的无奈，把行李搬到旁边广场的一颗树下，想歇会儿。

不远处坐着一对情侣，阿靖都懒得起身询问了，他闭目养神地坐在地上。过了许久，站起来伸伸懒腰，眼神刚好和刚才那对情侣交集，阿靖似乎有种能成功借到手机的感觉，便收拾了下笑容，起身向他们走去……

阿靖这次吸取刚才开门见山问人要手机的失败教训，他把硕大的登山包背上，面带微笑，又一脸狐疑地问道："你好，请问这是什么路？"

第一句进入陌生人耳朵里的话不能太长，而且不能马上告诉别人你需要帮助。这种方法果然奏效，他们告诉阿靖这里确切的位置。

"是这样的，我是大陆过来的，刚下飞机……"

"是哦，大陆来的哦？"那对情侣似乎对阿靖的来历产生了兴趣，打断了他的说话。

这让阿靖看到了希望，他便开门见山说了："……嗯嗯，是啊。我刚下飞机，我朋友要来这儿接我，而我又没有手机号，和他联系不上，想向你们借手机和我朋友联系下。"阿靖边说边把自己手机掏出来，把屏幕点亮后，放在他们坐的台阶上。这个动作，是阿靖经过精心设计的，这有两方面暗示，第一个暗示是用手机

抵押的方式向路人借手机，没有任何恶意。另一个暗示是，把手机点亮，说明这不是一部假的模型机。

这对情侣，竟没太多想，就把一部苹果手机塞给阿靖。这突如其来的动作，让阿靖有点出乎意料，甚至觉得刚才的两个"暗示"很多余，他也因此和峰取得联系了。望着街头的车来车往与人群的行色匆匆，阿靖放下电话，回头看了看这对情侣，长舒了一口气，嘴角露出了微笑。

大城市的繁华，却掩盖不了日渐疏离的冰冷内心。在这个"不轻易和陌生人说话"的都市里，人们对陌生人的温情已经严重缺失。把自己掩饰得像个刺猬，容易扎伤人，有时候却也渴望互相靠近。

疏离、不信任、戒备……的背后是真心的流逝，多给别人一些理解包容。不把每个人都想象成刺猬，自己也就不会是刺猬。内心向善的温暖会感染他人，旅行路上，同样也是如此。

"我在街头已经站了两小时了，你们是第一位帮助我的台湾人，我想对你们真诚地说一声——谢谢。"阿靖感恩他们的帮助，走时，和他们深深地握了手。

"不会不会，这没什么，祝你环台成功。"

……

# 父与子

峰终于接上了阿靖，真是历经波折。

车子很小，可是经常玩户外的峰，却硬生生地把放单车的大箱子塞了进去。他们驱车往施仔家开去。

施仔是阿靖 2011 年骑行西藏时认识的，时隔一年多，施仔已经回到台北，在家乡和他父亲一起做事。阿靖和他见面宛如一年前那么熟悉亲切，有过一趟难忘的旅行，这样的友谊总是深刻难忘。

阿靖的单车还在峰的小车里，和施仔叙完旧，峰也趁早带着它回家了。晚上还得把单车装配好，第二天阿靖就要启程旅行了。

峰是位户外运动爱好者，尤其擅长长跑。到了峰家里，一进门就看到两辆单车倚在墙边。

"你也骑单车啊？"阿靖很好奇。

"我很少骑，这是我爸的。"峰指着刚走过来的父亲，并向阿靖介绍着。

"你好，阿叔！打扰你们了。我是阿靖。"阿靖显得很有礼貌，又有点拘束，

毕竟初来乍到的。

"哎呀，什么话啊……这就见外了。"峰的父亲很热情，"我也环岛过，不过只环了一半，因为膝盖受伤不得不退出，年轻真好啊！你可以帮我实现我的梦想！"

阿靖仔细端详了面前这位很有活力、瘦瘦的阿叔，长期坚持运动让他显得目光炯炯。也许大家都爱好户外运动，他们很快就打成一片。阿叔还帮忙阿靖把装单车的箱子抬进屋子，并帮忙组装起单车来了。

峰也过来帮忙了。

这父子二人，父亲喜欢单车出行，儿子爱好长跑越野，他们和阿靖不慌不忙地组装着单车，一边又对阿靖的环台骑行做着建议。

"我建议你，还是顺时针骑行，从东部往南下。因为最近刮东北季风，你如果

逆时针方向骑行，在东部上上下下起伏的山路，会遇到非常强大的逆风，这会相当吃力！"峰不厌其烦地坚持自己的看法，其实这些话峰早在半个月前，和阿靖在网上就有过交流。

"阿靖，你还是逆时针，东北季风没那么可怕。"阿叔显得自信满满，他反驳到，"这段路我骑过，东北季风在东岸还好，有大山挡着，风力没那么大，而且如果顺时针骑行，在东部的山路只能贴着悬崖走，如果逆时针走，到了东岸就可以紧贴着海岸骑行，就可以看到更广阔的海景了。把美丽的海景留在最后的行程，会是很美的享受。"

……

父子俩各持己见，发表着自己的立场。

"要不要带一些塑料袋？我这里有一些，把行李都包上。"好不容易平静了会儿，阿叔突然问道。

"我已经带了，谢谢阿叔。"阿靖突然对阿叔的这个建议很惊讶，果然是有过骑车旅行经验的。

"带塑料袋干嘛？"峰的骑行经验明显不如他父亲。

"嗨呀，没骑车旅行就是不明白。"阿叔又开始和儿子争执起来，"不把行李都包起来，遇到下大雨，衣服还有电器就都会湿了，这驮包不太防水。"

……

又是一阵争执，只不过，峰的骑车经验终究不敌其父。

阿靖在一旁装配着单车，看着这对有趣的父子，心里不禁很感动。这对父子俩沟通的方式，和对阿靖的热情，已经让他忘记他们在争执什么了。

这就是阿靖在台湾第一天的沙发主——有趣的父子俩。

他们热爱运动，充满活力。在这个节奏快、压力大的社会里，在他们身上似乎没有留下阴影，他们以这种健康的方式将压力释放。在旅行和运动中，他们形成了乐于助人、热情好客的性格，生活也变得丰富多彩。

# D2 台北初印象

第一个台北的早晨，明媚极了。

旅途中的阿靖总是不需要太多睡眠，一早醒来，边看着地图，边等着歆。

歆是阿靖素未谋面的老乡，十几年前嫁到台湾，恰好离峰家不远。还没来台湾之前，他们很早就在微博上有过互动，因为她家离峰家不远，歆特意赶过来要请阿靖吃早餐，为他饯行。

走出峰的家，要经过一段小巷子，巷子一侧密密麻麻停满了机车，多而不乱。

这是台北吗？这是繁华的闹市吗？阿靖觉得不可思议，这和印象中吵闹的台北都市大相径庭，这么和谐的人与自然，不由得令他想起小时候，那时候天也这么蓝，空气也清新，家的附近也常有麻雀在枝头盘旋……

台北的街头，熙熙攘攘。

机车穿针引线般行驶着，林立的招牌，鳞次栉比，错落地攀在有些陈旧的楼

房上。这里和香港一样，招牌上都是使用繁体字，而在台湾，很多店总不吝把自己的名字写上招牌，看起来很亲切。

台北的房屋看上去很陈旧，而且普遍不高。车流不息、人头攒动的街头，却看不见一个清洁工，整体感觉朴素、干净，没有想象中的繁华。

峰带着阿靖和歆，娴熟地穿过街区小巷，来到一家"永和豆浆"早餐店。这店看起来并不起眼，但是峰的介绍没错，吃起来味道很赞！在台湾，"永和豆浆"并不像是在大陆的永和豆浆店一样，是个连锁加盟的品牌，而是公用的品牌，有点类似福建的"沙县小吃"，每个早餐店或摊子都可以叫这名字。

"阿靖，这家店的老板，也是位单车爱好者。"正吃着，峰告诉大家带阿靖来这里吃早餐的重要原因。

"真的？"

"×××，来下……"说着，峰把老板喊了过来，"这是从大陆来的朋友，阿靖。他是来踩脚踏车环岛的。"

"你好，你好！"阿靖很有礼貌地和店老板握手。

店老板更是亲切又惊讶地握住阿靖的手，像是准备见证一件伟大的事情发生似的："每个台湾人，都有一个环岛梦，不管用什么方式，那都是值得骄傲的。"

台湾其实并不是太大，在岛内旅行的终极方式就是环岛旅行，不管用什么交通工具，他们都是一件不简单的事儿。慢走台湾，细品台湾，是每个台湾人的梦想。

　　物以类聚，人以群分，有爱好单车的老板，也就有爱好单车的客人。正聊得起劲，几个客人骑着单车来吃早餐。有共同的爱好，大家很快就热络起来。店老板向他们介绍远道而来的骑友，甚至还搬出几本单车杂志，提醒阿靖环岛的几处不可错过的地方。几句下来，更有乡里乡亲的味道。这种很单纯的关系，让人与人之间如此亲近。

　　这种台北初印象感觉妙极了，阿靖突然不想有太多想象，也不想禁锢于媒体，以及印象中的画面，他想重新认识、触摸一个新的台湾，正如从未听说过台湾一样。

　　旅行不就是如此吗？一切都是可以被重新认识的，不管这个地方你是否听过，是否到达过。给即将要开始的旅行留出空白，每一笔发现都是鲜艳。

# 一瓶乡思

旅行中，每个出发的早晨，心情总是愉悦的。

和峰、歆吃完早餐，阿靖就要开始他的环岛骑行之旅了。他熟练地收拾好行李，捆好扎带，和大家告别。

"我和你走一段吧。"分别时，峰说道，"台北路比较复杂，我带你到 1 号路，你就沿路一直南下就可以了。"

"好啊。"

"嗯，你在前面骑，我在后面跟着。"

其实，只要看得懂路牌标识，很容易就能找到主干道。阿靖的单车上，满满当当的行李，穿行在台北的街头，赚足了回头率，没走出多久就有路人问阿靖是不是在环岛旅行。

台北的街头机车相当多，混杂在机动车队伍里，穿针引线地行驶着，速度非常快。但是一遇到红灯，机车立刻在警戒线内一字排开等候着。阿靖的单车混杂

其中，也很自然地跟着机车的节奏走走停停。

"台北的机车也太多了吧？而且速度都超快的，就不怕出车祸吗？"高速行驶的机车不由得让阿靖为台北的交通安全担忧起来，他趁和峰一起等红灯时问道。

"在台湾生活，尤其是在城市里，机车往往比机动车方便，所以机车非常多。"峰解释道，"在台湾，大家都很遵守交通规则，机车不会乱闯红灯，行人也不会随便横穿马路，所以机车可以开得超快。"

"而且你注意到没有，不管是开机车，还是坐机车的人，都必须戴头盔，不戴是会被开罚单的，所以事故还是比较少的。"峰很耐心地解释着。

"送君千里，终须一别！前面就是台1号路了，你就沿着台1号路，一路南下就可以了。"

峰把阿靖带到了主干道的起点，指了指前面的路，淡淡地说着。这是峰的性格。

"谢谢你，阿峰！"

"路上注意安全，保持联络，回到台北还来找我。"

此后，阿靖就要一个人骑行上路了，虽然好友的陪伴总是温暖的，但是他也喜欢一个人出发的感觉，甚是自由的感觉。沿着台1号线，阿靖晃晃悠悠地穿梭在陌生的台北街头。

如果把台湾岛以东西部划分，西部则地势平坦，海拔较低，而东部则山脉集中，地势较高，海拔忽高忽低。在西部，台1号线是最早贯穿南北的主干道，道路两旁房子比较密集。不过由于台1号线不是高速公路，任何车子都能通行，所以显得比较拥挤。虽然后来又加建了其他主干道和高速公路，但是阿靖凭感觉选择了台1号线。他想先目睹台湾最早的公路主干道。

都说西出阳关无故人，可阿靖刚和峰告别，很快就和另一位故人 AMONC 联系上了。

AMONC 是来自深圳的交换生，很早之前也是通过微博知道阿靖要来台湾，便想托他帮忙捎带平时爱吃的老干妈辣椒酱。在台湾，她还没找到卖这种辣椒酱的地方，甚是想念。

交换生，指的是两岸各高校之间互相派遣交换到对方学校交流学习的学生。这也是两岸三通后，在社会各界的努力下，近几年来才出现的文化学术交流活动。AMONC 念的大学是龙华科技大学，它位于桃园县龟山乡。这个学校的校门口，位于山脚下的斜坡出口，进入校园要经过一段长距离的上坡，阿靖便没打算进校园参观，只是在校门外的奶茶店和 AMONC 聊天。

对于旅行，很多人还没出发，惧怕和惰性就已经为自己画了很多框框，围住了突然失控而宣泄出来的旅行幻想。AMONC 则是一个敢于走出去的女生，从没碰过机车的她，学了 3 天，竟然把机车骑到拉萨，这种让很多男生都觉得疯狂的事情却发生在她身上。有些疯狂的事情，需要在年轻的时候疯狂一把，才会无悔于青春。而她以交换生身份在台湾生活，更是阿靖很想了解的。

"有些事情，蹲在家里是不会实现的。我快离开台湾的时候，也打算做一趟环岛骑行。到时候请教请教你啊。"

"没问题的。"

"加油！祝你环岛成功！"

在余光中的诗里，"乡愁是一枚小小的邮票，乡愁是一张窄窄的船票。"而在 AMONC 眼里，她现在的乡愁则是一瓶老干妈。阿靖很能理解这种感受，在以前的旅行途中，常会有这样的思念发生。味道是一种记忆，味道也一种唤醒，这种感受在旅行中更加明显。在异域他乡，能尝到老家的味道，或是遇到同乡人，这种小小的兴奋很美妙。

尽管托运的行李已经超重，阿靖还是很愿意为她带去一瓶乡愁的解药，这也源于旅者更懂旅者的情愫。

## 你我很纯粹

台北到桃园，要先翻过一个小坡。

中午的太阳懒洋洋地烘烤着，一路上车来车往，灰尘漫天飞扬。阿靖喝了口水，把脖子上的围脖往上提了提，套住了鼻子。单车是诚实的，没有踩踏就不会前进，阿靖继续一步一步远离了喧闹的台北城，骑行在城市的过渡路段，一路向南。

单车上的音乐让阿靖舞动摇摆，路还很长，但是充满惬意与期待。

"嘿，环岛哦？"一位穿着骑行服、骑公路车的年轻人从阿靖身边骑过，突然的问候让他还没反应过来，车头抖了一下。

"呃，是啊。"

"哎哟，不错哦……你这装备。"年轻人又一次打量了阿靖。

"你一个人啊？从哪里骑来的？"

"我是大陆过来环岛的，我不是一个人，这不是和你一起吗？"阿靖打趣道。

"哎哟，好屌哦，大陆过来的哦。"他放慢骑速，和阿靖并肩骑，"真的假的？你太屌了！"

"加油！台湾欢迎你！"年轻人没有加速骑行，而是快速降慢了速度。

阿靖边骑边转过身去，看他和另外一些穿着同样骑行服的车友骑到了一起，看来，他们是一起出门的一队骑行的车友。年轻人和队友们正嘀咕着什么，阿靖则扭回头去，继续骑行。

"加油！"

"加油！"

"好屌哦～"

"水哦！"（"漂亮"的意思。）

"欢迎来台湾！"

"好酷哦，环岛成功啊！"

不一会儿，骑公路车的骑友们，一个个从阿靖身边掠过，纷纷伸出大拇指为他加油打气。一句句扬长而去的问候，一个个催人奋骑的手势，都让阿靖倍感温暖，《练习曲》里，骑友们互相加油打气的画面，就这么重现眼前了。这就是单车旅行该有的体会。

上到坡顶，在临近路边的一家便利商店门口，阿靖立好单车，停下来休息。

他拿出手机更新着微博和Facebook。

摊开地图一看，那儿离中坜不是太远，今天还是可以赶到的，他便定下了今日的目的地——中坜。而在中坜，也有一位之前就联系好的朋友——阿明。阿明邀请阿靖做他的沙发客。

"阿明，我今晚能骑到中坜，晚上就去你家住哦，方便吗？"阿靖打通了阿明之前留给他的电话，再次确认是否方便留宿。

"没问题，你到了中坜给我电话，我去路口等你，我就住在元智大学旁边。"电话那头传出了阿明的声音。

往中坜途中，会经过几个村庄。一路下来，阿靖印象最深的是城市的干净，而且马路两旁除了建筑物，其余的均被花草和树木覆盖着。城市和郊区虽然看起来显得老旧，却干净整洁得令人不敢相信，沿路骑来几乎没有发现垃圾。

中坜市位于桃园县的北部中心，是地形较平缓的台地。骑至中坜，已近黄昏，迎着夕阳，阿靖走走停停，看起来非常惬意。但骑了一天单车，不免也有些倦意。和台北一样，中坜也是人多车多，而且傍晚时分华灯初上，下班时分的都市，机车就更多了，成群结队的轰鸣声此起彼伏。穿梭其间依然无须太多避让，每种交通工具都遵守着各自该有的规则，看上去乱乱的，但却是非常有序。忙乱的街头，在异乡的阿靖寻找着阿明的身影，突然有种一起回家的感觉。

"嘿，是我！"一位骑着机车、穿着米色风衣的陌生男子把阿靖拦了下来，他就是阿明，看上去有点不修边幅。

"Hi…"

两人的相遇是在一个十字路口，绿灯通行了的机车队伍呼啸轰鸣，让人话都听不清楚。阿明向阿靖招了招手，示意跟过来。黄昏昏暗的光线和阿明戴在头上的头盔，让阿靖没来得及看清楚这位素未谋面的沙发主的脸，唯一能确定的就是心照不宣。

天色终于暗了下来，阿靖打开手电筒，紧随在阿明的机车后面。穿过了一个铁道经过的路口，路口旁边立着一个牌子，上面写着"元智大学"。

折过了几个小巷子，终于到了阿明家楼下。

阿明家所在的小区有很多栋小高层的楼房，看上去有点儿历史了。他住在其中一栋的三楼，楼下停满了机车。

阿明停好机车，摘下了安全帽，走到阿靖跟前："累不累？"

"呵呵，还好还好！"阿靖也立好单车，略显疲惫但也很有礼貌，"你怎么知道就是我啊？"

"你不是有在 Facebook 里更新你的行程吗？这大马路上骑着单车驮着这么多行李的就只有你，一看便知道了。"

"……"

阿明看上去很像个腼腆的大男孩，好像不太出门运动的。他帮阿靖拿了袋行李，径直往楼梯走去，说道："我家在三楼，单车就放这儿。"说罢指了指楼梯旁狭小的空地。

"阿明，我的单车没有锁哦。"

"放心吧，台湾没有小偷的。"

"啊？"阿靖还是将信将疑地抱着行李，犹豫着跟着走了上去。

阿明的房间其实蛮大的，一个人住，但他自己堆放着的家具物品很多，显得

有些乱。阿靖猜想着他定是个宅男。简单的几句交流后，果然没错，阿明是银行职员，很宅，他话也不多，显得很腼腆，是那种默默地淹没在人群中也不会有人发现的人。

阿靖风尘仆仆，脸上爬了一层灰尘，略带倦意。阿明让阿靖先去洗澡，说罢便指引他去了浴室。

洗去一天的倦意后，换了一身轻装，阿靖显得精神多了，他掏出了手机，问道："你这里有没有 wifi，我上网跟家里报下平安。"

"我没有，但是我手机可以共享上网给你，你等下，我打开。"阿明也掏出手机。

"OK。"

"对了，我给你个电话号码和上网的账号。用这个上网账号你可以在全台湾所有的 7-11、'全家'等其他的连锁便利店，免费蹭 wifi 上网。"

"真的啊？太感谢了。"阿靖有些喜出望外，他正愁一路上没法上网。

"你一路走来，沿路是不是有很多便利商店？在台湾，7-11 几乎是万能的，你不仅可以在那里免费蹭到 wifi，还能在那里加热水、休息、取款，遇到比较大的便利店，运气好的话，跟店员好说歹说，兴许你还能在那儿搭帐篷露营。"

"那太好了，我这一路可碰到不少 7-11 便利店啊。"

"是的，7-11 是最方便的，全台湾就有 4 千多家呢！我们自己都可以在里面缴水电费，甚至打印火车票、办理电话，方便得很。"

"确实很方便啊。这样我就能很方便上网了。待会儿去一家 7-11，你教教我先。"

"好，我们先去吃饭吧，你骑了一天应该很饿了。"阿明边设置手机边说道，"对了，你看看你手机，能否登上我的 wifi。"

"好的。"阿靖设置好了手机，更新了微博和 facebook，"嗯，可以用的。"

"好，走吧，去吃饭吧。"

阿明骑着机车，载着阿靖来到一家很普通的餐馆。台湾的美食是出了名的好吃，可阿靖却还没体会过："阿明，我们可否少吃点儿，待会儿去逛逛夜市。网上都说夜市里的东西最好吃了。"

"好的，放心吧，我待会儿带你去夜市吃。这家店我经常来，不错哦，你试试看。"

这家店主卖面食和点心。每种点心被精致地装在盘子里放在展示区，十分诱人。其实比起这一盘盘诱人的美食，服务员的态度更是令人印象深刻。很热情、有礼貌，甚至是亲切，看阿靖不停地用手机拍着美食，还大方地谢谢阿靖，希望多放到网上多宣传他们的美食。

阿明点了几样平时觉得最好吃的几个小点，尝了几口："嗯……很好吃啊！"不知道是真的好吃，还是骑了一天单车肚子饿，阿靖大快朵颐地嚼着。

阿靖一边吃着美食，一边能听到店里的收银员，收客人钱时说的一声声"谢谢！"不用看着她的脸，就能听得出，这位服务员说谢谢的时候是面带微笑的。

这样的美食，这样的笑容，阿靖感到来这里吃饭都是一种幸福。

"你到中坜了？你现在在哪儿？我去找你。"阿靖的 facebook 里突然跳出一条信息，是一位叫 Tony 的网友发的，他看到阿靖在 facebook 上的旅程直播，很希望多认识些热爱旅行的驴友。

和阿明商量后，阿靖拨通了 Tony 的电话，告诉他吃饭的地址。

"他离这里很近的，很快就能到。"阿明说道。

阿靖正对着眼前的美食，忘我地吞嚼着。抬起头，不知什么时候，橱窗外面一个穿着深蓝色衣服的身影，不停地打量着每个餐桌。阿靖抬头，他便一眼认出来了，挥挥手示意。

这就是 Tony，看起来很憨厚的中年人，脸上总是带着笑容，看起来很阳光、活泼。这样的性格跟阿靖还有些相似。

"hi，你好，我是 Tony，我姓吴。"Tony 笑起来很有大男孩的阳光，看起来热情亲切，"欢迎来台湾！"

"你好你好，我叫你吴哥吧，这样亲切些。你可以叫我阿靖。"阿靖起身和他握手，问道："你吃过了吗？"

"吃了吃了。不过你应该去夜市吃吃，那儿好吃的还很多呢。"

"嗯，我们待会儿就去。"阿明接过话，"你住在哪儿的？"

"我住内坜，离这里很近。"

"我正想吃完带他去夜市走走呢。晚上还可以到你们附近的龙潭山顶看夜景。"阿明边吃下最后一口面条边说道。

　　"好主意，那里能看到整个中坜市的夜景，天气好的话，还能看到台北的 101 大楼。"吴哥喜上眉梢，"哦，对了，那干脆晚上到我家睡吧，我当沙发主，龙潭山就在我家旁边。"

　　这让阿靖有些难办，两位沙发主都很热情，推掉哪位都不太合适。后来阿靖还是决定去吴哥家，因为他需要用电脑备份资料，而阿明家里没有电脑。

　　"走吧，去夜市吧。"阿靖一吃完，便迫不及待想见识见识传说中的夜市。

　　入夜了，有点凉。阿靖穿着件短袖，坐在机车上，穿梭在车流涌动的街头，凉得有点儿瑟瑟发抖。

　　……

　　对旅行相同的热爱，让人与人之间，在不同性格的糅合中，安然相处。生活中，尤其是在都市的环境里，人们总会因为某种原因，和身边的人发生各种各样的矛盾。而旅行途中，遇见了各种形形色色的人，却总能和这些陌生人和睦相处，而且其中不乏性格乖张、个性强烈之人。这样的人，往往在都市生活中，完全无法和自己相处，但在旅行途中，却能相安无事，甚至还能制造旅行途中的很多趣事。

　　旅行能教会人变得宽容、大气。这就是旅行的魅力！

## 中坜夜市

　　到了中坜夜市，才知道，那天刚好是周六，吴哥和阿明平时不太逛夜市，而且几乎没有在周末的时候逛夜市，现场川流不息的夜市人流，连他们两个台湾本地人都吓了一跳，一时间还真不知从哪里逛起，杵在那儿。

　　阿靖更是兴奋。心想着人这么多，一定充满了令人垂涎的美食小吃。

　　夜市，是台湾最具代表的文化之一，每个县市都会有表现当地特色的观光夜市，而桃源县最大的夜市就是眼下这个中坜夜市了，它位于新民路上，所以也叫新明夜市。晚上6点，华灯初上，夜市里的店家便开始纷纷准备营业，几百个摊点上，座无虚席。这里应该不仅是游客喜欢光顾的地方，附近的居民和路过的人都会闻香而来的。

　　台湾的夜市有点儿像大陆紧凑版的步行街，摊位都是临时建立起来的，但是摆放整齐。夜市里有很多店是台湾当地的老字号，很有历史。尽管有的老字

号店面并不大，甚至只是一个小小的推车，却也经营了十几年。很多美食店都登上过台湾的美食和综艺节目，有心的店家把和主持人的合影，甚至是视频摆到摊位前，以吸引食客。

夜市里灯火通明，人声鼎沸，食客们或独来独往，或三五成群围成一桌，大快朵颐，饕餮豪吃。看热闹的，边流口水，边穿梭其中，阿靖显然就是其中一位。由于刚吃完晚餐，饥饿感不是很强烈，但是看着眼前卖相诱人、搭配鲜美的小吃，他还是忍不住提起了相机，"喀喀喀"地拍个不停。

盐酥鸡、蚵仔煎、地瓜球、大肠包小肠、盐　虾、蚵仔面线、土虱汤、麻油面线、排骨酥、炸鸡排、红豆汤、炒米粉、姜汁豆花、猪血糕、竹笋排骨汤、花枝丸……台湾的夜市里，小吃连名字都取得相当诱人，能一摊一摊"吃透透"，那才过瘾。

夜市里各式各样的摊位，除了小吃外，还有很多卖服饰配饰的小店、游戏厅、唱片行、玩具店、夹娃娃机……台湾的水果也很味道鲜美，大部分水果摊都会帮客人切好洗净，用袋子装好，客人们可以现买现吃，相当方便。

"阿靖，这夜市怎样啊？"吴哥没怎么逛过夜市的也不禁兴奋了起来。

"想减肥的人，我还是劝他不来夜市了，太诱人了！"阿靖也被这台湾的美食深深吸引。

"是啊，台湾的饮食，容不得弄虚作假，一出现食品安全问题，这家店就面临

倒闭，甚至永远都无法申请经营执照，犯法的代价是非常惨重的。"

　　不知不觉，在夜市里逛到深夜，走出人潮，空气变得微凉沁鼻，还飘来零星雨滴。吴哥把随手挂在机车上的安全帽递给阿靖，说道："走吧，我们上山去。"

"走！"尽管倦意已经袭来，阿靖还是克制不了旅行的好奇心。

阿明也跟着过来了，一路沿着黑漆漆的山路，盘旋而上。树叶在晚风中婆娑作响。迎面不时飘来几滴雨滴，扑在脸上，冰凉极了。阿靖看了看手表上的温度计，只有18℃。他穿着一件红色背心，冷得直打寒颤。不过，被冷得起了一身鸡皮疙瘩，果然是值得的。

上到龙潭山顶，俯瞰中坜的整个城市夜景。万家灯火、闪烁的霓虹、成串流动的车灯，交相辉映、色彩斑斓，蔚成一片灯的海洋。天空尽管叠着一层厚厚的云团，看不见漫天星空，却也被成片的灯海掩映得如梦似幻。

山顶有几家咖啡厅、餐馆，特有文艺范儿。在临近山边的一处草坪里，坐着一对情侣，面对着繁星般璀璨的城市夜景，俩人亲密地依偎在一起，烛光摇曳，喁喁呢喃。融化在这醉人的夜色里，真有种振臂高呼的冲动，可眼前这么浪漫的情调，阿靖也不忍心打搅他们的良辰美景。

晚上的风依然凉意阵阵，这样的夜色华丽和舒爽。几位当地人散步赏夜，几声蟋蟀的嗞嗞鸣叫，让夜晚显得更静谧动人。旅行途中，总有那么一片风景，一旦邂逅就再也无法忘怀。这片夜，迷乱着人的双眸，凝固着人的记忆，就是属于这样的感觉。

"这山顶有够浪漫的，只是我们仨大老爷们儿的……哈，其实也挺浪漫的！"阿靖的调侃，乐翻了仨大老爷们儿。

# D3 睡你家"沙发"

入夜了，阿靖也困了。

没想到第一天出发竟然能看到这么美的风景，如果没有当地人带路，还真不知道会有这好地方。

阿靖和吴哥、阿明摸着夜色下山了。他们来到了吴哥的家里。

吴哥家里就他和夫人住着，小孩念大学去了。吴嫂是武汉人，吴哥去大陆旅游的时候，俩人对上了眼。

吴嫂在台湾生活，不但学会了些当地语言，而且连讲话的语调，也变成台式的亲切、热情。

"我刚嫁过来的时候，很不习惯，一个朋友也没有。"吴嫂一边沏茶一边感叹道。

阿靖没有说话，只是坐在沙发上静静地聆听着。

"后来，慢慢调整自己的状态，融入这里的环境，发现了很多台湾美丽的人和事。台湾很美，很值得深入地探索。"吴嫂说得很认真。

"当然了，不美，你会想嫁到这里来吗？"吴哥打趣道。

吴嫂噗地笑了："你吴哥可厉害了，现在一去大陆，朋友比我的还要多！"吴嫂说着，神采飞扬起来。

吴哥一听可开心了，但是不吱声，好像用心在回味着某段旅行。

"他去旅行也是喜欢骑车、徒步，在网上提前和沙发主联系好，出去一个人，回来时总会认识一大帮朋友。"吴嫂索性从电脑的相册里，翻出吴哥在大陆旅行时候的照片，为大家讲解吴哥在大陆旅行的经历。

"所以，阿靖。我能和你见上面，你吴嫂觉得一点儿也不奇怪，而且我们非常欢迎。我也希望两岸要多有这样的交流，甚至希望能因此消除一些历史的隔阂。旅行路上，真正的旅行者是和当地人一起生活，倾听他们的故事，也分享你的故事，生活着他们的生活，也分享你的生活。这才是旅行该有的意义。"吴哥的这席话，听得阿靖好生感动。

阿靖睡在吴哥儿子的房间，吴哥的儿子上大学了，有空出来的房间。内坜的夜微凉，他裹着棉被，很快就睡着了。

第二天一大早，吴嫂已经在厨房忙活早餐了。

吴哥正在客厅的茶几上沏着茶。

"早！"阿靖睡眼惺忪。

"早啊……昨晚睡得怎样？"吴哥依然是一脸阳光可爱的笑。

"嗯，很好，很舒服呢！"尽管昨晚还是有些冷，阿靖还是很感谢吴哥的"沙发"。他急忙走到阳台去看看当天的天气。

清晨的空气微凉、湿润，但是昨晚的细雨也停止了。冬日的阳光穿过阳台，斜斜躺在地板上，照在身上暖洋洋的。风和日丽，清风微扬，天空湛蓝透彻，一个很舒服的暖冬！

吴哥真是个很热爱生活的人，在阳台的防护栏上，挂了很多精心制作的挂式盆景。那是用在树皮或腐木上撒上种子，培育而成的盆栽，干瘪的腐木和鲜嫩的绿芽，形成强烈反差，相得益彰。

"这是鹿角蕨和豆兰，是用大自然共生的概念种植的，取代了传统的土壤种植。"吴哥见阿靖正琢磨着这些盆栽，便凑了过来，"在台湾，我有很多朋友都喜欢做这样的盆景，这能让自己生活得更绿色，更有活力。"

他一脸很自然的诚恳，阿靖听得很认真，又带有些许感动。吴哥看上去是个粗线条，其实却是心细如丝，精致细腻，是个热爱绿色生活的人。

从阳台望去，吴哥所在的小区显得静谧惬意，没有太多人来来往往，甚是悠闲。阿靖有点心生好奇："吴哥，在台湾是不是生活都很安逸，很悠闲？我这一路走来，总感觉大家的生活节奏挺慢的。"

"台湾的马路其实白天看不到什么闲逛的人，好像很安静。其实大家都在各自的岗位上忙，特别最近几年经济不是很景气，大家的工作、生活压力还蛮大的。"吴哥很认真地解释着。

　　"也是，在我骑行的路途中，不管是大的城市，还是小的乡镇。马路上闲逛的人都挺少的，而取而代之的都是滚滚的车流。"

　　"阿靖，你骑车的时候，可以留意下公园、小巷道。"吴嫂端来早餐，听见两人的闲聊，也加进来讨论，"这些地方是没什么闲人在走动，更不用说在你骑行的大道上。其实，台湾外面看起来很悠闲，里面却是很忙碌。"

　　"是的，其实老老少少都忙。"吴哥又露出可爱又无奈的笑容，"年轻人忙着上班，老人忙着看小孩，小孩忙着上幼儿园，如此循环，所以也不会有太多人想着抽出时间去外面旅行，走走看看。而我也是以前经常去大陆出差，走的地方多了，才会更懂得人生是需要多走出去旅行，多看看外面的世界的，那其实才是自己内心真正的财富。"

　　吴嫂似乎也经常听吴哥讲起他的旅行故事，一脸淡定地坐在餐厅的茶几边，默默地往碗里装着豆浆，眼神偶尔飘向吴哥，爱慕满盈。

　　"快吃吧，待会儿凉了就不好吃了。"吴嫂比了比桌上的碟子，说道，"这是萝卜粿，闽南应该也有吧。"

　　阿靖看着碟子里煎得有点儿泛着金黄色的萝卜粿，感觉很熟悉。他尝了一口，说道："嗯，是的！很好吃。这种萝卜粿闽南也有，但是你的做法不太一样，很好吃。"

　　"是吗？那你就多吃点儿，今天还要骑车呢。"吴嫂就像位大姐，给阿靖的碗里多夹了几块萝卜粿。阿靖美美地饱餐了一顿。

临走时，吴哥还送了阿靖一罐防晒霜，要他做好防晒的预防。原来，吴哥是在一家化妆品公司上班，而这也是到最后时刻才知道的。

走进陌生人的家门，沙发客的意义远远不止是在旅途中找个栖息之所。基于友谊与信任的基础上，沙发主总能把当地的资讯和沙发客分享。像当地人一样，和他们一起过过他们的生活，这在人与人之间的信任度、安全感、地域文化差异，甚至宗教信仰都有很美妙的交流和碰撞。

这才是真正旅行该有的体验。

# 花开的声音

"我送你去阿明那里，然后我陪你骑一段。"吴哥出门时，随手把机车的钥匙带上了，"但是，你骑单车，我骑机车，哈哈。"

下了楼，吴哥递给阿靖一顶安全帽，阿靖一边戴上，一边和吴嫂挥手道别。跨上机车，他们行驶在往中坜的路上。

周末，吴哥闲着也是闲着，难得他有这兴致，阿靖也很开心。

这也算是旅途中的同伴了。

吴哥家所在的龙潭镇，是个幽静的小镇。跨上机车，行驶在乡间小径上，两侧连绵成片的稻田迎着惬意的晨风，隐约能呼吸到阵阵稻香。和着新泥的气息，很有生活的味道。这样的感觉，阿靖想起了一首歌——周杰伦的《稻香》。

所谓的那快乐

赤脚在田里追蜻蜓　追到累了

偷摘水果被蜜蜂给　叮到怕了

谁在偷笑呢

我靠着稻草人　吹着风　唱着歌　睡着了　哦　哦

午后吉他在虫鸣中更清脆　哦　哦

阳光洒在路上不怕心碎

珍惜　一切就算没有拥有

……

还记得 你说家是唯一的城堡

随着稻香河流继续奔跑

微微笑 小时候的梦我知道

不要哭 让萤火虫带着你逃跑

乡间的歌谣 永远的依靠

回家吧 回到最初的美好

……

阿靖正坐在机车后座，享受着这股清风稻香。

突然，一片花海闯进了他的视野，那是他最喜欢的格桑花。

"格桑花，格桑花！！！"阿靖忍不住大声叫道，还不停地拍打着吴哥的肩膀。吴哥有些被惊到了。

格桑花在西藏特别多，在阿靖骑行西藏时，格桑花始终是沿路不离不弃的花儿，阿靖对它很有感情。而在台湾，忽现在眼前的这片格桑花花海，着实让他喜出望外。吴哥也懂得阿靖的心情，停住机车，走向格桑花海。

格桑花在西藏有个很美好的寓意——幸福吉祥。在台湾也不例外，花海里，有几对新人正在拍摄婚纱照。旁边还有一匹白驹，正在花海中闲庭漫步，好生自在。人和动物，都很谨慎地对待这片花海，并没有看到他们踩踏过一棵楚楚的格桑花。连绵的花海，在阳光照射下熠熠生辉，看起来清淡怡人，有种"你若盛开，清风自来"的优雅。

"在台湾有这样一片格桑花海真是让我感到太惊讶了，这是专门给婚纱摄影用的吗？"阿靖一脸狐疑地看着吴哥，他还把对格桑花的热爱解释了一遍。

"在台湾也会有格桑花的，但不是专门用来婚纱摄影的。"吴哥用一贯认真的口吻不紧不慢地解释着，"在台湾，路旁两边土地在秋天收成后成为田地空闲时，政府会发放花卉的种子，让农民撒在田里，这样一来不但可以美化道路景观，二来不同的植物物种可以改善土壤肥料。这么美丽的花海，当然会有人来作为拍摄婚纱的外景了，但不是专门种来拍照用的。

春天到了，依然还是会种上庄稼的。"

　　"我最喜欢格桑花了，要不是得赶路，还真想在这儿露营一晚。"阿靖有点小激动。

　　继续上路，沿路还看到了其他品种的花海。向日葵花、青葙、小油菊、熏衣草……有的零散生长，有的连成一片花海。许多璀璨缤纷的花海，还精心设计了稻草人，形态各异，模样可人。

　　这样的花海，这样的花开是有声音的！

　　这声音传达着优美、环保、创意，而更多的是对乡里环境的用心规划，以及农夫们对生活的热爱！这是一片美好、精致的土地，生活在这儿的人们尽管忙忙碌碌，却也懂得聆听自己的声音，展现着自己的美好。

　　旅行的过程，同样也是可装点的，如格桑花装点着稻田，如可爱的稻草人装点着花海。当花开的时候，你会听到你发自内心的声音：

　　心怀美好，精致如你。

# 每一次火车经过

又上路了，一路乡村的风景，轻松惬意。

再见阿明时，已经磨蹭了大半个早上了。阿靖赶忙拾掇好行李，匆匆告别了中坜。继续南下，他的下一站是——未知。

出了阿明的小区，折回1号公路时，村口正响起火车通过的警笛声，厚沉响亮。黑黄相间的升降护栏徐徐落下。所有的汽车和机车，整齐有序地排列着，不断闪烁着的红色讯号灯映衬着焦急等待或冷静守候的人们，他们有着各自的思索。阿靖和吴哥挤在机车群里，停顿在原处，等待着远处那列红皮火车轰隆隆地呼啸而过。

在台湾西部，火车站大都集中在县镇的闹区，很容易就能抵达镇区，甚是方便。台湾并不大，所以每个出口间的距离并不太远，有点儿介于大陆的高铁和地铁之间的交通工具。

叮铛……叮铛……

火车路过这样的路口，总是放慢了速度，轰鸣而过时扫出一阵疾风。栅栏在火车通过后便徐徐升起，机车、汽车、单车各自安好地加速出发。

火车也是很多人选择环岛旅行的方式之一。

作为阿靖这样的骑行环岛的行者，看村口的火车，那是一道不经意的风景，体会村口的火车，则是成了一次次体会人生的修行过程……

听闻、思索、止步、等待、看望，然后再出发。这不就是一次次人生体会的过程吗？这也是阿靖每次旅行所要经历的几个步骤。阿靖尤其喜欢"看望"，看望等火车通过的人们，揣摩透过车窗，车厢里一个个表情各异的乘客们。

每一次相逢就是一种再次遇见，不管这个人认不认识你，不管和你在一起几天，或是几秒钟。

# 铁马驿站

　　行进在拥挤的闹市区，阿靖在前面骑着单车，吴哥在后面开着机车，还不停地用相机帮阿靖记录着一路的骑行。

　　单车上的一堆行李，在闹市里总是那么显眼。半路等红灯时，有两位开车的夫妇摇下车窗冲着阿靖大喊加油！吴哥说，台湾的热情友好会让你随时受不了的。

　　中坜也同台湾其他城市一样，拥有非常完善的生活机能。便利商店密度很高，买日用品、买食物、取快递、寄包裹、缴水电费、交学费、买悠游卡、买学生悠游卡、买火车票、取钱……都可以在随处可见的便利商店解决。

　　"阿靖，停下来，停下来……"阿靖刚好骑得膝盖有些发热了，吴哥突然叫住了他。

　　"那边有个警察局，下来看看。"吴哥把机车停在阿靖前面说道。

　　"警察局？有什么好看的？"阿靖实在不知道吴哥要带他去警察局干嘛。

"台湾的警察局，是个很温暖的地方。特别是对于你们骑单车的人。"吴哥边推着机车向警察局走去边对阿靖介绍起来，"单车在台湾也称为脚踏车或铁马，绝大部分警察局都设有"铁马驿站"，供单车骑士休息，也提供加水打气、简易维修、茶水添加等服务，有些铁马驿站甚至容许搭帐篷过夜，有机会你要试试，没犯法也可以住警察局哦。"

"在台湾单车出行，有机会一定要多去警察局坐坐，可以喝茶歇歇腿。这里的警察都是很亲切的，在那里你可以从他们口中了解到不一样的台湾，更好地了解当地民众的生活。"

确实，警察局门前悬挂着的"铁马驿站"牌子，着实颠覆了阿靖对"到警察局没好事"的冷冰冰的既有印象。

"嘿，你好！我朋友是从大陆过来，骑单车环岛的，他想要在这里加点水。"吴哥看来经常进警察局，很不陌生地走进去。里面稀稀拉拉地坐着几位值班的民警，旁边有一张沙发，有位大婶正在那儿喝茶。

"哦？大陆过来的？欢迎欢迎！"有位值班的警员起身看了看阿靖，便帮他指了指灌热水的位置。

"阿靖，你待会儿可以和他们聊聊天，没有关系，他们很随和的。"吴哥看出阿靖有点儿紧张，边装水边轻声提醒着。

"你大陆来的 ho？厉害哦，单车环岛 nei~"那个警员带着浓厚的当地口音，虽然胖胖的，但是看起来很亲切。

"他是福建过来的，语言也会通啦。"吴哥在帮助阿靖尽快地融入他们。

阿靖也用闽南语和他们聊了起来，这种感觉很亲切，一下子拉近了几个陌生人的距离。坐在沙发上的大婶也闻声过来，和他们聊了起来。

"我是这里的志工啦，我每天都过来帮帮他们年轻人。"大姐也是一口当地腔，听起来很亲切。

"什么工？"

"志工，大陆是叫义工，在台湾叫志工。"吴哥提醒一脸疑惑的阿靖。阿靖加完热水，往杯子里丢了几片他平时

喜欢喝的茶叶，走到了沙发边上，坐下来和大家聊开了。

"年轻人，在台湾的警察局，你都可以随便进出的，这里都会很热情，不管是对大陆、台湾的朋友，还是对外国游客，都会一视同仁的。"大婶的微笑很亲切，似乎她在这里的工作就是来调节气氛的，"我们这里，每天都会有很多骑车的人过来，我们都会和他们聊聊天的。他们开心，我自己也很开心。欢迎你来台湾环岛，加油！"

"谢谢，谢谢！"阿靖这一路下来，说得最多的就是谢谢了。

这次"铁马驿站"的经历，让阿靖对台湾的警察局很有好感。

铁马驿站的兴起跟台湾单车文化日益兴盛，以及文明热情的民风分不开。警员的热情好客让人感觉特别亲切，是单车旅行必去的"景点"之一。之后阿靖遇到的其中一家警察局里的铁马休息区写有这样一句话：喘口气，再出发。这样的标语，没有骑车进去的人也许感受不到它的贴心，阿靖更多的是感受到一种文化，一种很有情趣的社会文明。

# 五分钟的邂逅

　　吴哥到了进龙潭镇的路口后，也与阿靖分开了，之后阿靖就一个人上路。

　　出了市区，骑行在通往下一个市区——新竹的郊外路上。一路上车并不多，但是阳光炙热。阿靖总是随身背着相机，斜跨在肩上，旅行中有很多美是转瞬即逝的，即时捕捉下来，也是对旅行的一种负责。

　　中午的太阳烤的火热，白鹭鸶在路边的水塘里信步。路边写着"红心芭乐"的农场招牌，令人垂涎。铁轨中间被磨得铮亮，反射着太阳的光线，掩映着落在旁边电线杆上的麻雀儿。

　　郊区的便利店比市区数量少了很多。骑行至正午，阿靖也有些乏力了，终于在一上坡的公路边遇到了一家便利店。他把车子架好，坐在椅子上休息，边嚼面包边发微博。不一会儿，一位穿着红衣服的光头骑友骑了过来，把单车倚在一边。便一头扎进便利店，进门的时候瞥了阿靖满是行李的单车一眼。他进去后买了一瓶水，边喝边走出来。

"环岛哦？第几天了？"出门见到阿靖后，他跟阿靖打了个招呼。

"是啊，第二天了。"

"从哪里骑来的？"他又抿了口水，说道。

"台北。"

"哎哟，帅哦。一个人吗？"

"是啊，我是从大陆过来的。"

"厉害哦，大陆过来一个人环岛啊？！好屌哦！"

他接着说道："我之前也环岛过。但我觉得不是本地人，能一个人环岛的，超屌的！"

阿靖被他说得有点不好意思了，赶忙向他咨询些路线方面的问题。在路上，阿靖总想虚心求教，而且在台湾，绝不可轻易小瞧每个骑单车的人，他们都有可能是环过岛的。每个在路途上遇到的人，都可以是阿靖的老师，或是旅行的老师，或是生活的老师。

"台湾的单车运动很普及哦。"阿靖跟他话起家常。

"是的，环岛骑行，是每个骑行者的梦想，甚至是每个台湾人的梦想。每个人都有环岛梦。"骑友起身，站在他的单车旁边。这应该就是陪他环岛的车子了。

"这是个很美好的梦想，人也因梦想而变得无所畏惧。"阿靖也站了起来。

"我叫李华正。"

"叫我阿靖。"两位有旅行梦想的青年，因同样的爱好，而成为了好友。

他们互留了联系方式后，华正因为赶时间要先离去。走之前，这位和阿靖交流仅五分钟的骑友留下了一句阿靖已经很熟悉的话："祝你环岛成功！"

# 安安

　　旅行途中，阿靖总喜欢用微博或 Facebook 记录旅行。

　　偌大的网络，说来也神奇，能将热爱旅行的人，聚在一起。不管这个人有没有在路上，只要 Ta 有一颗热爱旅行的心——例如安安。

　　安安是台中人，尽管在台湾用微博的人不是太多，但她却经常上来看看。阿靖在出发前发的环岛骑行的微博，她在无意中看到了，所以从一开始，她就关注了这趟环岛骑行之旅。

　　和华正告别后，阿靖在便利店休息着。他登录便利店的网络后，收到了一条微博留言，是一位自称安安的朋友发来的："看你的微博，发现你离竹北好近，要飙到台中，往海边骑，新丰那里有很美丽的红树林，有胎生植物、水笔仔、招潮蟹、水陆两栖弹涂鱼的海口生态，沿路都是风车，有新月沙滩的沙雕艺术活动，退潮是 5 点左右，一路都是自行车车道，到香山湿地是 17 公里，不要再骑市区，景色不优～～"

　　这已经不是第一次收到安安的微博了，她总是很用心地提醒阿靖去看看她所知悉的美景。只是旅行途中，骑行劳累，有时候也要疲于赶路，所以阿靖一般也没怎么回复微博。安安如此用心，阿靖很诚恳地回复了谢意。

"到南寮渔港可以看风筝和喝咖啡，夜晚行动咖啡车旁有 line 乐团还不错，今天假日才有～～你若要到台中，今天剩下时间要骑很快啊～～"她很快又回复了信息。

"我一路向南，走到哪儿是哪儿吧。"

"若到竹北，说一声，帮你喊加油，要补给零食吗？"

阿靖想着，台湾人都有这么热情吗？还是自己幸运，热情好客的人总被自己遇到？这里离竹北还有一段距离，但是今天还是能赶得到的。阿靖想着，如果到了竹北，还是应该见见这位热情的台湾人。

一路骑行赶路确实有些乏味，阿靖打开小音箱，边听边骑。过了正午，天空愈发晴朗，阳光的光线也烈了许多，炙热地烘烤着。阿靖穿着短袖，手臂被晒得发红。天气炎热，穿着运动鞋也觉得不舒服，他索性穿上了洞洞鞋。于是那双运动鞋直到旅行结束，就一直挂在车尾，没再用过。旅行如生活，总有些没必要的东西，一直牵绊着自己，最后难免沦为"鸡肋"，简单就好，明白了也就能简单了。

阿靖花了将近 4 小时，走走停停，才赶到了竹北。接近傍晚，阳光变得柔和许多。刚找了个便利店，发了微博，知会了安安。

很快安安便发来信息，告知在某个路口的便利店门口会面。那路口还挺近的，也是在台一线上。

"嗨！你好。你是行者境界（阿靖的网名）吧？"见面时，有两位女生一起来的。其中一位比较瘦的女生冲着阿靖打着招呼，旁边的另一位女生则一脸笑容。

"你好，你好，叫我阿靖吧。你是安安吧？"阿靖没见过安安，但想必能一样认出她的，就应该是吧。

"我不是，她才是安安，我是她朋友淑贞。"她指着旁边的女生说道。那女生有点用力地点了点头。

阿靖有点愣住了，怎么和他联系的是安安，却找了个朋友一起来，她自己半天不说话。他们一起坐在便利店的门口，气氛有点尴尬。

淑贞见状，便解释开了："安安说话的功能有点障碍，表达不便，听觉也不太灵敏，便叫我一起过来，当翻译了。"

"这样啊？不好意思哦，我不知道。"阿靖有点尴尬。

"她说她很想和你见见面，尽管她是台湾人，她却也跟着你的微博畅游了不一样的台湾，也同样期待你接下来的旅行。你的骑车旅行很辛苦，但是看得出你是快乐的，人活着就应该是这样。同样有旅行梦想的她，却因身体原因而不能做和你一样的单车旅行，但是希望你的经历能鼓励到更多人勇敢地走出去，勇于实现自己的旅行梦想。当然不一定是用单车的方式。"

原来如此！阿靖见状，便去行李包里掏出纸和笔，和安安写字沟通起来。如此一来，沟通起来便无障碍了。他们聊了很多，关于旅行、关于生活。

阿靖很感恩上天能给他安排了这样一趟旅行，让他所遇之人都如此可人。

　　安安随身携带了一袋东西，她拿出来，塞到阿靖手上。淑贞说那是安安帮他带的零食，让阿靖在路上慢慢吃。

　　"你今天想赶到哪里？"淑贞问道。

　　"还不知道，看状态吧，能到哪儿是哪儿。我现在状态还可以，反正闲着也是闲着，赶赶路也无妨。"

　　"你要是今天想在竹北，那就住我家，我也经常接待沙发客的。"

　　"今天还早，等会儿看看吧。"

　　"对了，你今天是一直沿着台一线骑行的吧？"

　　"是啊。"

　　"在竹北骑车，你可以考虑走沿海线，这里修了一条 17 公里的沿海骑行线路，很多骑行爱好者都慕名而来的，你应该去走那条路。"淑贞突然想起了这条骑行线路，和安安比划着沟通起来。安安一个劲儿地点头。

　　"这个时候去看南寮渔港的日落，从那里可以上海岸线。不过，你骑单车的话，这个时间点有点赶，加快速度兴许能看到最后的日落。"淑贞看了看时间，估算着赶去的时间。

　　"走！"没等淑贞估算好，阿靖早已决定听她们一回，立马跨上单车，朝她们指的方向飞奔而去。安安和淑贞取了车，开到阿靖前面带路。

　　这路程着实有点儿长，淑贞的估算有些过头，阿靖在后面猛踩着单车，有几个上坡，让已经踩了一整天单车的阿靖，有些力不从心，速度跟不上。幸好在最

后时刻，终于赶到了渔港，看到了最后的日落。

南寮渔港位于新竹的西北郊区，离市区不算太远。渔港里有个大海鲜市场，周围有个小夜市，集散着许多小商品、玩具。天空飘着许多风筝，在场边的户外咖啡区，还可以依靠海港喝着咖啡，聆听音乐。

夕阳西沉，落日的余晖倒映在海面上，天空中绚丽的晚霞，日落的黄霓，大海的蓝色和即将到来的黑，拼接成一副彩色相间的美丽画卷。

阿靖想到了他父亲年轻时所做的一首诗：

落　日

在这最后的时刻
你激动得
涨红了脸

突然
你向大地扑下

狠狠地一吻

然后匆匆离去

　　正如诗歌最后描写的一句一样，阿靖和安安、淑贞的分开也是匆匆离别。她俩有急事先走了。阿靖又一个人继续前行。而此时，他已经行进在夜色中了。

　　安安是个身体有缺陷的人，但是在她身上看不到抱怨，看不到颓废。积极乐观的心态让她充满了激情，和对美好生活的向往。面对沟通障碍，她照样能走出去旅行，也因为旅行她活得更加快乐。

　　很多人都知道，旅行能改变自己生活中消极的一面，获得最适合自己，最能令自己开心的生活方式。然而现实中的种种困难，却让他们的旅行计划永远只能躺在脑海里，一阵空想。

　　不妨想想安安吧。有梦想，就付诸行动吧。

# 妈祖的沙发客

　　尽管淑贞一再挽留，阿靖还是想再骑会儿。做了两天沙发客了，他想换个住宿方式，找个地方露营。警察局或者寺庙是他的首选地。

　　作别安安、淑贞，已经是晚上六点了。冬季的台北，夜幕来得有点早，初冬的寒冷渐显，寒风在夜里呼呼作响。

　　夜幕下的南寮渔港人头攒动，大家簇拥在热闹的夜市里，吃着海鲜，品着美味。阿靖加了件厚实的衣服，穿梭在夜市的人群里。夜市里好多卖风筝的摊子，一走过，阿靖就被一个迎风飘扬的鲤鱼旗吸引了。

　　"帮我拿那个鲤鱼旗。"阿靖走到其中一个摊子，指着其中一个小巧的鲤鱼旗。

　　"好啊。"卖风筝的是个老阿嬷，她看到阿靖的行李，说道，"小伙子，你环岛啊？"

　　"嗯。"阿靖微微笑了笑，他已经很习惯别人这么问他了。

　　"你有够勇 nei～～，我不赚你钱，卖给你个鲤鱼旗。"阿嬷从箱底里拿出一个新的鲤鱼旗。

　　"我看好多鲤鱼旗是挂在风筝后面的，挺好看的，我也想买一个挂在车上。"阿靖抬头看了看空中飘着的几个风筝，后面的鲤鱼旗迎风飞舞，猎猎作响。

　　"嗯，好啊，你就得挂一个！"阿嬷笑开了嘴，"传说鲤鱼每年春天都要聚集在黄河龙门处，如果能逆流而上，越过北山的瀑布，就能出人头地，成为龙。"

　　阿嬷边说边把鲤鱼旗仔细地展平，系上绳子，她接着说道："鲤鱼象征着好运，人们悬挂鲤鱼旗希望逆流而上，祈求好运降临。孩子，你挂上这个，它会给你带来好运的。"

　　阿靖没有犹豫，接过阿嬷手上的鲤鱼旗，挂在了车尾。鲤鱼旗立刻在风中"游"了起来，风越大，游劲儿越足，让人士气大振。

　　"你到了台湾东部，这个季节刚好遇上逆来的东北季风，这鲤鱼旗就飘得更威风了。"

　　"行，多谢您吉言，我要一个了。"阿靖给了钱，跨上车，驶离了渔港。

　　"小伙子，祝你环岛成功！"

　　这感觉真好。

　　打着手电筒，阿靖趁着有点落日余晖的傍晚继续前行。

　　离开台一线，绕到海滨道后，众多交叉路口着实让阿靖有点懵了。旅行认路最重要的方法并不是靠 GPS 或是地图。最好的路线是在别人的嘴上。这个方法尤其适合路痴。而且，这样的旅行方式往往会有意外的收获，你或许能问到当地最好玩的地方，或许能吃到最地道的美食，更或许能交到一位好朋友，甚至可能是沙发主。

不过这次阿靖没这么好运，很难得地问了个不太靠谱的当地人，他给指了错路。阿靖在方圆一公里内绕了个圈，还是回到了原地。好不容易折回南下的滨海路。此时的夜空早已漆黑，漫天的星辰点缀着无边的黑夜。

黑压压的夜晚，阿靖独自享受着无人打扰的旅行。轮胎与地面的摩擦，撕裂黑夜的沉寂，一个贴地飞行的身影，掠过了一个个或喧嚣或寂静的村庄，孤独而不寂寞。

夜晚，霓虹点缀着的虹桥，飒飒作响的稻田，从容飘过眼前的萤火虫，村口牌坊下熟睡的小黄狗一家，安静得不忍去打扰……

入夜，路旁被重新装饰一新的旧车咖啡馆，海堤岸边几个忙着绘制涂鸦的青年，路口小餐馆外被嘶吼的投币 KTV 机，划过村口的列车鸣笛声……诉说着最台湾的生活。

由于地处郊区，一路上没遇到警察局，倒是遇到了几个小寺庙。但这些寺庙要么不方便留宿，要么早早就关上铁门。将近晚上八点，阿靖已经抵达新竹，但却未能找到住宿的地方。滨海大道的夜，空无一人，偶尔几辆汽车疾驰而过。

### 夜骑安全小贴士：

严格遵守交通规则。

夜骑时，光线黑暗，最重要的要注意安全！前后安装主动、被动发光设备都是必备的，最好侧面也有。前灯要大功率照灯，用于照明路况。后灯为警示灯，以防发生冲撞，如果有反光标也要拿出。

在陌生环境下骑行注意提前判断交通状况，保持安全的骑行速度，提前减速，尤其是入弯或下坡，不要在视线有盲区的弯道上超车。

如果是有团队同骑，要注意团队协作，队员间要学习一些简单的骑行手势；转弯、变线、刹车、停车等。

女生请勿轻易尝试独自一人在长途旅行中夜骑。

随身携带的小音箱没电了，阿靖埋头骑行，安安静静的。

突然，远处传来一阵阵急促的鞭炮声，随即烟花绽放，锣鼓喧天，声音越来越大。阿靖停下车，极目四望，隐约看到远处道路对面的村庄里，灯火通明，天空七彩绚烂，村口搭建了个巨大的花灯门，一群人排队簇拥着，人群中不时有人扔出一串串鞭炮，路边停了近 10 辆旅游大巴，好不热闹。

　　闽南人的直觉告诉阿靖，这一定是跟寺庙祭仪有关的活动。从小时候，类似如此的寺庙活动在闽南老家，每年都可以见好几回。只是自从外出上大学后，每年回乡的次数少了，也变得少见了。随着社会建设的推进，这些古老的乡俗早已慢慢淡化，甚至鲜为见到。

　　**旅行中，最不可缺少的就是有颗猎奇的心。**这样的好事儿，阿靖怎会错过？他赶紧从就近的天桥过到对面的马路。推着带有沉重行李的单车上楼梯，可不是件轻易的事儿。费了好久功夫，他才到了马路对面。

　　刚才望见的大巴车内空空如也，所有的人和村民都一起挤到村口的花灯大门下，热闹非凡。烟花爆竹，锣鼓唢呐，此起彼伏，不绝于耳。人群簇拥的主角，是一座由八人扛着的大轿，轿子上装点着炫目的 LED 灯，里面是一尊神像。仔细一看，是一尊神似妈祖的佛像。

　　8 个扛轿的大汉，很有默契，迈着类似扭秧歌的步伐，很有节奏感。轿子也随着节奏上下起伏，跟着节奏大踏步伐往前迈向村子里。村子里的大人小孩，一窝蜂地涌出来看热闹，有些老人们还在自家门口摆上桌子，贡果点香、烧纸钱祈福。

　　阿靖想挤进人群围观，可是场面实在喧哗热闹，带着辆单车很难挤得进。为了能拍摄到难得的场面，阿靖索性收拾了些贵重的东西带在身上，把单车弃放在花灯门旁边，便溜进了人群。

　　人群中，有很多人穿着印有名字的黑色马甲，他们来回奔波，瞻前顾后，一眼就看得出是活动的组织者。人群中有 4 个套在真人身上的大假人，在队伍前方领走着。他们似乎在装扮成某个神怪的形象（后得知是千里眼和顺风耳等），边走边跳着古老的舞步。他们后面有几个扛着长号喇叭的信众，时不时吹响着有穿透力的浑厚声音。整个队伍浩浩荡荡地往村子里面走去。之间村子里面有一座庙宇，庙宇对面临时架着一个小戏台，戏台的演员正随着传统戏曲的音乐舞

弄着布袋戏。大量围观的人群挤在庙宇前的广场，静候他们的圣灵到来。

阿靖在人群中穿来穿去，不停地拍照。他机灵地抓住一个穿马甲的人问道："你好，这是哪里？请问这是在做什么活动？"

"我们这里是新竹，今天是我们村庙里的妈祖要回銮，大家来恭迎她回庙里。这是我们天后宫很重要的仪式。"这位马甲上还写着"委员"职务的人，一看阿靖不像是本地人，身上又背着个相机，便向他介绍起来。

不一会儿，妈祖轿像被摇摇晃晃地扛到妈祖庙前的广场，顿时，广场上烟花礼炮四起，来势更加凶猛。围观的人群则很自觉地让出位置，妈祖像和庙门被腾出宽敞的空间。

这时，妈祖轿停止了晃动，安静地立在庙口对面。轿子后面的布袋戏演得更加卖力了。紧接着，人群中走出1个人，似乎是神灵附体，嘴里念念有词，做了些古怪的祭祀动作。然后，8个扛轿的大汉又重新晃动起妈祖轿，忽前忽后、忽左忽右地来回踱步，慢慢移到庙的入口，又停住了。

几个马甲上前，将轿顶拆除。此时人群纷纷往轿子后方移动。只见8位扛轿的大汉，站到轿子两边，将轿底高高托起，信众们纷纷有序地从轿底穿过。

"快去轿子后面，和大家一起钻轿底。"刚才那位马甲委员，看阿靖杵在那儿，便提醒他往轿子后面走，他还大声说道："只要是钻过轿的人都会得到妈祖的庇佑，逢凶化吉、大吉大利。"

说罢，阿靖和委员一起跟着人潮往轿底钻，拥挤的人群，不停地往前挪动，就算想站着不动，都会被带着走动，这股信仰的力量，简直比遇见天王巨星还强大。所有在场的人群都钻过轿底后，妈祖轿被抬进庙里，安放在庙中央的銮座上。

几位黑衣马甲各自点燃了手中的一大束香火，走向人群一根根派发着，阿靖也分到了一炷香。大家在一位黑衣马甲的带领下，信众们手持香火，双手合十，祭拜妈祖神像。祭拜过后，很多围观的信众便三三两两地散去。

阿靖跟在人群中，到处走动。在他眼里，到处都充满了好奇，这好奇带有几分似曾相识。旅行能遇到这样最当地的活动，该算是最美妙的经历。阿靖暗自庆幸着。

人群在慢慢散去，阿靖折回村口，把单车挪到庙宇旁边，他想再等等，看是不是还有其他活动可以围观。回到庙里他又遇到刚才搭讪的黑衣委员，他的马甲上赫然写着他的名字：林政雄。

"你好，请问回銮仪式是不是结束了？"阿靖问道。人群散去，终于可以不用费力说话了。

"差不多了，没有香客的事儿了，但接下去我们几个庙里的委员们得留下来，待会儿还要开个会。"林政雄很热情友善，"啊，我看见你骑着辆单车，你这是去哪里？"

"我是大陆过来的，是来环岛旅行的。"

"大陆过来的？"和大部分听到阿靖来历的人一样，林政雄也多打量了阿靖一眼，他追问道，"你一个人啊？还是有一起的伙伴？"

"我一个人来的。"

"啊？你有够勇的！"林政雄觉得有点不可思议。

旁边几个听到的黑马甲也围了过来，和阿靖聊起了他的旅行。

"你今天打算骑到哪里啊？"其中一位马甲问道。

"我想应该是苗栗吧？我刚看了下地图，应该是可以赶到的。"阿靖心里有些

没谱，不过还是说了。

"苗栗？！"马甲们听了，纷纷倒吸了一口气，"太远了，太远了，你赶不到的。你还是就近找个地方住吧。"

"你带了帐篷了？"林政雄指了指绑在阿靖车上的帐篷，"如果你不介意的话，晚上就睡在庙里的办公室吧，就在这边上。"

阿靖一听，心生惊喜。不过还是不敢相信："哦？是吗？这里可以住吗？"

"我待会儿开会的时候问问我们总干事，然后答复你。"林政雄不是很确定，"你可以先在这里等等，到处看看吧。没关系，要是这里不能睡，我再帮你安排其他的住宿，你不是带了帐篷了吗？只要有个地方就可以了，是吧？"

阿靖点了点头："嗯。"

林政雄接着说道："我们这里难得来你这样的旅行者，还是大陆来的朋友。"

阿靖摘下手套，安心地在庙里边走边看。过一会儿，林政雄拿了一袋水果过来，递给阿靖："这是今天的贡品，给你留着路上吃。"

"啊？不用不用，我有吃的。谢谢，谢谢……"阿靖忙不迭推托着。

"你就别客气了，这些贡品就是分给大家吃的，你就拿着吧。"说着，林政雄就把一袋子吃的塞到阿靖手里，转身向神像走去，在神像的旁边拿了个东西，在

神像前香火缭绕的香炉前晃了几圈，嘴里念念有词，完了又走了回来。

"这是我们庙里的香包平安符，给你戴着，保佑你一路平安，顺利环岛。"说罢，把他手中小小的红色香包递给阿靖。

阿靖是闽南人，从委员在香炉面前晃着香包时，他就懂得这是什么意思了。这个举动和阿靖的妈妈一样，每每出去旅行，妈妈总是会在神像面前，为他祈求带在身上的平安符。阿靖双手迎上，诚心地接了过来，内心承载着满满的感动，激动得几乎快说不出话，只是一个劲儿地点头道谢。

"我叫阿靖。我是福建人，我也通

闽南语。"阿靖突然用闽南语和林政雄说着。

林政雄一开始没反应过来，顿了下，然后笑了："哦哦？哈哈！那好啊，好啊！"

"我们信仰的文化很相似，这些我小时候在我们村子里经常看到，但现在很少见到了。"阿靖继续用闽南语跟他沟通着。

"是嘛？台湾很多寺庙祭拜的神，都是从福建过来的，比如我们天后宫的妈祖。"林政雄越讲越起劲了，"我们每年都会组织进香团去福建妈祖庙祭拜，人有个信仰，就比较容易幸福。"

"是的。"

"你看看那边。"林政雄指着百米开外的一处色彩鲜艳的建筑，看着就像是个寺庙，说道，"那个原来妈祖的庙宇，已经有三百多年历史了，正在重新翻修。现在的这个庙是临时搭建的，下个月会要将妈祖像重新移回原位，到时候祭祀活动会更加热闹，你一定要再来啊！"

阿靖看着林政雄，一脸幸福洋溢的参与感，有些不忍心拒绝他的邀请："我可能是来不了了，我还得赶路，而且我的签证允许我滞留的时间也不够啊。"

林政雄尽管有点小失望，但也很高兴认识这位远道而来的香客。过了一会儿，林政雄和几个委员们开会去了。

"阿靖，你晚上就住这儿吧。"林政雄开完会，走了过来，"我已经跟我们总干事说了，就在寺庙里的办公室睡吧。只是没有被子，不知你方便否？"

"太好了，可以的，我自己能搞得定，我都带着呢。"阿靖喜出望外。

"那好吧，待会儿我带你去。"

"这么说来，我不就成了妈祖的沙发客了？"阿靖的风趣让庙里响起了一阵欢乐的笑声。

入夜……

阿靖躺在空荡的寺庙办公室里，一个人静静地沉浸

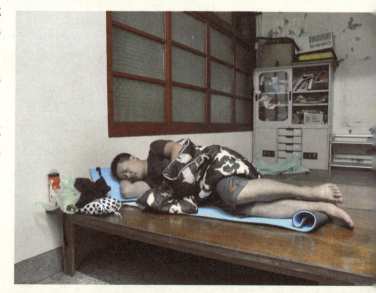

在冰柔的月色中，与自己的灵魂相处。他的内心是快乐、富足的。

这就够了。

阿靖完全没想到今天会发生这么多事情。

没想到会遇上安安，没想到他也会被迷路，更没想到会遇上妈祖回銮的祭仪，当然也没想到会成为妈祖的沙发客。在陌生的地方，他找到了久违的、似曾相识的感动。

这就是旅行最大的魅力，充满了惊奇与不可想象。太多时候，我们重复和机械化地生活着，以至于忘记思考和感悟自我。我们需要这样的旅行，这样的旅行让人不得不面对高频率的未知，而你需要做的就是聚精会神地同自己的灵魂相处。

体验和感受旅行和生活的意义，不外如此。

# D4 如果旅行慢下来

没有了网络、没有了任何人的打扰，抛开烦恼的事情，整个世界一下子清静多了。

阿靖早早入睡，也早早起床了。

清晨空气中飘着清凉的雾霭，阿靖睁开惺忪的睡眼，看了看时间。

"才4点半？！"从没这么早起过。

阿靖有些不信，起床拨开窗帘——天空还是黑的，昏暗发黄的路灯，悬挂在庙宇旁边的一柱电线杆上，电线杆顶上的喇叭上正小声地播着台湾本地的歌仔戏曲，几条电线，纵横地斜织在屋角，看起来很乡村。

阿靖又躺了会儿，以一种很知足的姿态，回想着昨天不可思议的旅行。

天空慢慢泛出鱼肚白，天蒙蒙亮。

阿靖早已将行李捆上了单车，准备继续接下去的旅行。走出门，一阵清风拂过，挂在车尾的鲤鱼旗随风甩了甩。昨晚喧嚣的广场上，现在只是剩下一位早起的老人和一只窝在他旁边的老猫，这只猫看起来很听话，和老人一起吃着早餐。阿靖没有去打扰他们，只是冲他们点了点头，微微一笑。

是时候告别收留了他一晚的"妈祖神"了，阿靖走进寺庙，点了一炷香，以这种和闽南习俗一样的方式感恩生命的馈赠，与祈福旅程的顺利。阿靖闭上眼睛，耳畔里似乎听到了"妈祖神"的声音——"阿靖，祝你环岛成功！"

阿靖突然笑了一下，带上骑行帽，跨上单车头也不回地一路向南。

下一站是哪里？未知。

依然是沿着滨海大道，阿靖又折回到昨天发现烟花绽放的地方了。车来车往的公路边是一望无际的海面。海潮褪出很远，堤岸边成片的红树林下，一群群和尚蟹、招潮蟹们纷纷跑出来嬉戏觅食。几位赶了个早的村民，拎着袋子在泥泞的沙滩上找寻着大海的馈赠。

路过村子岔口，阿靖不再担心迷路，只是顺着朝南的方向骑去。正如昨天，**迷路也能有收获，只要心在路上，去到哪里又有什么所谓？**

沿着海滨大道骑行，一路上远远就能望见一座座大型发电风车，非常惬意。穿过车潮往来的大道，弯进村庄里的乡间小路，道路两旁就出现了一方方麦田，有的人家种的橘子林，看起来还有点生涩，而风车也越来越近。

经过一段偏僻的公路，阿靖终于来到了一个风车脚下，侧耳倾听，风车的转动发出呼呼的低沉声音，夹杂着低沉的风声，很有力量。这时候太阳也慢慢升高，可天空中还是浓云弥漫。四周空无一人，偌大的海滨只有阿靖一个人，和一排转动着巨大叶片的风车，相映成趣。

过了风车小村，有了些人工的修饰道路，但是看起来很舒服，显然不是为了商业化而布置的设计，却充满了温馨的提醒和恰到好处的创意。

阿靖这才发现自己没吃早餐，肚子突然感觉到很饿。

　　他的旁边刚好有座虹桥，虹桥的桥身全被刷成令人惊艳的浅蓝，桥上赫然写着"蓝天桥"。阿靖架好了车子，掏出昨晚寺院送的食物，一屁股坐在车子旁边的地板上，惬意地细嚼慢咽着。阿靖头顶上的鲤鱼旗在海风的带动下，"啪啪"作响，迎风飘游。

　　"年轻人，你环岛啊？"阿靖吃得正香，耳边突然响起一个声音。阿靖抬起头，只见一位大叔正一条腿跨着辆单车，另一只脚站在地上，好奇地望着他。阿靖看了看这位大叔，60岁左右，他的单车上居然还有个旅行驮包。

"你一个人啊？"阿靖还没来得及说话，大叔又问了。

"嗯。"这个问题似乎被问了太多次，阿靖似乎不想再听到一些重复的问答，索性把自己的所有来路，都一股脑告诉了大叔。

"小伙子，不简单诶。我也喜欢骑脚踏车啊！"大叔一脸兴奋。在台湾，年纪比较大的人都喜欢把单车称之为脚踏车，他说道，"你应该多找一个人一起骑车，至少旅途上不太寂寞，有人可以说说话。"

"没关系啊，我比较喜欢一个人，自由自在，想去哪儿就去哪儿。不过我现在不就有伴了吗？我遇到你了。"阿靖还是一惯的随遇而安。他又打量了大叔，微微皱了皱眉头，说道，"看你还装了驮包，应该是有过长途旅行吧？不过应该不是现在，你的这身行头不像是正在做长途旅行的。"

"哈哈，不是不是。我这是出来转转而已，这里空气很好，一般如果没下雨，我每天早上都来这里骑骑车的。"

"这里是什么地方啊？"

"这里是我们新竹著名的17公里自行车道，你刚才应该是西滨大道过来的，我看到你了。"

"是吗？看来，我在明处你在暗处啊。哈哈。"阿靖的玩笑把俩人都给逗乐了。

"你应该有经过南寮渔港吧？"

"嗯，昨天经过的。"

"这里的17公里海岸线，北至南寮渔港，南至南港赏鸟区，全长约17公里。"大叔边说边指着方位，一副很熟悉地形的范儿，"这是北台湾最大的海滨湿地，为了促进环保和单车运动，专门搞了这个全线脚踏车专用道。"

"哦~~~"阿靖总算是弄明白这是啥地方了，但比这更重要的是认识了志同道合的老车友。他顺着向南的方向指去，问道，"那您待会儿是往那儿走吗？"

"是啊。"大叔看出阿靖的意思，笑了笑，说道，"等你吃完，我们一起骑一段儿吧。"

"好嘞！"说罢，阿靖大口大口地嚼了起来。单车爱好者的世界里，人与人之间最近的距离，莫过于我不认识你，却愿与你同行。

整装待发，大叔帮阿靖在桥边拍了张照片。过了蓝天桥，迎着带有淡淡咸味的海风，他们骑上了海堤上的步道。左侧是滨海风景区和防风林，右侧则是一望无际的海滨湿地，逆光的海岸线视野宽广无垠。泥泞的湿地，在太阳的反射下，呈现出静态的波光粼粼，和远处跳跃的潮水形成动和静的对比，相映成趣。身后

的风车远了，前面的风车近了……

"你是从什么时候开始骑单车的啊？"阿靖先和大叔搭上话了。

"我从退休的时候就开始骑了。"大叔讲话和他骑车一样，不慌不忙。

"能知道你今年贵庚吗？"

"我有 61 了。"

"你年纪这么大了，能坚持骑单车，很厉害哦！"

大叔看了阿靖一眼，说道："只要你真的喜欢单车，对它有兴趣了，你就不会觉得这是一种坚持，而是一种享受。"

大叔沉默了一会儿，说道："上班的时候，天天开车出行。退休后，有一天骑着儿子的脚踏车出门，一骑上坐垫，发现看世界的角度突然变得不同了。开始慢慢地欣赏周围的世界、沿途的风景，感觉非常惬意。我看到了很多开车时看不到的风景，体会到了慢生活的乐趣。我开始审视和反思自己人生的生活态度。"

"嗯，慢生活。"阿靖若有所思。

"是的，换一种步伐前行，慢慢切换城市的速度。生活是慢下来了，快乐的节奏却变得更快了。"虽然"车龄"不长，但大叔如一位长者，和晚辈诉说着人生的心情。

他继续说道："后来我在骑行时，遇见了很多志同道合的骑友，男女老少都有！大家一起锻炼，一起出去骑行。大家互帮互助，互相鼓励问候，一起拍拍照，吃吃饭，聊聊天，身体好了，精神也得到享受了。"

"单车的生活给我带来了很多启示。慢下心来，很多事情有了更理智的考虑，不急不躁，不急功近利，多体会生活的过程，你会一直很快乐。"

......

> 大叔乐观积极的心态让阿靖深感敬佩。骑行其实和生活一样，有时候我们总是在抱怨生活的无趣，而不好好想想我们对生活的态度是不是更无聊呢？
>
> 如果我们充满了急功近利的目的性来对待生活，我们的注意力则总会注视着事情的结果，而不是事情给自己带来的快乐或是感悟。
>
> 如果我们总是抱着以享受为目的的心态做事，我们与享受的距离将愈来愈远，而与抱怨、不悦的距离则越来越近。
>
> 慢下来，享受生活，享受人生的过程，看清自己的生活和环境，不要急匆匆地感受自己的人生。就像单车让大叔慢下来一样，换种心情重新审视自己和周边，将会收获别样的人生。
>
> 旅行也同样值得慢下来！

大叔陪阿靖骑到了17公里海岸线的终点。晴朗的滨海，留下一段一老一少的骑行身影……

"往这条路出去，就可以上回大道，直通台中了……"大叔指向和终点连接着的小路，和阿靖告别。

看着阿靖远去的身影，他说道："慢下来享受生活！小伙子，祝你环岛成功！"

# 梦想骑士娜娜

来台湾之前一个月，阿靖接到一通陌生人的来电，对方一开嗓，就是活泼清脆。他从未接到这样的电话开场白："平安～～"，所以，从一开始就对她印象非常深刻。

认识这位女孩，还得从阿靖计划环台说起。

有天晚上，阿靖正在网上查询资料，无意中看到了一个视频，是关于一个台湾女孩骑单车环岛的励志故事。这个女孩独自骑自行车环岛骑行，在她 99 天的旅行里，每天住在不同的陌生人家，以劳力换取食物和住所，并在这过程中募集善款，拍摄励志环岛纪录片，鼓励生活在育幼院中，没有父母或有家庭问题的孩子们勇于追求自己的梦想，大胆地走出去。

这个女孩名叫娜娜。当时看过，阿靖就很有感触。他随即写了封邮件给她：

Dear 娜娜，

我无意中在网络上看了你环岛旅行的视频，我很欣赏你的勇气和乐于助人的精神。我接下去有骑单车环岛的计划，我想到时候在台湾，到了你所在的城市去拜访你，一起交流下旅行的故事。

阿靖

在信中，阿靖还附上了他的联系方式。但是，这封邮件如石沉大海，以至于后来他都忘记这件事儿了。接到娜娜的电话，他自己都觉得奇怪，一下愣住了。

"你好，我是娜娜。"电话那头又接着说话了，"我是来自台湾的，你之前不是写过邮件给我吗？"

阿靖一下子清晰地记起来了："哦！！！是你啊！娜娜！你好你好～～"

"不好意思啊，我没回复你邮件，我不太喜欢用网络，我觉得回复信息很没有味道，还是喜欢最直接的电话沟通的方式，所以就很冒昧地打电话给你了。"娜娜倒是很直接，声音甚至嗲嗲的，很好听。

"喔！很特别的习惯哦！"

"嘻嘻，是啊！"娜娜笑着说。

"我看了你在网络上的故事，很感人，很想当面和你交流下环岛旅行的心得，不知你是不是方便？"阿靖说道。

"方便啊，看你什么时间来台湾，你提前跟我说一下，我把时间排开留给你。"

"嗯，我回头提前告诉你。"是不是台湾的女生说话都很嗲？还是只是口音不一样的关系？阿靖继续问道："我在你的 facebook 上看到，你经常在台湾各地做演讲，到时候上哪个城市找你？"

"我一般都在台中市，到时候你提前打电话给我，我们再敲下时间。"听起来娜娜挺热情的，"到时候我带你去见见一些朋友，还有台湾不一样的风景。"

"太感谢了！"阿靖有点 hold 不住了。

"没关系呢，希望你早日来台湾，收获完美的旅行。"娜娜的这句话听起来很书面语的感觉，后来到台湾之后的相处，才知道她确实是个很浪漫，经常把浪漫的书面语当随意的口头语的邻家女孩。

"期待去台湾与你相见。"

这就是阿靖与娜娜的第一次交流，很轻松随意。

阿靖告别大叔后，继续一路南下。

他看了看手机地图，距离台中市差不多还有 60 公里，现在还没到中午，赶到台中是没问题的，而且还蛮轻松的。

出了骑行栈道，阿靖很快又折回西滨大道。这会儿的西滨大道变得更加宽敞，沿途都是连绵成片的绿色稻田，稻田的阵阵麦浪，拍打着立在田间的巨大的白色风车，风车的叶片像伸展的舞袖，一个个很舒展地转动着。骑行在这样的大风车下，有种穿梭在童话故事里的感觉。

今天的风力很强大，一眼望去的一排风车，一直转得很快，连绵到很远的田野，而且是很强劲的逆风。

骑单车的人最费劲的就是遇到逆风和上坡，今天这两个都遇到了。这让阿靖骑得很费力，骑久了，甚至觉得无聊起来。

中途在一天桥上，又望见桥下的田间，被斑斓地种上了格桑花，比吴哥家附近的那片格桑花田还要大。阿靖索性停下车来，坐到天桥沿边，边吃着昨晚庙里的委员给的橘子，边惬意地观花海。

　　格桑花海旁边是一片花生田，正是收获的季节，几位农民大伯大婶，正坐在田间，埋着头熟练地捡着花生果。阿靖冲他们挥手打招呼，他们也对这陌生的旅行者挥手微笑。

　　他们不一定能理解阿靖的旅行，但有这样的微笑不就已经够了吗？

　　美景，通常是枯燥的骑行中最美的慰藉。也许是路况甚好，阿靖骑在单车上竟然犯困了，打起了瞌睡，这也是骑车旅行所要避免的。骑了近1小时，他在一便利店接了点儿水，然后在门口的桌子上睡着了。

　　快到正午，他又从西滨大道骑回了台一线。那个岔口旁边刚好是个村口，进出村口的地方安着铁轨的安全闸门。火车时不时地路过，一辆又一辆。村子的远处，有五六柱烟囱高高耸立在工厂上，令人感动的是这些烟囱上，都画上了卡通画，像是位很有艺术感觉的建筑师，在对自己的大玩具做涂鸦。

　　此时的天空云开雾散，太阳变得热烈，阿靖身上出现了一个个小红点，可能是晒伤了。这段路，明显感觉城市间的距离被拉长了，能坐下来好好休息的地方也很少。过了正午，骑行了几个小时，阿靖感到饥肠辘辘，在路过一小镇时，找了个便利店，嚼了一份便当。

　　接下去一下午的骑行，显得很枯燥乏味，而且顶着炎炎烈日，尽管地势起伏不大，但骑行时间一长，阿靖看上去蔫蔫的，没啥气力。

　　阿靖的旅行很随性，什么时候都可以骑，什么时候都可以不骑。一路上，且歌且行，且看且摄。直到下午四点，他才看到了进入台中的指示牌。台中是台湾

发达的城市之一，一进市内，就变得非常热闹，一路还经过了几个大学。而且，能经常看到城际之间的骑行者穿梭在马路上，这让经历了一段近四小时孤独的枯燥骑行的阿靖，感到很开心。

"娜娜，你好，我到台中了，你在哪个位置，我要怎么找到你？"阿靖给娜娜打了个电话。阿靖到台湾的第一天，就陆续和娜娜保持着联系。

"嘿，平安 ~~"这是娜娜接到电话的口头禅，"怎样？今天累不累？"

"还好还好 ~~"阿靖有些口渴了，拿起水壶喝了口水。

"嗯,加油!很棒哦!你到东海大学门口等我吧。我不告诉你怎么走,但我相信你会找到的。"不愧是资深旅行家,娜娜很相信阿靖找路的能力。

是的,好的旅行者,是要具备精确地找到一个指定地点的能力。阿靖问了路人,这是他认为的最好定位方式——路在嘴上。确实,进了市区,到东海大学的路线并不复杂,只是,最后一段路却是个极长的上坡路。而骑行了一整天,阿靖对这长坡实在有些力不从心,走走停停的,耗费了他一小时的工夫。

站在东海大学门口,阿靖气喘吁吁地拨通了电话,娜娜正在赶来的途中。

东海大学的校门并不大,阿靖走了进去,把单车立在离门口不算太远的花台边,然后打量着这个校园。这是他第一次踏进台湾的高校,整洁干净的校区里,学生们三三两两地走在路上,有些同学还向花台旁边捆着累累行李的单车望了望。校园里的场景似曾相识,唯一一处能一眼看出异样的是不远处一个简陋的棒球场。棒球在台湾,是绝对的主流运动项目。

"哇!你的行李真多啊!"突然,一个熟悉的声音从阿靖的背后飘了过来。

阿靖转过身来,一位穿着长长的针织衫,咧嘴笑的女孩站在单车旁边。

是娜娜。她比想象中的还瘦弱一些。阿靖心想是不是她又去骑行,给骑瘦了?

"嗯,你好,娜娜。"第一次见面,阿靖还有点不好意思。

"你的行李真是太壮观了!"娜娜又说了一次,"累不累?"

"哈哈,还好啦,就是我都骑了一整天了,最后的长坡让我有点小崩溃。"阿靖抓了抓头,在一个女生面前说骑单车骑到崩溃,觉得有点小丢脸。

"哈哈,辛苦了。"娜娜有点儿坏笑,"我还以为你得找一会儿呢,没想到这么

快哦！不错不错。"

"嗯，我还是挺能认路的。"

"我们走吧，先去吃饭。仁铭开车带我们去，他在前面停车场等我们。"

"是吗？仁铭也来了？太好了。"仁铭是娜娜的男朋友，他一起来让阿靖喜出望外。

"来，我来推车。"娜娜走到单车旁边，顺手抓过车把，一掂量，笑着说道，"哇，你这行李可真够重的，我环岛的时候，没那么多行李。"

"呵呵，还是我来推吧，是有些重。"阿靖听娜娜这么一说，赶忙走过去，准备要回单车。

"不要啦，我要推啦，我能推得动的。有一两年没碰单车了，让我找找单车旅行的感觉吧。"娜娜的脸上总是挂着爽朗的笑容。

既然她这么说，阿靖便放开手了。他们出了校园，走在两边都整齐停满了机车的小路上。旁边的路人很多，大部分都是校园里的学生。他们边走边聊着。

"你有两年没骑单车了？"阿靖有些惊讶。

"是啊，这两年我大部分时间是在做演讲，也有带两批青少年去旅行，比较忙了。"娜娜抓着车把，看起来还算轻松。

"哦？是吗？我对你的认识，只是来源之前看的那段视频。这次来，要好好听听你们的故事。"眼前这位可爱的女生，阿靖确实带有几分崇拜。

"哈哈，还好啦，只是我希望把我经历过的事情，作为一个励志教育的素材，和正在成长中的青少年一起分享，让他们走出成长的阴霾。"

"看来，你的旅行经历了很多，让你改变了很多。"

"是的，等会儿我们好好聊聊，我也要听听你西藏的故事，我明年也许去西藏旅行，我将要带第四批的梦想骑士去。你在网上看到的那个视频是第一代的梦想骑士。"

"梦想骑士？"阿靖疑惑地看了娜娜一眼。

"梦想骑士是我为自己和我所带出来旅行的青少年取的名号，我希望藉由我自身的经历，去鼓励更多人，特别是失去亲情关怀的青少年勇敢地走出去，去和人沟通，和世界沟通。"娜娜讲起这段话来，充满了自信与快乐。

这时，不远处一辆小汽车上，有位男生正向这边招手："过来，这里这里。"

"走，是仁铭。"娜娜拉了拉阿靖。

这是阿靖第一次看到仁铭，以前在网上也没见过他的照片，娜娜没介绍，还不知道他是谁呢。阿靖上前去，很开心地和仁铭握了握手："你好，你好，仁铭，很高兴认识你，我是阿靖呐。"

"你好你好！"仁铭长着一张娃娃脸，笑起来显得很可爱，"赶紧先把行李卸下来，上车吧。现在的交通比较拥堵了。"

路上的行人很多，旁边的大道上车来车往。费了好大功夫，阿靖才把单车拆散了放进汽车里，长输了一口气，坐进了车里。

此时的台中，夜幕慢慢降临了，天色渐黑，都市的霓虹映满了视野。

拥堵的市中心在下班高峰期都是一样的，仁铭开着车走走停停地行驶在回家的路上。坐在车上，他们三人继续聊着刚才的话题。

"我小时候，生长在一个家暴频繁的家庭里，后来父母离异，我跟了我妈妈，不久妈妈有了新的家庭，而我却被抛弃了。"似乎戳痛了娜娜的伤处，娜娜每讲起这段都语气低沉，"我记得小时候曾经三天吃同一锅南瓜稀饭，因为我跟着我父母躲地下钱庄的追债。我13岁就开始工作了。"

"嗯，那是非法的。"仁铭插了句话。

"呵呵，是的。为了生存，我当时不惜伪造身份证上的出生日期恳求雇主的同意。"娜娜继续说着，"但是后来还是被雇主识破了，我一再软磨硬泡地恳求雇主用我，我会比别人更努力，花更多时间的。"

"他们还用你了吗？"阿靖听得很专心，问道。

"用了，但是雇主说他要冒着被罚款的风险，所以给我很少的工资。和我一起做事的同事工资是两万元新台币，而我却只拿到1万5。"娜娜越讲越起劲，讲述着那些曾经的痛苦和抗争，"后来我还做过好多很低下、辛苦的工作，之后我住进了福利院，不快乐的幼年，让我一度想要放弃自己。不过在身边很多朋友的鼓励和帮助下，我重新找到了生命的重心，艰难地生存了下来，总之，我的成长伴随着一系列的不幸。"

"后来的环岛骑行，也是很艰难。因为身上没钱，不得不用劳力去换取食宿，因此在这过程中必须学会与人良好的沟通。我小时候的经历让我有些自卑，甚至自闭。这趟旅行下来，让我学会了打开心胸，与人沟通。"

"那你这样的旅行，肯定吃了不少苦头。"阿靖说。

"对啊，被拒绝过太多次了，还被认为是诈骗集团，呵呵。"仁铭也认为娜娜确实很不容易。

"嗯，在宜兰罗东时，就曾被店家报警处理过。有很多次灰心想放弃，但是想到当初的梦想，以及一路坚持的力量，就没有什么过不去的坎了，自己觉得内心变得很强大了。后来我就咬着牙，走完了所有的行程，发现当初的坚持确实是有结果的！"娜娜的发言充满着自信，让阿靖想到了三毛笔下的一句话：一个不欣赏自己的人，是难以快乐的。

是的，娜娜对自己很自信。她继续说道："受暴的孩子要改写自己的命运和性格，困难度比一般的孩子高太多太多了。除了外在的受伤之外，还必须超越自己的心伤。"娜娜抚摸着自己的胸口，继续说道，"而我用旅行的方式，走出来了，我当时就立志一定要帮助那些跟自己一样不幸的孩子，走出人生的阴霾。所以，我目前大部分时间是在全台湾做巡回演讲，分享自己的旅行，我希望能有更多的失亲的青少年能和我一起成为梦想骑士，一起去旅行。通过旅行，学会以正向的思考和眼光，看待自己的失落与受创经历，勇敢改变自己，重塑自己。"

相信仁铭也不是第一次听到她说这番话，但是仁铭依旧默默地聆听，就像是第一次听到一样。

**"不要让自己带着遗憾去活。因为，那才是真正的痛。我的出发点很单纯，就是一切从零开始，只要我能做到，相信其他弱势的孩子们一样可以做到，这趟旅程，鼓励着我们几代梦想骑士，树立了永不放弃希望的观念，我看到了他们的成长，更坚信了我要走的路。**

"你这么辛苦的旅行，孩子的父母们会放心把小孩交给你吗？"

"是有很多家长不会这么做，只有一部分孩子会跟着我一起去旅行。没有走出去的人，我会用分享会的方式鼓励他们做生命的强者，勇敢去面对生活。"娜娜的讲话，条理清晰，铿锵有力。

阿靖沉默了会儿，若有所思。娜娜的一番话，甚至让他有种想重新审视自己旅行的意义的冲动。拥堵的交通，让他们有了很多交流的时间，到达仁铭家楼下时，天已经完全黑了。

"阿靖，晚上你就和我住一起了。我住的地方不大，将就下了。"下车后仁铭很客气地说。

"出门旅行，哪有那么多讲究啊。让我睡在天桥下都可以，何况住家里呢？"这是阿靖心里的实话。

仁铭住的那栋楼是一个个像酒店客房格局一样的小公寓，电梯空间很小，阿靖得把单车立起来才能进得了。他家里的空间也不是很大，一张大床占据了很大的空间，一个电脑桌摆在旁边，整洁的地板上铺了块小地毯。墙壁上贴了很多黑白照片。

一进门，阿靖就被墙上的那些黑白照片吸引了。

这些照片上的主人公，大部分是娜娜。很多是她旅行时候的照片。没来得及多整理行李，阿靖就沿着墙一张张看过去了。

"这些照片是谁拍的？"阿靖指着其中一张照片问道。

"是我拍的。你能看得出这些照片有什么特别的吗？"仁铭突然变得神秘兮兮。

阿靖又好好看了看照片，说道："他们都是黑白的。"

"不完全是这个。"仁铭走到墙边，取下其中一张照片，说道，"你仔细看看照片，会有些微小的细痕，那是因为这个照片是用老式的黑白胶卷冲洗的。"

"黑白胶卷？"阿靖接过照片，仔细地端详着，"好久没看过这种东西了，现在日常拍照几乎没人用胶卷了吧？"

"嗯，没有。仁铭也是找了很多地方，才找到冲洗胶卷的地方。"娜娜插了句话。

"为什么还保留这种做法呢？"

仁铭从柜子里翻出一台相机，很爱惜地拿在手上，说道："这就是我用的胶卷相机。你知道，胶卷相机拍摄不像数码相机，可以重复拍摄。它只是一次性的，按下快门的那瞬间，你已经没有后悔的机会了。"

"尽管这样的照片会有微小的细痕，但是我更珍惜的是这种拍照的感觉，一种有缺陷的美。使用胶卷让我对每一张照片的珍惜更为深刻。一卷胶卷只有 36 张，而每一张都需要过片、调光圈、调快门、调焦距。这许多繁琐的动作，就像与人相处一样，有着许多细节，需要用心感受，当下这一刻，过了就回不来了，所以使用胶卷提醒自己，把握每一刻当下，珍惜所遇见的每个人。"仁铭的话，让阿靖起来一身鸡皮疙瘩，怎么他的思想如此精致美好到这个程度？

"至于黑白，那是所有的颜色总和，透过黑白我能看到照片里所有的颜色，那是种美的体会和感悟。我很喜欢！"娜娜对照片的色彩如此诠释。

"你的工作是摄影师吗？"阿靖好奇又略带敬佩的眼神看着仁铭，问道。

"仁铭是自己做设计工作室，接一些设计和摄影的活儿。"娜娜拍了拍仁铭的肩膀，两个人对笑了一下。然后娜娜突然神秘兮兮地对着阿靖说道，"对了，阿靖，你还是先去洗个澡，我带你去个地方。"

"嗯，我今天出了好多汗，得先洗洗。"阿靖放下照片，从包里捡了件干净的衣服，走进浴室。

骑行整整一天，阿靖一身臭汗味，喷淋从头上冲下，流到脚下的时候，清水早已污浊。洗去一天的尘垢，顿时神清气爽。

阿靖在浴室里，又听到了娜娜活泼的笑声。她真是个爱笑的女生，听起来是在讲电话，在约着某个见面的地点。

阿靖擦着头发走出浴室，娜娜和仁铭已经为他准备好安全头盔，阿靖带上相机便和他们一起坐机车出去了。他们把他带到一个小店，小店外是四个落地窗，写着"但以理整复调理中心"，听上去像个小诊所的感觉，往里望去，看到一些医学仪器，阿靖便觉得奇怪了。

"这是诊所吗？"阿靖问道。

娜娜挥了挥手，笑着说道，"来吧，进来再说，待会儿你就知道了。"

推门进去一看，确实看起来像是个小诊所，一边还摆着两个按摩床。娜娜随手把包撇在椅子上，一屁股坐到了其中一个按摩床上，双脚来来回回地晃着。看起来她是这里的常客，往里面喊道："快出来啦，出来接客啦。"

一会儿，从里房走出个男的，长相看起来很逗趣，但是头发乱乱的，没什么精神，看样子是刚从床上爬起来的，他笑着对娜娜说："你好久没来了啊！你的朋友呢？"

娜娜从按摩床上下来，起身指着阿靖说道："这就是我在电话里跟你说的那个朋友——阿靖，他是从大陆过来的，来骑单车环岛的。"

"环岛哦！好酷啊！"他有点讶异地看着阿靖，略带幽默的夸张。

"给你介绍下。"娜娜站到两人中间，说道，"阿靖，给你介绍下我的好朋友，淀国，在我眼里，他是世界上最好的按摩推拿师，我以前经常过来让他推拿，哪里不舒服，让他的降龙十八掌推拿下，立竿见影！"

娜娜的表情很好笑，讲完后她又张开她的大嘴，咯咯咯地笑起来，继续说道："在骑行后，让他做个推拿非常舒服，真的！我会把他推荐给你，是因为我之前都这么干。淀国，阿靖就交给你了。"

"我觉得一个人在外面旅行是非常不容易的，他的手法很不错，会是一个很棒的体验，你就好好的体验，好好的休息，好好的跟人在一起……"娜娜说得很感性，说完了她做了个鬼脸，继续说道："很快就好了，按好了，我们一起去夜市吃东西。"

这个安排，真令阿靖有些意外。淀国拿个小凳子让阿靖坐下来，他一抓过阿靖的手，摸了摸阿靖的肩膀，说道："你今天水喝少了，身体都发烫呢。"

"嗯，是的。"

"娜娜，你自己冲瓶水，顺便冲一大杯给阿靖。"淀国边说着边摆弄着阿靖的手臂、肩膀，有时候还扭动着关节。过会儿又是一阵刮痧，又是拔罐，看起来手法相当专业。

娜娜和仁铭坐在一旁的椅子上聊天，仁铭拿着相机还时不时地拍拍照片，拍到淀国的时候，淀国故意把脸遮住，笑着大声说道："喂，我很没精神啊，拍起来不好看的。"说着起身往里屋走了进去。

一会儿功夫，淀国走了出来，他洗了脸，梳了梳头发，然后很自信地面对镜

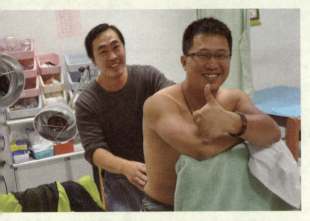

头。大家都被他认真又风趣的个性逗乐了。只是他拍照时候一本正经的样子，显得很憨厚风趣。

他接着为阿靖推拿着。到最后，淀国甩了甩阿靖的手臂，拍着他的肩膀："好了，搞定！你站起来，全身扭动下，看看感觉怎样。"

阿靖站起来，扭扭腰，转转脖子，挥挥手臂，确实浑身筋络舒展了很多，肌肉也没那么紧绷了："谢谢谢谢，确实是舒服多了！感觉很舒展。"

"好，走，去吃饭了，我肚子饿了。淀国，你也一起去啊！"娜娜伸了个懒腰，说道，"阿靖，你的肚子更饿了吧？"

阿靖点了点头，也不好意思说他的肚子已经咕咕叫了。

他们带阿靖来到逢甲夜市。

"逢甲夜市是全台湾最大且著名的观光夜市，它以文华路、福星路、逢甲路为主，旁边还有个大学，叫逢甲大学。"一下车，娜娜又动口介绍了起来，好像是要把她知道的东西都一股脑告诉阿靖，"这里号称为全台第一、最具特色，且多元丰富，尤其在这最容易发现创新又有趣的小吃最多，所以带你来没错的。跟着我们吃更没错！"

"那个大肠包小肠一定要吃，我也最喜欢吃了！"淀国一听就直接点名要这个。

"嗯，那家店面不大，但是经常要排队，仁铭，你去排队吧。"娜娜说道。在台湾的夜市里，总有几家不起眼的小店，生意极为火爆，购买的顾客排成长龙是常有的事儿。他们一行四人，就分头去排队了，买到小食后，就聚在一起分享。

和其他夜市一样，逢甲夜市里的很多摊主都把他们和明星的照片，冲洗出来挂在档口、歌星、演员、政治人物，都能上榜。有的店还参加过综艺或美食节目的录制，也都会秀出来，用来招揽食客。

不一会儿，他们把小吃都买齐了，站在夜市的一角，嚼得很欢乐。这夜市，热闹非凡，每个摊位的座位也非常有限，很多食客都是站着吃的。吃完一波，他们又一头扎进夜市里逛，又找到别的美味，大快朵颐。

阿靖确实吃了不少美味，或者是难忘的小吃。这些小食没有当地人带路，自己一个人找还真得花好大的功夫。这就是做沙发客旅行的好处。

除了诱人的美食，这里还有卖衣服、鞋、包及各类饰品的，而且价位也都是走平实低价线路，娜娜说："这里是台湾中部流行的集中地哦！来这里可以抢到很多好康的。"

"好康"在闽南语语境中，多做形容词使用，是"好""幸福"的意思，一般用于描述生活，比如"生活好康"、"这么好康"。而在台湾，除了有同大陆地区同样的语境用法之外，还用来特指一些商家的促销行为，或者赠品，就是搞促销、做优惠的意思。

逛完、吃完整个逢甲夜市，其实要花很长时间。回到仁铭家里，已经是晚上 11 点了。骑了一整天单车，又逛了

一晚上夜市，阿靖实在筋疲力尽了。只是想回去早点休息，担心睡眠不好，影响第二天行程。

走进仁铭家里，娜娜开始忙活起来，忙着收拾东西。她对阿靖说："阿靖，你今晚就住这儿，我待会儿回去我家住，仁铭会送我过去，你累了你就先睡。然后明天早上我再来送你。"

"好的。"

"不过我还有些东西要送你。"娜娜说着，从自己背包里拿出一双筷子递给了阿靖，她说道，"阿靖，我希望你的旅行都可以尽可能地环保，爱护环境，这双筷子给你用，每次吃饭时，如果餐馆里提供一次性筷子，就麻烦你用这双环保筷。"

"环保筷。"阿靖接过筷子，看了看。

"是的。"

"吃饭自己带筷子？"阿靖看了看娜娜，"这样会不会被人认为太做作了？"

"不会的，在台湾不会的。"娜娜立刻摇摇头，说道，"店老板看了你用自己的筷子会觉得你很赞的，绝对不会认为你太做作。一起共同爱护环境，他们会觉得你很棒的。"

娜娜接着从抽屉里拿出了一张海报，说道，"阿靖，这个海报是我们梦想骑士的海报，我想把它送给你，也希望有一天你能加入到梦想骑士计划的队伍里，为我们的青少年们加油、鼓励，好吗？"

"我当然愿意了！"阿靖接过娜娜手里的海报，展开来看。

海报的中央画着一个台湾地图，中间是一个举着单车的剪影，下面写着"WE CAN"。

"这是我们第一代梦想骑士的海报，已经没有再印了。"娜娜又递给阿靖一张外套是一副手绘图的光盘，说道，"这是我们梦想骑士的视频光盘，是参加我们活动的小朋友们绘画制作的明信片，这个也送给你一份，希望你也能将这份精神带给有需要的人，加入到梦想骑士行列来。"

"哦，对了，这个光盘上面，我写了一段话给你，希望你会喜欢我的礼物。"娜娜脸上又泛出了笑容，他翻开光盘封套的背面，上面密密麻麻写了一段话：

这不只是一趟旅行 or 台湾旅游。

这是一趟自己跟自己对话的旅程。

30 岁是人生另外一个里程碑，

好好地走，细细地看，慢慢地听，
你将会活出一个新的生活，宽广的……

　　封套上的字是很秀气的 pop 字
体，这是娜娜的一贯风格——坚持
手写书信。娜娜把这段话用朗读散
文的语气，念了一遍，字里行间透
露着娜娜曾经旅行的心情感悟。是
的，每一段生活，不管是在家里，
还是出门在外旅行，都应该是要
"好好地走，细细地看，慢慢地听"，
把生活慢下来，用心去理解，便会
体会到更多生活的本真，和被自己
曾经遗失的美好。用心去对待生活，做生活的有心人。

　　"娜娜，拿出相机为阿靖录一段视频吧，可以作为我们梦想骑士纪录片的梦想
寄语。"仁铭突然想到什么，从柜子里拿出相机，对娜娜说道。

　　"对哦！我怎么没想到？你提醒得太好了，铭。"娜娜开心地拍了拍仁铭的肩
膀，很开心的样子。她转过头对阿靖说，"阿靖，我们每一代的梦想骑士里的纪录
片都会加入在旅行中遇到的路人对梦想骑士的寄语，我希望你也能为我们录一段
梦想寄语，给更多的台湾青少年加油，好吗？"

　　"我可以吗？"

　　"当然可以，你也是很励志的啊！"

　　"谢谢，那好，我试试。"

仁铭已经调好了相机，准备好对准阿靖。面对镜头，阿靖突然不知该说什么，显得有些尴尬。虽然没有全程参与娜娜的梦想，却也见证这个梦想的诞生与当下的发生，阿靖确实也是有话要说——

"梦想骑士，有梦想的骑士！

我很开心这次台湾环岛骑行能遇到你们，特别是娜娜。你曲折的成长和旅行经历令人同情和敬佩，可更难得的是你愿意将你所有的经历和别人分享，这是一种分享的精神，一种给人正能量的精神。旅行最重要的并不是自己去过哪些地方，经历过什么事，在你身上，我看到了你在旅行中学习自我，肯定自我，创造出自我的新生命。

你用你的方式，走出了旅行的意义。我也会有我的方式去诠释旅行的意义。我们都在用不尽相同的方式旅行着，但殊途同归，希望能鼓励更多有梦想的人勇敢地走出去，实现自我的价值。

每个人都是梦想骑士！"

有的人，会因为自己的遭遇而变得悲观失落，有的人则是因为伤痛而变得坚韧成熟。在娜娜身上，不仅仅看到坚韧成熟，还有乐观豁达的坚强。这就是阿靖眼中的梦想骑士娜娜。

# 临别的祝福

娜娜回去了，仁铭送她去的。空空的房间里，阿靖蜷着疲倦的身躯，却久久没有入眠。阿靖不知道他是什么时候睡着的，只是第二天一早他醒来时，却发现房间里还是只有他一人。

"仁铭，你昨晚没回来吗？"阿靖伸着懒腰拨通了仁铭的电话。

"我昨天晚上送娜娜回家，实在太困了，就没赶回家了，她家离我家还是蛮远的。我们现在在回去的路上了，很快就到，等会儿一起吃早餐。"仁铭边开车边回答。

"好，我先把行李整理好，在楼下等你们。"和仁铭约好时间后，阿靖整理了睡觉的床铺。在床旁边的书架上，阿靖看到书架上有两张昨天晚上没有留意到的照片，照片的下面分别附着娜娜写的诗：

诗一：
无论逆着光或背着光
都可以逐梦
只要我们愿意
就能够实现

难的是遗忘
将梦想埋藏在心底
于是必须选择不断忽略
最后忘记了什么是梦想

诗二：
生命应该要美好
因为有许多人正创造着希望

生命应该要美好
因为有许多人正创造着奇迹

随着时间的增长
发现获得自以为需要的东西并不快乐
随着经验的累积
发现自己不需要什么东西而变得富有

在楼下，娜娜和仁铭也刚刚到了小区，他们走了过来。

"阿靖，昨晚睡得好吗？"仁铭先走了过来，关切地问道。

"嗯，很好，谢谢！"阿靖把单车架在一旁。

不远处，娜娜推着一辆很可爱的机车从后面走了过来，她穿得很漂亮，阿靖跟她轻轻挥了挥手。

"阿靖，我得马上去办个事，待会儿仁铭会陪你一起吃早餐，我就去不了了。"她过来跟阿靖说道，"我是过来跟你说再见的，希望你能好好享受你的旅行，到时候我们去大陆再见。"

"好！你有事儿就先忙吧，那我们就大陆再见吧！"阿靖

娜娜从她包里掏出个小公仔，把它递给了阿靖，说："阿靖，这是晴天娃娃，送给你。希望你在台湾都能遇到很好的天气，每一天都是晴天。你可以把这个挂在单车上。加油！"

说罢，娜娜将晴天娃娃绑在了车把上。小巧玲珑，看起来很可爱。

"谢谢，谢谢。"

"好咯，那我只能先走了。"娜娜突然走到阿靖跟前，然后回头问仁铭："阿铭，我可以跟阿靖拥抱下吗？"

仁铭笑着点了点头。娜娜拥抱着阿靖，说道："阿靖，要加油！祝你环岛成功。平安！"

"会的！我们见面时，我想那会是在你们行走在梦想的道路上的时候。在梦想成为现实的路上，我们都是生命的行者！"阿靖热情地邀请他们到大陆旅行。

仁铭带着阿靖在他家旁边的小早餐店吃早餐，这是仁铭经常来光顾的小店，

有着很地道的台湾口味。由于昨晚娜娜给阿靖一双筷子，阿靖特别观察了这家早餐店，这家店提供一次性筷子以及重复使用的筷子。

"在台湾，很多餐饮店都会提供两种筷子给客人选择的，大家都很清楚地意识到爱台湾，环保很重要。"仁铭解释道。

"嗯，那我们就用这种可以重复使用的筷子吧，要环保！"阿靖没有犹豫，抓起一双环保筷用起来。

吃完早餐，便是离别的时候了。阿靖仔细检查了行李捆绑，准备出发。

仁铭走了过来，他说道："阿靖，我和娜娜都是虔诚的基督教徒，我希望接下来你能和我做一件事。"

"什么事？"阿靖有些好奇。

"我希望，你闭上眼睛，合上双手，我想在你出发之前做下祷告。"仁铭的眼神透露着诚恳。

"好。"

说完，阿靖和仁铭都站在单车旁边，闭上眼睛，合上双手。仁铭用很谦卑诚恳的语气祷告着：

"可以在台湾遇见阿靖，是上帝的安排。我也希望上帝保佑他在台湾一切平安，可以遇到上帝为他派来的小天使，让他在台湾旅途的日子里，可以很欢乐，可以看到台湾的美，可以遇到很多感动的事情，让他可以带回丰富的故事和更多人分享。阿靖是个很愿意分享的人，也很勇敢，愿意做很多不一样的尝试，这份心是很难能可贵的。现在向上帝祷告，请上帝可以听听他的心，让他的旅途中，充满了上帝的祝福，也请为他预备前面的道路，一切都可以很顺利，少一点酸痛，多一些轻松过的路程。加油！阿门。"

"阿门。"

和他们相处的时间很短，但阿靖因梦想和他们结下了深刻的情谊，这样的离别总是不舍。而旅行就是这样，在分别的岔口，离别上一段陪你看风景的人，又将在下一个路口邂逅下一个同行的人。

带着梦想骑士娜娜和仁铭的祝福，阿靖骑行在路上，他也带着自己的梦想继续骑向未知的下一站，俨然也成了梦想骑士……

# D5 路思义教堂

　　台中是个很大的城市，和台北一样，大城市拥堵的交通、轰鸣的机械声并不是阿靖喜欢的。他一直在寻找城市的出口，向着恬静绿色的郊区骑去。

　　阿靖骑过一条叫约农路的大道，忽然视觉一片开阔，一座人字形的建筑特别抢眼地坐落在一大片碧草如茵的草地上。草地上有人在拍摄婚纱照，也有人在画画写生，也有一家子坐在草地上享受阳光。

　　建筑顶端的十字架已经告诉人们那是座教堂，它便是东海大学旁边路思义大教堂，这也是台中著名的景点之一。阿靖记得，昨天和娜娜、仁铭聊天时，他们曾经提过那是他们经常去做祷告的地方，让阿靖有空一定去那里转一圈，没想到没有计划却正巧遇见了。

　　路思义教堂为东海大学最负盛名的建筑师贝聿铭所设计，也是该校的精神所在，教堂外观由四片面组合，采用琉璃瓦铺盖而成，具有弧形线条的风帆屋顶，于屋脊分开，构成一线形天窗。整栋设计运用力学支撑，没有一根柱子作为支架，反而看似梁柱该存在的地方却摆上了大片玻璃，优雅的线条在力与美之间散发出一种令人叹为观止的气氛。高耸的路思义教堂在校园的任何角落都可看见，可说是东海人的心中寄托，就算只在教堂外也令人感觉到来自心灵深处的安定感。

　　路思义教堂迎天挺立的姿态，彷佛向天空仰望，探索可知与不可知的奥秘。只可惜当时并没有对外开放，从通透的玻璃窗望进去，想象一下有两人一起在这个教堂内步入红毯的浪漫气氛，那会是非常唯美的。听说，路思义教堂见证了东海大学数十年来的发展，守护着一批批的莘莘学子迈向人生，这一个建筑与规划的巧思仍影响着代代的东海人，这应该也包含娜娜和仁铭吧？

　　这所为当地人，尤其是东海大学的学生所敬佩与赞叹的教堂，值得一探究竟。只可惜那天教堂并不为外人开放。然而紧闭的大门，却不妨碍游客和本地人去那里闲逛的心情。有份浪漫的情愫，去望一望那座教堂和旁边的那棵大树，还有天

空，就算是发呆也算是一种享受。对阿靖而言，望着教堂内一线天的屋顶，突然有种瞬间的感觉叫做永恒，心里彷佛有许多话要对教堂倾诉，而教堂似乎也有许多话要对我说。

# 单车是一扇窗

　　环岛期间，在路上骑行经常会遇到很多通过 Facebook 和阿靖打招呼的台湾人，他们知道阿靖的 Facebook 账号大多是通过一个台湾本地的单车咨询网站——单车时代。这个网站连载过他的旅行游记，所以有许多台湾的网友一直都有所关注，尤其是爱好单车的台湾网友。

　　单车时代公司就在台中，中午，他们特意邀请阿靖到他们公司参观。单车时代是对台湾单车文化报道最多的网站，阿靖也借此机会好好了解了单车文化在台湾的状况。

　　Jenny 是一直负责和阿靖联系的网站编辑，她自己也是单车爱好者，而且爱好也很多样化，比如游泳、冲浪，个性大大咧咧却又不失可爱。

　　"阿靖，欢迎你到台湾来。终于见到你了。"因为连载骑行游记，Jenny 和阿

靖已在网络上沟通过很久了，从第一次联系，直到今天见面，也是半年有余了。

"谢谢，我也是。"阿靖见到的 Jenny 和想象中的没什么两样。

"中午一起吃饭吧，我们一起聊聊你的旅行，还有台湾的单车文化吧。"Jenny 说。

"好啊。"阿靖很爽快就答应了，"我来台湾已经有四天了，我也希望透过你们，多了解了解台湾的单车文化。"

"是的，一起分享了你的旅行这么久了，是该我讲讲台湾的骑行文化了。或许，通过我的描绘，你会更深刻地理解台湾骑行，以及更珍惜在台湾骑车的日子。"Jenny 讲话透着一股自信和可爱。

"真的哦！那我洗耳恭听了！"阿靖听 Jenny 这么一说，心里暗自开心，这样的文化体验，正是阿靖最想要的旅行目的之一。他们到公司楼下的一家西餐厅边吃边聊，尽管阿靖更想尝尝台中的特色小食，可那家西餐厅却也清静，让他们能聊得更深入。

"台湾的单车文化，最重要的是热情。"Jenny 一讲起来，滔滔不绝，"凡是来过台湾骑车的大陆车友总会念念不忘台湾人的热情，当在路上骑车时，可以听到经过旁边的汽车传出加油打气之声；当你一脸迷路状，有民众主动上前询问是否需要帮助，就连警察都会主动告诉他们'路上要小心'等关心话语。"

"是的，我在路上，经常遇到这样热情的台湾人为我加油。"这让阿靖想到了这几天来遇到的帮助过他的台湾人。

"台湾的单车骑行很普及，很多政治人物，以及明星、老板，也换上了车衣车裤，和大家一起骑单车。台湾人对单车的理解，已经不仅仅定义为一种通行工具，更多的是一种运动和提倡低碳环保的文化了。"Jenny 说道。

"在台湾，便利店为台湾环岛骑行提供了绝佳的补给便利。在台湾，你的饮水、三餐都可以在便利商店内解决，更方便的是，部份加盟店还有打气的功能。而沿路的警察局是很好的休息、补给处，警察除对骑友相当关心之外，局里外备有铁马驿站，让你进来休息、装水、充气，还有道路指引。"Jenny 经常骑单车，对这样补给的状况非常了解。

阿靖边听边记下，他希望能把这些完善的单车文化，带回去跟更多人分享，他说："是的，这里的便利店确实'麻雀虽小、五脏俱全'，警察也特别热心，一进去就询问骑行状况，完全没有冷冰冰的印象。"

"台湾人整体的礼节比较规范。无论是城市还是乡镇，人们普遍的态度都是良善的，大家都互相帮助彼此，不会有插队的情形，彼此礼让，态度极好，说话和气，想法有条有理，做事有原则。"Jenny 对自己生活的社会形态看起来很满意。

"是的，台湾的人文环境是很好，那整体的地理环境呢？"其实这样的问题在网上是可以查得到的，但是阿靖最希望直接听台湾本地人的说法，这样的感知最直接和准确。

"关于台湾的骑行环境，可以这么理解，台湾的各地距离短，比如想从台北骑到台中来，一段简单的单车之旅非常方便。体力好的，会做环岛骑行、深度旅行、深度感受台湾的心跳。体力不好的，可以双铁游，台湾的单车也叫铁马，所以双铁游就是铁路加铁马的方式。台湾有很多车次的火车车厢是允许带单车的，可以劳逸结合，两铁互行。尤其值得一提的是在东部一定要尝试一段单车进火车的行程，在火车里欣赏东岸太平洋的美景是绝美享受！"Jenny 的述说，听起很专业又不失生活味。

阿靖听了之后，有种兴奋的期待："铁轨上的太平洋，这听起来很酷哦。"

"是的，而且在台湾骑行，路上经常会看到热爱骑行的美女，而且台湾的女孩子骑单车时也特别爱美，很会打扮哦。"Jenny 说着，竟也有些腼腆，"你在路上有没有遇到过？"

阿靖点了点头，说道："是有遇到过，她们会把自己打扮得很阳光、活力，有的也很卡哇伊，而不是一般运动员的外型。她们正享受骑行带来的健康快乐，这很美妙。"

因为喜欢骑行，因为大自然，因为释放、速度、年轻、激情、刺激、独立……所以阿靖和 Jenny 有缘相见。Jenny 分享的她眼中台湾骑行文化的观点，尽管不是从大环境去理解，甚至是从微小的细节来说明单车文化，但足以体现单车已经成为了解台湾的一扇重要窗口。

# 突如其来的热情

从台北抵达台中，阿靖花了4天骑行。这样的速度并不算快，甚至在有些骑行者眼中，这已经算非常慢了。然而他在乎的并不是孰快孰慢的较量，而是在乎旅途中看风景的心情。

4天的骑行，大部分时间天气非常晴朗，中午的太阳总是和台湾乡亲一样热情高涨，短短四天，阿靖身上的皮肤已经被晒得黝黑。昨晚又被娜娜带去拔罐，手臂上留下了几个深深的拔罐印迹，看起来像是被打得青一块紫一块的。

在台北市区，接连路过几个警察局。每次路过，阿靖都喜欢向警察局里瞄上一眼。其中一位正在路边执勤的警察，还故意把阿靖拦了下来，嘱咐着骑车要小心。中午时分，天气炎热，阿靖的水壶也空空如也了，他停在台中市的一个警察局里，想进去加水。迎门就是一排办公桌，几台电脑后有穿制服的警员在值班。无需登记，阿靖便径直而入。

台中是个比较繁忙的大城市，这里的警察局也是事务繁忙。警员们进进出出地各自忙着自己的事情，没有人搭理阿靖。但是每个经过阿靖身边的人都会冲着他微微笑，点点头。他们似乎也习惯了单车族们来这里打水歇息。阿靖没有打扰他们，默默地加完水，又踏上了旅程。

在台中，有一家卖二手车的商店，竟然一直播放着刀郎的歌，而且声音之大，可穿过好几个街区。是不是刀郎在台湾也受欢迎？网络的发展，让本来就使用同种语言的两岸人民，更容易建立沟通。尤其是微博的出现，让许多网络语言很快在台湾蔓延开来。

在一处公园树下休息时，阿靖听到一些台湾的年轻人们，聊天时经常会加入一些大陆的网络流行语，比如给力、靠谱、雷人、打酱油等。

在市区，经常会看到一些热闹的地方有的摆放着花圈，甚至摆得满满一街。一开始没太在意，闹市里也可以办丧事的。后来看多了，发现有些不对劲。怎么办丧事，很多人要盛装出席，大红大紫，甚至眉开眼笑乐呵呵的。仔细一看画圈里的文字，竟然写着"×××结婚""×××公司开业"。有些学校门口的花圈还写着"祝贺学生们金榜题名"。阿靖感到很纳闷。

在大陆，只在办丧事的时候才使用花圈。而在台湾，花圈是可以用作于婚丧喜庆的。台湾办丧事的花圈，使用的花圈颜色和大陆的没什么区别。而喜事的花圈，颜色则是靓丽的，尺寸和上面的花瓣都比大陆的小，中间留出的空间贴上红纸写上祝词。这样的道喜方式，阿靖似乎一下子难以接受，但是终归还是要入乡随俗，只是要记得用颜色来分辨不同的场合。

说到入乡随俗，在台湾的城市公园里，都有一个叫"化妆间"的房间，进去一看，其实就是厕所。这也是一个文化上的小差异，其实"化妆间"在大陆是被称为"卫生间"或者"洗手间"。

行至台中县的南端，已近黄昏时分。太阳的燥热逐渐褪去，显露出几分柔和。在城郊的一处天桥上，阿靖坐在人行道上休息着，看着车来车往的人群和车流。

天桥下，一辆火车正吹着汽笛，贴地飞驰而过。被车轮蹭得铮亮的铁轨，暗黄凝重的晚霞中，落日不慌不忙地折射出两道绵长的白光，由近及远。它穿过一片树林，路过一片稻田，经过一个村庄，融汇到远处一耸耸高压塔，似乎在诉说着一则没有终点的故事。

骑行一整天，阿靖腿部的肌肉略显疲倦，倚靠在一边听着音乐，一边嚼着寺庙送的，还没吃完的凤梨酥。

　　阿靖拿出手机，查看着地图。继续往南走，台中之后的城市是彰化县、云林县、嘉义县。在沙发客网上，这几个城市阿靖没有提前找到合适的沙发主，他看了看里程数，盘算着索性趁体力尚可，一路摸黑继续南下。况且接下去都是在市区里骑行，相对会比较安全，可随遇而安，想骑就骑，想停就停。

　　台中市和彰化县一衣带水，两个城市之间隔着一条大江。骑过大江桥之后，天色逐渐暗下，气温也变得凉凉的。直至进入彰化市区，在阿靖镜头里，太阳是在一座工厂的烟囱旁渐渐消失光芒的。而繁忙的彰化市区逐渐显现了它璀璨的夜色，街景繁华，霓虹闪烁，车流不息，人来人往。

　　电影《那些年，我们一起追过的女孩》里的故事，就是导演九把刀自己在高中时期发生的真实故事。而故事的发生地就是彰化。影片讲述的是名为柯景腾的男主角，和五位好同学共同喜欢上了全校成绩第一名的女孩沈佳宜的爱情和友情故事，无疾而终又带有遗憾的爱情，和纯真无邪的友情，也描绘出那个纯真年代的纯朴彰化。

　　阿靖很喜欢这部电影，一望见彰化的公路指示牌，心里不禁多了几份惦记，想多看看自己眼中的彰化是否如电影里一样淳朴。只是这绚烂的夜色似乎很难以跟电影里文艺清新的画面糅合在一起。倒是路旁经常出现的手绘图案的电箱，装点着都市人的浮躁。

　　阿靖在彰化市的街区里窜来窜去，时不时会冒出一两个寺庙。他在一家快餐

店停了下来，吃了晚餐。似乎是吃得过饱，餐后竟然没了骑行的状态，变得慵懒。阿靖便想着开始找地方露营了。

　　阿靖漫无目的地骑行着，忽然听到远处传来阵阵诵经声，还伴有乐器和木鱼的声音。阿靖猜想这定是个庙宇，兴许能问得到借宿的地方。于是便闻声寻去。

　　这个庙宇还真是不好找，问了两位路人，才在一个小巷道里寻到。没有阿靖想象中的热闹，庙也不大，但是外面的平地却也宽阔，只是有几个老人家在敲锣打鼓，庙宇中央的桌子旁，五位穿着白褂的妇人，手持麦克风，正齐声诵经。

　　阿靖走近一看，庙宇顶上的牌匾写着"三圣宫"，往里望去，庙里供奉的神像是关公。他们的诵经很认真，两旁的两位老人负责伴奏，一人敲锣打鼓，一人弹

奏电子琴，诵经声时而激昂，时而平缓，此起彼伏。

　　阿靖没有打扰他们的诵经，只是到一旁的庙宇办公室里，看是否能得到管理人员的同意，答应让他搭帐篷。

　　阿靖探头进去，一位老者正在办公室里看报纸，用台语说道："你好。"

　　老者抬起头，有点奇怪地看着眼前这位带着头盔的年轻人。

　　阿靖接着问道："你好，我是大陆过来的，来骑脚踏车环岛的，麻烦借问下，我今晚能不能在这里搭帐篷。"

　　老者站了起来，打量了阿靖一番，想了想，说道："不行哦，不行。我们这里没有香客床位，在外面搭帐篷不安全。"

　　阿靖站在门外和老者商量着，可老者还是坚持不让他在庙里扎营："年轻人，你可以去城区里问问那里的警察局，我们这里实在不方便。"

　　既然人家这么说了，阿靖也没有再强求，于是又踏车而去。

　　阿靖此时的情绪，似乎变得懒洋洋，而且一整天骑行，已经疲惫不堪，漫不经心地骑在大街上，四目张望看哪里有警察局或是庙宇。似乎越是想找就越找不到，阿靖在大街上竟然也晃了一个小时，还是没找到。

　　今天一天都没遇到什么新鲜未知的趣事，又一直疲于赶路，阿靖有些小沮丧。在一路口，他看到一家 7-11 便利店，便在店前把单车架好，一屁股瘫坐到便利店的休息椅上。闹市里人来人往，阿靖却也不担心有人会偷盗他的行李，趴在桌子上就呼呼大睡。

阿靖这一睡就睡了半小时。醒来的时候，头昏沉沉的。阿靖揉揉惺忪睡眼，发现同桌的人多了好几个。阿靖有些不好意思，担心霸位霸得太久了。于是起身走向单车，整理起行李准备继续找住的地方。

入夜了，阿靖打了个哆嗦，身上的短袖已经不能御寒了，他从行李包里掏出一件长袖穿上。穿衣服时，他看到一位妇人走出便利店，向他身边的一辆机车走了过来，而且还望了望他。

那位妇人竟然走到阿靖跟前，看了看阿靖，又看了看单车，说道："这辆单车是你的哦？"

"嗯，是的。"阿靖尽管有点身心疲惫，但也对她微笑着说道。

"我刚才进便利店的时候就看到这辆单车了，你当时还趴在桌子上睡觉呢，我没打扰你，等你醒来呢。"这位妇人说话的声音很好听，很柔和。

"嗯，是我的。今天骑车有些累，睡着了。"阿靖回答道。他也打量起眼前这位讲话声音很柔和的妇人，她穿着一件棕色的长外套，慈眉善目，不施粉黛，双眉之间还有一颗痣，讲话的声音温柔，而且总是一脸灿烂的笑容，看上去四十几岁了，朴素的外表让人感觉是个标准的中国妇女形象。

"你这是骑车环岛吗？"她问道。

"是啊。"

"你是一个人吗？从哪里来的？"她又追问道。

"嗯，我是从大陆过来的，骑车环岛。"这是阿靖环岛时经常要解释的话。

"大陆哦？"妇人有些惊讶，"哇，你这么勇敢，敢一个人来台湾骑车？"

阿靖摸了摸头，笑了下。

"我姓陈，是本地人。我以前经常去大陆旅游的，在大陆也走了不少地方哦。"大姐继续说道。

"哦！你好，陈大姐。看来你也喜欢旅行哦。"阿靖附和到。

"嗯，是的。我很喜欢到处去旅行，要是再年轻十岁，我也想跟你一样环岛骑行。"讲起旅行，陈大姐的眉目之间洋溢着喜悦。

陈大姐讲话尽管是喜悦的，但听起来有点觉得遗憾，阿靖安慰道："没关系，你也可以用机车环岛啊。"

陈大姐听后笑了笑，若有所思地点点头。

她突然想起什么，眉头上扬，笑着说："哦，对了，你路过我们员林镇，有吃到我们这里的特产鸡脚冻吗？我们员林的鸡脚冻是不错的，你在网路上都可以找到的，是很出名的。"

"哦，是吗？"

"你在这儿等我，我去带来给你吃。"没等阿靖反应过来，陈大姐就带上头盔，启动了机车开了出去，"我骑机车比较快，大概五六分钟。"

陈大姐开车扬长而去，留下阿靖很不好意思地怵在路边。没一会儿，陈大姐果真骑着机车，拎着一袋东西回来了。他们坐在便利店前的桌子上，陈大姐摊开袋子，把鸡脚冻取了出来，里面还有些凤梨酥和其他零食。这实在让阿靖太过意不去了。

鸡脚冻的外皮裹着一层厚厚的胶质，口感微辣，香气迷人。尽管阿靖平时并不喜欢啃鸡脚，可这次却一连吃了三四个。

看着阿靖大快朵颐地分解着鸡脚，陈大姐坐在一边很开心。她说道："这可是我从小就一直吃的东西哦，我特别喜欢。它是用精心调配的药材，慢火熬煮而出的，肉好吃，而且汤汁冰冻后，裹着鸡脚，香 Q 口感，而且还有嚼劲。"

"很好吃。发现台湾对饮食非常用心。即使是再小的一样小吃，它不仅能将其研制得好吃，而且还非常注重品相。我发现每个小吃摊，它的每道菜的出品都一定要做到精致，甚至是极致。很美！"阿靖确实非常欣赏台湾的美食家们。

"嗯，台湾的小吃是蛮有名的啦，主要是都注重环保，而且对自己经营的饮食有一贯的坚持和研究创新。这点是非常难得的！"

她转开话题，也是问了她关心的旅行的话题："你怎么一个人走？不多结个伴？"

"我这次没有和人结伴。一方面是很多人不习惯我这样的方式，另一方面，骑行时每个人体力不一样，也是很容易因体力原因而分道扬镳。路上总会遇到伴的。更何况是在台湾，单车文化这么浓厚。"阿靖解释道。

"也对，但是尽管如此，很多人还是不敢真正自己一个人旅行。"陈大姐还是不尽苟同。

"我以前也不敢这样一个人出来旅行的。但是随着自己经验的积累，会慢慢发现一个人有一个人旅行的好处，其实有时候会更好。很多时候，你可以排除干扰，在旅途中静下心来想一些问题。"阿靖不是想说服她，只是表达着内心的真实看法。

"我看你身上还背着耳机，你要小心哦，骑车不要听耳机，很危险的。尤其是在市区，车水马龙的。"陈大姐心很细。

"是。大部分时间我用小音箱，声音也不会开得太大，特别是晚上，视线不好，要多注意听周围的动静。"阿靖也分享自己的骑行经历。

"是的，台湾的交通秩序也是比较好的。像我骑机车时，也会去礼让小车。大家互相礼让，整个交通秩序自然会好许多。"

"这点在台湾大家确实都做得很好。"

"那这次你环台，需要几天？"

"15天，我的签证也就只有15天。今天是环岛第4天。"

"哦～～"陈大姐停顿了下，说，"我很喜欢旅行，尽管我做不到你这样的方式，但听听你的故事，我也能让自己有收获的。现在我儿子马上要上大学了，我就自由了，想到时候多出去看看外面的世界。"

"是的，外面的世界很精彩。"

……

陈大姐和阿靖聊着她去大陆旅游的种种趣事，阿靖也和她分享着骑车旅行的经历。他们聊了很久，聊到近晚上11点，陈大姐还兴致勃勃，可阿靖却眼睛都快

合上了，看得出很疲倦。陈大姐尽管还言犹未尽，但也善解人意主动提出告别了。

离别的时候，阿靖竟也忘记跟她要联系方式，阿靖本来就打算回家后给在旅途中帮助过自己的人寄明信片，可能是白天骑行太累，到了晚上脑袋经常放空，所以才忘记留联系方式的，留下了一个遗憾。

在旅途中，就是这样，可以跨越不同年龄，不同性别，甚至不同性格，因热爱旅行而聚在一起，因旅行，人变得更有包容性。都说身体和灵魂，总有一个要在路上。陈大姐虽然自己现在没有在旅行的路上，但是遇到阿靖，也让自己的灵魂做了一趟旅行。

聆听旅行，可以丰富阅历，也可以积淀不寻常的经历。

# 夜宿加油站

和陈大姐告别时，已经过了晚上 11 点。

员林镇街头，已经车少城空了。阿靖继续骑行在孤寂的黑夜。眼看都要骑出城区了，还是没有遇到警察局或者庙宇。这下他可真有些着急了。

阿靖打听了两位路人，一问才知警察局要往回走，而且还有段距离，城里的道路又多又杂，没准又迷路了。阿靖只好硬着头皮继续往前踩踏。

继续走了半小时，在快出城区的地方发现了座加油站，灯火通明的。加油站是二十四小时营业的，都会有店员在，要是能提供个地方露营，也算是个安全的露营地。

这下他可来精神了，往加油站骑去。午夜，来加油的车很少，阿靖进到加油站，刚好有一辆小车加完油，有位女店员正好收着加油枪，阿靖上前，微笑着问道："你好，我是来骑车环岛的，想问下你们有地方可以让我露营吗？我自己带帐篷了。"

向陌生人求助，就要用最简短的叙述表达最全面的信息，而且还要面带微笑。

女店员打量了阿靖一番，尤其是看到一车行李，说道："你环岛啊？一个人啊？"

"嗯。"阿靖点点头。

"你等一下哈，因为我很快下班了，我同事来接我班了，先问问他。"女店员径直向办公室走去。只见她在办公室里和一位男店员讲着什么，然后顺手指了指阿靖。

那位女店员很快走了出来，往办公室旁边的一个房间走去，还向阿靖招手，说着："来吧，可以的。我带你去搭帐篷的地方。"

阿靖心里的石头总算落下了，没想到他们这么爽快就答应了。他追上店员，说道："谢谢啊！麻烦你们了。"

"不会不会。这是我们的仓库，你就在这儿搭帐篷吧，我已经知会明天接班的同事了，他们也会让你在这里睡觉的。但就是环境不太好，你要将就下。"女店员把阿靖带进仓库，指了块空地。

"不会不会，这已经很好了，只要安全就可以了。"阿靖连忙回谢。

"电灯开关就在门后，你可以自己控制。"女店员说完就又回到岗位工作了。

"好，谢谢。"阿靖目送了女店员，便将单车架好，准备收拾行李了。

这个仓库是他们存放矿泉水的地方，离办公室很近。仓库里的货垒了好几堆。地板很干净，铺着瓷砖，只是蚊子挺多的。

阿靖卸下行李，很快就把帐篷娴熟地搭好了。夜已深，阿靖已经非常疲倦，阿靖还是想和店员们聊聊天，并问问看有什么可以帮忙的，想腾出来半小时做义工，来回馈店员们对他的帮助。

阿靖径直走向那位店员："你好，谢谢你们为我提供方便。我想我不能白接受帮助，看我能在你下班之前帮你做点什么事情，以表感谢。"

"呵呵，你这么客气啊。"那位店员笑开了，"现在事情少，半夜了，加油的车子并不多，也没什么事。你就早点休息吧，你骑了一天了，应该很累了。"

见阿靖走出来和女店员聊着，明天接她班的男店员也走了出来，看上去，他想去看看这位不速之客。

"没事，有什么事儿需要我帮忙的，你就别客气，以劳力换取住宿是我旅行计划内的事情。"阿靖很诚恳地回答道。

"现在确实没什么事，你要是想帮忙，待会儿有车子来加油就来帮忙加油吧。"男店员过来后，说道。

阿靖点了点头，说道："谢谢。"

这两位店员，看上去年纪轻轻，像是从学校刚毕业出来的，打听后才知道他们是国中毕业后就出来上班。

他们算是真正凭借体力劳动来获取生活来源的劳动者，阿靖特别想知道他们的生活状况，于是便和他们讨论起民生问题。

"你们工作会累吗？"阿靖问道。

"累，我们只有两班轮替，加油高峰期的时候很累。"女店员答道。

"嗯。车子多的时候，有没有忘记收钱的时候？"

"有，现在好多了。以前我刚来的时候，每个月总是会少收好几单。"男店员看上去比较内向，他手插着口袋，穿着人字拖，身体不停地晃着。

"那怎么办？追得回吗？你们老板会罚款吧？"

"大部分还是会自觉回来补交的，但是还是会有追不回的单。追不回来的，就要自己垫上了，我最多的时候，一个月工资还不够扣。"男店员说着，叹了口气。

"我也是。"女店员也说道。

"我能方便知道像你们这样在加油站工作的，一个月工资多少吗？"阿靖问得有些忐忑，担心别人会介意透露隐私。

"我上个月工资是9000元新台币，但是，罚款就被扣掉近一半了。"男店员说道。

"那你还真不小心，少收了不少了。"阿靖说道，"其实这样的工作挺辛苦的，你有想过换个工作吗？"

"我学习不好，只能做这个了。"男店员摇摇头，很无奈地说道，"现在马政府又要增加税收，搞得我们的收入比以前少了许多。"

在台湾，政治的问题向来比较敏感，阿靖以前听朋友说过，和台湾人聊天不要谈论政治，尤其是两岸政策方面的敏感话题。阿靖很小心地问道："你觉得马英九做得好吗？"

没想到，这两个店员同时摇了摇头，男店员说道："马英九太软弱了，一开始大家对他其实很抱希望，但是最后的结果是，走了一个坏蛋（陈水扁），来了个笨蛋（马英九）。"

"是的，马英九就虚有其表，经济一直搞不活。民众的收入没有提高，物价反

而往上走。大家还是对他意见非常大，他的支持率已经跌破历史最低了。"女店员也不失机会讲政治问题，也抱怨起他们的生活。

"哦？你们不介意谈论政治哦？"阿靖好奇问道。

"不会不会。其实我们老百姓最关心的就是顾肚子，你把经济搞上去了，大家就选你，经济搞不活，民众肯定意见很大。"男店员的表情明显就是一脸不爽。

正聊着，加油站驶入两辆车。阿靖帮他们取出加油枪加油。

看来，他们对马英九的领导工作并不满意，而阿靖此后也对各个阶层的人做了询问，结果都和这两位店员的说法差不多。

女店员很快便到了下班的时间，阿靖也帮他们为许多车子加油，也算是微薄的回报吧。夜深了，阿靖也实在太累了，便回到帐篷休息。

在台湾的电视节目里，那些政治人物被民众开涮的画面在旅行中被阿靖遇见了，而政治人物也似乎对民众的各种反应习以为常，还是一意孤行地扮演着自己想要扮演的角色。阿靖喜欢这样真实的看见，这让他感知到了台湾真正的民生和社会的生活处境。

> 旅行就是这样，它就是一种学习，不走出去，永远也不会得到最真实的看见与印证。停留在报刊杂志，媒体报道的只是抽象的感知。走出去，在世界的某个角落，了解社会的真相，理解别样的人生。

# D6 你我皆行者

*一个人如果有梦想，怕什么地狱，留恋什么天堂。梦想，在远方；我们，在路上。*

清晨的加油站特别吵闹，偶尔有店员过来搬货，这让阿靖没有机会睡个小懒觉，早早地就起了。

阿靖收好帐篷，捆扎好行李，便到加油站的办公室，他想和昨晚聊天的店员告别。刚走出仓库，昨晚的男店员叫住了他。他正在工作，忙着给汽车加油。他向阿靖招了招手。

"我要走了，谢谢你昨晚借我地方搭帐篷。"阿靖走了过去，向他告别。

"不会不会，这么早就把你吵醒了！"他边忙着加油边对阿靖说，"没办法，加油站就是这样，我们这儿早上车挺多的。"

在台湾，人们总是把"没关系、不用谢"说成"不会"。一开始，阿靖还没太在意，后来听多了，才明白是这个意思。难怪周杰伦唱的《半岛铁盒》前奏前有这样一段对话："小姐，请问有没有卖半岛铁盒"，"有啊，前面右转就有"，"好，谢谢啊"，"不会啊"。

"没关系，很谢谢你们。我先走了。"阿靖跟他挥挥手，继续踏上旅程。

清晨的彰化县，机车和汽车很多，也许大家都是赶着去上班的。彰化县的下一个地方是嘉义县，这两个县离得很近，阿靖也很快进入了嘉义。路上遇到一位也是骑单车环岛的人，他骑的是公路车，俩人对望时，他只是和阿靖点了点头，相视一笑，然后飞奔而去，看上去行色匆匆，像是在急着赶路。

台湾中小城市的公交车、的士并不是太多，因为大部分人都骑机车，选择使用公共交通方式的也变得很少了。一路上阿靖总是穿行在这些车辆中间，他发现了所有的公交车、的士都将司机的名字印在车上明显的位置。这对属于服务大众的司机们是一种鞭策作用，大家都知道开这辆车的人是谁了，甚至可以避免发生交通事故后司机逃逸的现象。

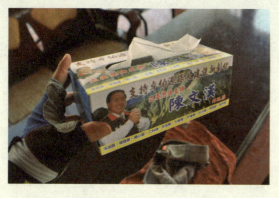

在台湾，有个小细节令人印象深刻。

台湾的生意人毫不吝啬曝露自己的肖像和名字，常见很多商家会把自己的名字甚至照片印在招牌上，尤其是做餐饮、诊所和地产中介的，广告牌上巨大的名字和笑脸相迎的照片，似乎是个让人很容易记住的推销方式，非常吸睛，很招揽人气，又给人乡里乡亲的感觉。

后来，这招也被台湾的政客们学到了。许多路口的招牌、电线杆上的宣传旗，都写上名字甚至印上照片。后来，阿靖遇到的许多寺庙里，还见过印有照片和名字的纸巾盒，这些政治人物拉选票的方法还真是无孔不入。更特别的是每个台湾的政客都至少有一件写着自己名字和职务的衣服，多为马甲或外套。这样的马甲阿靖在前天的寺庙里就见过了，并且通过马甲的颜色，一眼就能区分这位政客所属的政党了。在世界上，恐怕很难找到第二个地方像台湾政客这么独特的穿衣方式了。

台湾西部的冬季和福建、广东的天气差不多，天气燥热，但是早晚温差大。骑至中午，阿靖已褪去保暖外套，一身轻扬。风中有股热辣的劲儿飒飒地拂过麦浪，稻香阵阵扑鼻。田野里的稻草人和锦旗，在一片翠绿中摇曳。农民大叔向空

中喷洒着肥料，劳作中笑逐颜开。

甩开人群，骑行在晴朗的天空下。云朵散散撒落在天空中，和阳光一并灿烂着。这种城乡结合部的公路，是阿靖最喜欢的骑行环境。人少，景美。

顶着中午的大太阳，阿靖有点犯困了，懒洋洋地骑着。远远地看着三个身影，沿着公路两旁的树荫，蹒跚地往前挪着，慢慢地走进视野。

近了，隐约看见他身上还背着旗子，身上各种花花绿绿的佩戴，看上去有些颓废。阿靖心想着他们应该是一群乞者。而一直步履蹒跚的三个身影也看到了阿靖，他们视线交织着，没离开过。

更近了，看到其中一位的腰间上写着三个字"环岛魂"。阿靖瞬间想到一个词：徒步环岛。是的！他们就是徒步环岛的毅行者，阿靖骑到他们身边，立刻停下车来。他们也看到了阿靖，长期徒步旅行，也让他们一眼就能猜出阿靖是单车环岛的驴友，几乎同时，他们也主动向阿靖招了招手，让他停下来。

"你好！你们在徒步环岛哦？"阿靖停下来，身子顺势坐在车杠上，问道。

"是的，你也是哦？"一位理着光头，带着遮光彩色墨镜的人说道。

"嗯，是的。"阿靖说道，"我是从大陆过来环岛的，你们用徒步的方式，令我太惊叹了！"

在台湾，最自虐的环岛方式几乎就是徒步了，这样的相遇让阿靖有些激动。在台湾，要遇到这样的毅行者，是很难得的。而他们也难得遇到从大陆来的旅行者，有点惺惺相惜的感觉。他们打量着阿靖，阿靖也打量着眼前这3位穿得花花绿绿、浑身是背包的毅行者。

那位光头，带彩色墨镜的人，身上最扎眼的是他胸前的一个黄色牌子，上面写着"走路环岛"。他的身上也是背着插了彩旗的登山包，腰间有个腰包。只是脚上穿着沉重的高帮登山鞋徒步，让阿靖有些费解。

还有一位穿着粉红色上衣，白色短裤的毅行者，后背背着个硕大的登山包，腰间系着一个小腰包，腰包上写着"环岛魂"三字。他的胸前挂着个单反，登山包上的旗杆上飘着着几面小旗子，最搞笑的是脚上穿着一双蓝色的超人长袜，膝盖裹着个护膝套，脚上的跑步鞋看起来很轻盈。转过身一看，身后的登山包下，挂着个巨大的睡袋，旗子下面挂着一个机器猫公仔，公仔的下面还挂着一面小旗，小旗下面挂着一个黄色的牌子，上面写着"徒步环岛，第60天"。

他们中间还站着一位女孩，她身上只是背着一个小巧的登山包，胸前挂着一个小型相机，看上去年纪轻轻。她的小腿被晒得掉了一层皮。

这 3 人的皮肤都已经被太阳晒得黝黑。尽管打扮奇异，但身上专业的电子设备和户外用品，明显就说明了他们不可能是乞者，而是徒步的行者。

"你们真是太有毅力了！徒步环岛！"阿靖索性架好单车，想跟他们好好聊聊，"我叫阿靖，不知怎么称呼你们？"

"阿靖，你好，我叫毛头。"那位光头的毅行者跟阿靖握了握手，先介绍起他自己，然后指着穿粉红色衣服的伙伴，"他是毛导，我们一起出来环岛已经有 60 天了。这位姑娘是中途加入我们的，她叫小花。"

"阿靖，你好！"毛导和小花也和阿靖握了握手。

"很高兴能遇到你们，看到你们这种方式环岛，我都不敢再叫苦叫累了。"阿靖正为刚才懒洋洋的情绪而自惭形秽，他接着说道，"我看到毛导后面的牌子了，你们这是第 60 天环岛了，还有多少天？"

"我们预计徒步 64 天，还有 4 天就可以完成了！"毛导握紧了拳头，有种快要尝到成功喜悦的感觉。

"加油！快要成功了！"互相鼓励的感觉真好！

阿靖仔细看了看毛导背包上的旗子，上面写着"台湾心，动物情，双毛四脚环岛去"，便问道："你这旗子上写的文字，有什么寓意吗？"

"其实我和毛导都是动物保护团里的保护专员和兽医师，9 月份辞职去环岛。因为都很喜欢动物，当然，我们也很爱台湾。所以，我们这次旅行的主题叫做：台湾心，动物情。我们希望通过这趟旅行，能唤起大家对动物的爱护，特别是流浪犬猫。我们也同时宣扬健康、环保，推崇素食养生的理念。我叫毛头，他叫毛导，所以叫双毛四脚环岛去，而小花是中途加入我们的。"毛头向我们介绍着他们的旅行。

"哦。那你们是走什么线路？"

"我们是从台中县鹿港镇的静宜大学出发的，顺时针沿着海岸线徒步，全程大约 1300 公里。一路都会走过很多村社，然后义务去帮助一些动保社团，帮忙给流浪猫犬做结扎手术。"毛导一边说着，毛头一边点点头，而小花是个很腼腆的女孩，在旁边一直默默地聆听着。

"你们真是有爱心啊！可这一路下来，吃了不少苦头吧？这其实很累的。"

"是很辛苦，不过我们很开心。台湾很小，我们都很珍惜和爱护这块有限的大地。它养育了我们，我们做这些回馈也是应该的。"这样的话要是从官员嘴里说出来便会觉得很官方，可从这两位一般的台湾民众口中说出，则充满了诚恳和意味深长。

"你们沿路都睡那儿？"阿靖看到毛导背后的睡袋，想必他们也是沿路搭帐篷住的，正好趁机向他们讨教下住宿点的选择。

"原则上，只要流浪狗可以睡的地方，我们也可以睡。"毛头第一句话就把阿靖镇住了，他继续说，"我们旅行的费用并不多，为了节省路费，我们也住过学校、教会、警察局、庙里，搭帐篷也是常有的事。不过，我们遇到的各地的动保会都会帮助我们，一路上也有很多好心人给我们帮助和收留我们，很感恩。台湾人很热情，有浓厚人情味替我们加温，心里总是暖呼呼。相信你在台湾也有很多乡亲帮助过你。"

"是的，台湾人很热情，我这才环岛的第五天，已经得到好多台湾人的帮助了。"阿靖点了点头，深以为然。

"嗯，很开心看到你能来台湾，希望你在台湾能收获更多的美，和大陆的朋友一起分享。"毛导一脸诚意地看着阿靖。

阿靖发现，毛头的后背也贴着一面旗子，上面写着：欢迎喂食。阿靖好奇地问道："这个欢迎喂食是什么意思啊？"

"我们虽然欠缺旅费，但我们不希望别人给我们现金，而别人给我们提供吃的时候，告诉别人我们不需要豪华大餐，也务必不要为我们杀鸡宰鸭，如果您手边刚好有吃剩的面包、隔夜的便当，亦或有些酸但是不会让人拉肚子的饮料，都可以给到我们，也欢迎为我们来喂食！"

"喂食？是喂你吃吗？"

"呵呵，是的。"毛头笑了，笑得很可爱，"我们希望籍由这个喂食的动作，能与大家重新找回人与人之间的纯粹。而作为回馈喂食的人，我们的方法就是和他们一起合照，作为我们宣传爱台湾爱动物的使者。"

阿靖惊叹，怎会有如此纯粹的人？他继续问道："那你们一路都吃素食吗？"

"尽量而已，也没有完全啦。全身素食的话，就没体力了，还是会适当补充的。"毛头笑着说道。

"那你们到现在瘦了几斤了？"

"我瘦了大概 5 公斤，毛头比较猛，瘦了 10 几公斤。"毛头说道。

"阿靖，我们也和你合照一张，你的行为已经是一种爱台湾和推崇环保的典范了，我希望你也能加入我们。"毛导边说着，边从背后的背包掏出个三脚架，架起了相机。

"很荣幸啊！我这里还有一些小吃，我可以给你们喂食呀。"阿靖说着正准备拿出鸡脚冻和凤梨酥。

"阿靖，阿靖，不用了，我们刚吃过东西，现在不饿。我这里倒是有一颗芭拉，我把这个给你吧。"毛头拦住阿靖不让他拿出零食，反而自己掏出一大颗芭拉，塞给阿靖。芭拉，是一种水果，也叫蕃石榴、芭乐，是台湾很盛行的水果之一。

"不行不行，这怎么好意思呢，我没帮你们喂食还拿你们东西，你们留着带在路上吃吧。"阿靖推辞道。

"别客气，就当是为我们减轻负担吧，这其实还挺重的。哈哈。"毛头硬是把一颗比拳头还大的芭拉塞给了阿靖。

在一旁的毛导已经架好了三脚架了，他指挥着大家拍照："毛头在左，我在右，阿靖和小花在中！我这有遥控器，我们拍两张，第一张请微笑，第二张来个最可怕的鬼脸！"

"做鬼脸？"怎么他们和娜娜一样，拍照喜欢叫人做鬼脸？

"哈哈，是的。不过不要问我们鬼脸怎么扮，我们的丑样来自娘亲，你学不来的。"毛头这么说把大家都逗乐了。

拍完照片，阿靖和双毛又聊了很多关于旅行的趣事与辛酸。

如同去西藏路上遇到的朝圣者一样，阿靖总是让这样的毅行者在单车上签名。这样的旅者，这样的台湾人，才是应该去品味的美景！他们用自己的脚步，丈量

着对台湾的爱和对动物的关怀，这就是台湾最美的风景。毛头拿起笔，他在阿靖的单车上不仅仅是签上了名，更多的是也签上了台湾最美的风景，和阿靖对他们的敬仰。

"祝我们环岛成功！"再次出发，阿靖和二毛带着彼此的祝福，继续行走在梦想的道路上。

> 如果流浪的生活可以办一场演讲，我想他们是很有话可说的。每一块瘦下的肉，每一块脱下的皮；每一个起风的黄昏，每一滴湿身的雨水；每一顿不饱的午餐，每一颗流干泪的眼睛；每一只被救下的流浪动物，每一张喂食的笑脸；每一个迈出去的脚步，每一张合照的鬼脸，都是故事，令人想要大声吼叫的故事。
>
> 他们没有被束之高阁的虚谈，而有的是真正付出的筑梦行动。梦想的道路上，你我皆行者。

# 北回归线的邂逅

好吧，就直接叫他江哥吧。

江哥是阿靖来台湾之前就预约好了的沙发主，他就住在嘉义。从阿靖出发起，他们就一直保持联系。

现在已经在嘉义郊区了，如果今天还住在嘉义，那行程就太慢了。阿靖想了想还是谢绝了他。

告别了二毛，阿靖继续着旅行。

回头望望步履蹒跚的毅行者们，他们逐渐消失在了车来车往的视野里。喜欢旅行的人都是快乐的，尽管他们走路已经一瘸一拐，但是他们的内心是非常快乐的，这份经历足以让他们一辈子难忘。

正午艳阳高挂。

空气被烤热，阵阵暖风卷着稻香，扑在脸上，一片灼热。田野里的电线杆上，几只麻雀蹲在电线上，远远望去，像是五线谱上的音符。路过有一处水塘，水面上飘满了洁白羽毛的鸭子，连绵成片，蔚为壮观。

"阿靖，你到哪儿了？"路过嘉义一处高架桥时，江哥打了电话。

"到嘉义了，不过还没到市区。"阿靖顺势在路旁停下，一时间没看到路牌，无法确切知道自己的方位。

"你还是沿着台一线走吧？"

"是的。"

"我在嘉义市中心，你今天真的不住嘉义吗？"江哥再次确认着。

"不了，我今天得多赶赶路，这几天行程有点慢了。"

"嗯，那好，依你的计划走吧。要是不停留，那有个事情就别推托，咱们中午一起吃饭。"江哥的口气很坚定。

"嗯，那好吧，谢谢你。我到了市区就打你电话。"阿靖再推脱就不好意思了。

"路上车多，注意安全。"

"嗯，知道了……"

过了1小时，阿靖和江哥在约好的嘉义市文化中心见面了。

江哥给人的第一感觉并不像是台湾人，尤其是说话的口音。他开着辆越野车来的，一阵寒暄后，江哥让阿靖把单车卸了，装进车里，然后去城市中心吃饭。

"阿靖，我带你去吃火鸡肉饭。"上车后，江哥说道，"这是我们嘉义最出名的小吃之一。"

"嗯。好的。麻烦你了。"突然被这么热情的沙发主接待，阿靖觉得很不好意思。

"不会，难得能遇到有共同爱好的朋友。在台湾，我身边也有很多人喜欢骑单车，活的很有活力，特别羡慕你们这么爱运动、爱旅行的人。"江哥开着车在市区的大街小巷里窜着。

"你的口音和别的台湾人好像不太一样，台湾腔少了很多哦？"阿靖问道。

"哈哈，这样啊？可能我之前经常去大陆的缘故吧。我在大陆做生意呆了好几年了，经常是大陆、台湾两地跑。"江哥笑着说道。

"难怪呢。"

"我也是爱出去走走的人。你的旅行非常有趣，我一直跟着你的微博在环游台湾，你让我看到了一个不一样的台湾，有些地方和习俗我都不知道，你让我有种冲动，想去重新看看自己生活的这片土地。"

阿靖听江哥这么说，便想起自己曾经的经历，他说道："那是因为看事物的角度不一样吧。我接待过很多沙发客，他们看我生活的城市的角度和我完全不一样。令我觉得新鲜的，甚至是很多我经常去的地方，我都不知道还能有那样不一样的欣赏方法。**旅行就是这样，保持猎奇的心，就会很容易地发现不一样的美。"**

江哥微微笑看着阿靖，点了点头。

江哥的车在路边停了下来，旁边一家小餐店，招牌赫然写着：嘉义名产，火鸡肉饭。

这是江哥经常光顾的店，看上去不大，但是火鸡肉饭特别好吃。喷香的白米饭，叠上几片香嫩爽口的火鸡肉，伺以姜片提味，再浇上一勺葱油。这香味，这色泽，太诱人了！配上鲜美的牡蛎汤和几个小食点，这味儿太绝了！

"太好吃了，这是来台湾以来吃到的最满意的米饭了！"阿靖不禁大为感叹。果然，一大碗米饭，到最后颗粒未剩，几盘小点，也悉数入肚。

在嘉义市有一处很多观光客都会去的著名景点——北回归线天文广场。

饭毕，江哥便带着阿靖来到这个离市区仅有4公里的广场景区，又紧挨着台一线，江哥决定带阿靖参观后就在此作别。

北回归线天文广场位于台湾嘉义县水上乡下寮村鸽溪寮，广场上包含北回归线园区、北回归线标志公园和北回归线太阳馆等区域。路过广场时，正好有几辆涂着迷彩色的军车，整齐有序地停在广场里。

"这些军车是士兵在这里集训呢，我以前当过兵，也来过这里训练。"江哥见阿靖有点好奇便解释道。

"哦？是吗？我可以去看看吗？会不会被认为是间谍啊？哈哈。"阿靖好奇又幽默地问道。

"当然可以，在台湾，士兵的集训是可以旁观的。"江哥带着阿靖径直走了过去。

没过多围观，江哥又带着阿靖往天文广场走，广场上有个赫然在目的大家伙，是一个巨型的火箭。这个火箭叫泰坦运载火箭，是美国研制的抛弃式火箭。退役

之后，被台湾当局购买运抵嘉义，作为这个天文广场的公开典藏展物，供民众参观学习。广场旁边还有时光的体验、太阳观察、DIY体验游戏与各项望远镜展示等，是一处富含天文教育意义的场所。

"阿靖，你看这儿……"江哥顺着火箭尾部延伸方向的一处巨大的圆形建筑指去，说道，"那个像个飞碟造型的建筑是北回归线太阳馆展馆，里面陈列着23项太空珍品，这是政府希望能借此更多地普及太空知识，培育太空人才。"

"是吗？可以参观下吗？"阿靖的好奇心又来了。

"恐怕不行，门关着呢。可能得预约参观吧！"江哥望了望展馆，皱了下眉头说道。作罢，他们走到了展馆侧面的一座雕塑边。

"这就是北回归线的标志塔，顶上是一个以'北'字形状支架支撑一个直径5

米的地球仪。"江哥指着旁边一座十几米高的标志塔说道。标志塔下面几个年轻人正欢乐地拍着照片。

回归线是一条地理标志线，位于北半球称北回归线，位于南半球称南回归线。北回归线是地球上北温带与热带的分界线，也就是北纬23°26′的纬线圈。它是一条看不见的假想线，建立了标志塔，就使得人们能够直观地看到北回归线的客观实体，感觉到这条纬线的存在。它对天文、地理、土壤、生物、气候的科学研究具有重要的意义。所以我国在北回归线经过的地方，台湾的嘉义、花莲，广东的汕头、从化、封开和云南的墨江都建起了标志塔。到目前为止，我国是世界上建立北回归线标志塔最多的国家。

"这里的北回归线纪念塔年代最久、规模最大，也是全世界第一座北回归线标志！"江哥看来很清楚自己家乡的景点，他和阿靖边向纪念塔走去边介绍着。

"是吗？那还真得去看看。"阿靖听到这么多最字当头，当然得去看看。

江哥带着阿靖往标志园区走去，说道："是的，而且北回归线可不是一直乖乖不动的纬度，它是慢慢在发生变化的。这里有从清朝年间至今建立的6座北回归线标志，你仔细看看，这些可都是文物哦。"

旅行行走，就是在阅读世界。没想到，这一趟还普及了点儿地理知识。

刚才在标志塔下拍照的几个小年轻，还聚在一起拍照。看起来他们正想拍个合影，阿靖走了过去，说道："同学，你们是不是要拍合影？我来帮你们拍。"

"谢谢，太好了。"拿着相机的一个男生把相机递给了阿靖。

"不会。"阿靖也学会这个用法了。

他们几位在塔下站成一排准备拍照，中间的一位女生掏出个牌子合影，牌子上赫然写着 3 个繁体字：环岛中。阿靖确实看到了，他边拍照，边观察到他们的装束并不像是骑单车的。

"你们环岛哦，厉害！"江哥对着他们问道。

"是啊，我们骑机车环岛，我们这是在做毕业旅行。"拿牌子的女生指着停在路边的几辆机车说道。

"不错啊！我们这位兄弟是大陆过来的，他一个人骑脚踏车环岛。"江哥拍着我的肩膀跟同学们说道，这让阿靖有些尴尬，他不想让别人感觉是在炫耀。

可确实，台湾的单车环岛旅行者确实很受钦佩和尊敬，大家惊呼："单车环岛啊！好厉害啊，好酷啊，好屌啊，崇拜啊……"几个同学把各种能说的形容词都给说出来了。

"我们也想过单车环岛，可是那难度太大了。"

"你从大陆过来的啊？哪个省的？"

"怎么就你一个人啊？没有同伴吗？"

"你的单车在哪儿？"

"你晚上都睡哪儿？"

"你走什么线路？"

"单车是怎么带来的？还是在台湾租的？"

"觉得台湾怎样啊？"

……

一时间，同学们的问题轮番上阵，盘问着阿靖，好不容易才一一答下。

在一旁的江哥语重心长地说道："**不管用什么方式，请都保持一颗爱旅行的心，收获一路的美好。你们的毕业旅行特别有意义，出社会之前，能勇敢地走出去。不要急于抵达某个目的地，趁还年轻，多走几步路，多留意沿途的风景，多看看外面的世界，多见识下不同的活法，对你们以后大有好处。这就是你们旅行的意义。**"

阿靖和同学们一起在北回归线标志塔下，一起合照，一起讨论着旅行的意义。

旅途中阿靖又多收获了几位互相鼓励加油的伙伴。

北回归线的邂逅，给阿靖留下了两种人的故事和缘分，有在商场打拼多年的江哥，也有涉世未深的同学们，他们用热爱生活的态度谱写着旅行，诠释着未来。

天边的鱼肚白悄然泛起，傍晚的微风清凉。

面对着即将告别的阿靖和同学们，江哥依依不舍。他还是那句最质朴的话："祝你们环岛成功！"

# 暖暖的遇见

当最后一抹斜阳落尽，星光迅速占领了整个夜空。天空中一弯圆月高悬，夜色中一骑铁马撕开黑暗的寂静。

偷懒了一下午，继续上路时，阿靖一开始还真是没有状态，等渐渐找回状态时，黑夜又添了几分凉意，阿靖加了件衣服。

熠熠星光，徐徐凉风，车头灯的光影在乌黑的柏油路面上次第闪烁。旅行，有时候是需要享受孤独的！阿靖，那不是寂寞，那是你知道自己原来是可以如空气、如风一样自由的。

离开嘉义，便驶入了台南。

热闹的都市都是一个样。霓虹闪烁，高高低低的建筑在你眨眼之间，一个个擦肩而过；商场艳丽的灯光，映照着都市人的浮躁；街边摊的小吃似乎更具魅力，依旧以平凡的最本土味道挑战着酒店的大厨们，亦或是诱惑着旅行者们的味蕾。

阿靖肚子饿了，告别江哥和同学们后，阿靖在黑夜里已经连续骑行 3 小时了，竟也不知疲倦，停不下踩踏的脚步。阿靖只是觉得体力尚可，干脆就骑到累了便就地扎营吧。

进入台南中部，城区之间的距离变得很短，而城市里的道路也变得复杂。在台南中部的善化镇，阿靖似乎迷失在纵横交错的公路中，马路上多了些难以判断的天桥公路。为了尽快逃离城区，阿靖不断地向路人确认方向。

可是，路人也有不靠谱的时候，阿靖绕道一座天桥底下，却发现这座桥底下的道路是个死胡同。胡同的尽头一片漆黑，一排巨大的水泥块，和一堆破铜烂铁拦住了去路。此时阿靖已经非常疲惫了，肚子也已经饿得擂起了战鼓。他踏足脚踏板，站立了起来，然后一把抓紧了刹车，身子顺势往前移，左脚脚尖垫住地，一屁股坐在单车的车杆上。

阿靖拿起水壶，猛灌了一口，长呼了一口气，又踏起脚步，往回走着。孤独的身影扫过一个个昏暗的路灯，狭小的胡同寂静得可以听见自己的呼吸，只是阿靖慢慢感觉到单车后面有轻微的摇晃。离开胡同，摇晃加剧，车子好像被一股无形的力量，缓缓拖着。经验告诉阿靖：爆胎了！

果断停下脚步，一看后轮，原本鼓鼓的车胎真的瘪了，就像阿靖空落落的肚子。阿靖回头往胡同里望了望，心想：一定是那堆破铜烂铁搞的鬼，那堆垃圾下面都是沙子，肯定是扎到小铁刺了。阿靖开始懊恼，没有吸取以前的教训。

在西藏时，阿靖有几次爆胎都是发生在垃圾场边的，因为这种地方存在铁刺的几率非常高！

看着软趴趴的轮胎，阿靖索性放倒了单车，整个人瘫坐在路边，并不是不会修补，而是当疲惫、困倦、黑夜、迷路、饿肚子、没地方住、爆胎……一系列问题席卷而来时，显得很无助、失落。

阿靖坐在路边的人行道上，倚靠着一排铁栅栏，昏暗的路灯下，没再出现第二个人。看着平躺在路边的单车，干瘪的后轮无奈地来回转动着，发出轻微的"嗰啲嗰啲"的响声。

阿靖竟失落地坐了半个小时，动都不想动。

也不知道过了多久，阿靖突然睁开眼睛，精神抖擞了起来，他揉了揉眼睛，伸了个懒腰，走向了单车……

单车旅行，爆胎是每位骑长途的旅行者必定会遇到的，何况以前也经常遇过。经历曲折风雨，才能享受生活的彩虹。人在旅途，为何不能也是一种享受？

阿靖看了看时间，已是晚上 8 点。他卸下行李，从行李包里翻出补胎工具，然后把车子倒立着立在地上，再卸下后轮。

外胎撬开，取出内胎后，阿靖望了望四周，发现周围并没有水源，看来只能放弃用看冒水泡的方法查出爆胎孔了。他掏出打气筒，打足胎气，把车胎拿起靠近耳朵，一边用手一段一段挤捏着轮胎，一边仔细听着。因为挤压轮胎会让破洞的地方更快出气，不仅可能听到"嘶嘶"的泄气声，而且耳朵下面的皮肤最敏感，有轻微的风吹都能感觉得到。

果然，阿靖很快就找到破洞的位置了，迅速用胎胶补上。贴上胎胶，还不能算是补胎完成，阿靖拿着补好的内胎和外胎比对了下，在内胎破洞的地方，找到相对应的外胎的位置，仔细一摸，果然摸出了一根细钉，深深地扎透了厚厚的外胎。

阿靖拔出了细长的铁丝，对着铁丝挤了挤眼，恨不得把它丢到炼钢炉里融掉。事不宜迟，赶紧收拾赶路！

"铃铃……"不知什么时候，放在单车架上的小包里，电话响个不停。阿靖还以为是吴哥打来的，因为吴哥一路都很关切。翻开手机一看，是个陌生号码。

"嘿，Li He！"（你好的意思）一个响亮的问候突然响起，不过这声音陌生。

"Li He！你是哪位？"阿靖听到对方的声音很响亮亲切，人也突然集中了精神，也用闽南语回答道。

"你好！我叫孝锴。我是在你的 Facebook 看到你环台湾的，我想你今天应该能赶到台南的。可是这么晚了，我还没看到你更新 Facebook，你的资料里有留你的电话，我就想说打个电话问问你，这样子。"阿锴讲起国语也是听得出一口台湾腔。

阿靖有点惊讶，好像对方在他身边安装了个监控似的，这么巧。阿靖有点沮丧地说着："哦！原来是这样啊。是，我现在在台南了，不过还没找地方住下，而且，刚我的单车出了点状况，车胎爆了。"

"这样啊。我就觉得是不是出了什么状况，所以给你打个电话问问。"阿锴的这句话，让人觉得心里很温暖，"免惊啦（不用担心）。那你今晚就住我家吧，我就在台南。你现在具体在哪个位置？"

阿靖一下子愣了，没想到在士气低落的时候，竟然有人雪中送炭了！他们并不认识，却肯出手相助，这让阿靖头脑里闪过妈祖庙里的委员们，还有善良的安安，是不是台湾人都真如此热情善良？阿靖愣住了。

"Hello？能听得到吗？"见阿靖没吱声，阿锴问道。

"呃，呃，听到听到。我，我在善化镇，离你那里远不远？"幸亏阿靖刚才有看了看路牌，不然连地名都不知道就麻烦了。

"善化镇？"阿锴似乎不太清楚这个地方，他迅速用电脑查了查地图，嘴里还不停地念叨这地名，过一会儿，说道，"哦，我知道了。可是我家在台南火车站旁边，你那里离我这儿还算有点距离，不过你再努力下，应该能骑得到的。"

"嗯……"

没等阿靖再说，阿锴又插话了："或者是你有需要帮助吗？我开车去接你吧。没关系的，我都方便，就看你了。"

"呃，大概有几公里？"

"少说也有 30 公里吧。"阿锴估算了一下。

"30 公里？！"这距离让骑了一天的阿靖有些力不从心，好不容易重新燃起的斗志又泄了下去，他有些不好意思，但是还是开口了，"那不然能不能这样，我继续往前骑，你要是有空，要是方便就来接我，好吗？"

"没问题！"阿锴回答的很爽快，"那你就还是沿着台一线南下吧，我们保持联络，我在快到的时候给你打电话，我们在路上碰见。"

"嗯，好的，那就太麻烦你了。"阿靖挂了电话，一股强烈的归属感油然而生。失落的情绪一下子宣泄殆尽，闭上眼睛，他似乎感觉到了阿锴的家里，那里充满了食物，以及可以睡大觉的床。

他跳了起来，迅速地把补好胎的车轮装上，捆好行李，夺路而去。

阿靖又问了几个路人，终于又回到了熟悉的台一线。有时候，有个希望，有个奔头，人的精神面貌就变得很不一样。在失落的时候，总是要学会自我刺激，让自己内心充满希望。

在阿靖看来，生活在台一线上的城镇的人们都不是夜猫子，晚上八九点，路上已没太多行人。不是太明亮的路面上，车来车往，以大巴车和货车居多。

阿靖打开后车灯，闪烁着的红色光点，提醒着后面的车辆注意行车。他慢吞吞地骑着，又过了一小时了，经过一个十字路口时，阿靖电话又响起了。

"Li He！"又是阿锴的声音。

"哈，你好！"

"我快到善化了，你在哪儿？"

阿靖四处望了望，也没看到一个地名："呃～这儿我也不太清楚啊，没看到一个路牌。"

"这样，你看看周围，有没有什么大的标志物，我看看 GPS 能不能找到。"阿锴帮阿靖出谋划策。

阿靖站在十字路口望去，旁边是个啤酒厂，对面还有个 7-11 便利店。他便把这个信息告诉了阿锴。

"那我大概知道了，在台南的台一线，就只有一个啤酒厂，就是台湾啤酒的厂房。你就在对面的 7-11 等我吧，我应该很快就到了，你可以先在便利店休息下。"

"好啊。谢谢。"

阿靖骑到便利店，停下车子，走进去装了一瓶热水，懒懒地靠在店前的椅子上等着阿锴。车尾的红色安全尾灯没关，一直不停地闪烁，催眠似地，阿靖竟然不知不觉地睡着了。

"砰！"一个关车门的声音，叫醒了阿靖。阿靖抬头一看，是一辆商务车，车上下来两个人，一男一女，他俩正笑着看着阿靖，走了过来。

"你是阿锴吗？"阿靖站了起来，问道。

"Li He，Li He，是我。终于见到你了。欢迎来台湾，欢迎到台南！"阿锴戴着个黑框眼镜，笑起来很阳光，看上去比阿靖大几岁。

"幸会幸会！叫我阿靖吧。"阿靖和阿锴握了握手，"今晚很麻烦你了！"

"不会不会。很难得有志同道合的朋友从深圳来，欢迎啦。"阿锴指着他身旁的女生，说道，"阿靖，给你介绍下，这是小颜，也是单车爱好者。"

"你好，你好。"阿靖也和小颜握了手。她很腼腆。

"这样，有话我们上车再聊，现在先把车子拆好放车里，我们赶快回去，看你也累了。"阿锴说着，开始帮忙把行李卸下来。

阿锴帮忙卸下行李，又很仔细地把卸下的零件以很安全的方式放好，动作相当娴熟。

车子开动了，阿靖坐在副驾驶的位置上，和阿锴闲聊起来。

"谢谢你们，这么晚了还麻烦你们。"阿靖很不好意思地道谢着。

"不会不会，大家都是爱骑单车的，天下骑友是一家，有困难要互相帮助嘛。"阿锴边开车边说道。

"嗯，谢谢。台湾人真的很热情，一路上有很多台湾人帮助了我。"阿靖很感动。

"是的，台湾是个很有人情味的地方。"阿锴问道，"这一路下来辛苦了，觉得台湾怎样？"

"台湾人很好，不仅很有人情味，而且很讲究环保，也都挺会生活的。总会把生活安排得很好，很精致。至少我接触过的几位台湾人都这样的。"阿靖说到这几天的际遇，心里一阵暖流。

"是吗？台湾真的很不错，我自己也非常爱台湾的。"阿锴转了个话题，说道，"其实，你这一路上发生的故事，我在 Facebook 上已经有看到了，单车时代上也有你的采访。"

"单车时代？我不知道。"阿靖一脸疑惑。

"是 Jenny 写的，他们公司有采访过你的，前天。"

"呵呵，这么快啊。"

"是啊，我还拜读了你在单车时代上的西藏游记，我和小颜希望有一天也能去骑行西藏。所以，我们也想听听你的故事呢。"

车辆在夜色中行进着，小颜在车后座上安静地听着，时不时点点头。

"骑车旅行是快乐的，我们一起可以交流交流。"

"那其实你在台湾通过网路上遇到的朋友，很多都是看了你在单车时代上的游记而关注到你的。台湾人是很热情好客，但是也和你的努力分不开，你乐于和别人分享你的旅行，这点很可贵。"

"哦？是吗？那这个网站在台湾知名度算蛮高的，至少是喜欢玩单车的朋友圈子里，难怪在网上跟我打招呼的很多都玩单车。"

"没错，你的电话是 Jenny 给我的，他们网站里也有我写的文章。"阿锴讲话的方式看上去很稳重，诚恳。

"这样啊？看来我们还有共同的朋友，真是缘分。"阿靖很开心。

"呵呵，是的。"阿锴停顿了会儿说道，"那其实，我跟小颜也是刚刚结束一段单车的旅行，我们刚回到台湾，今天刚好是回来后的第十天。"

"哦？是吗？你们是去骑哪个线路了？"阿靖好奇问道。

"是这样的，我们花了两年半的时间，用单车绕了地球一圈，途经 20 多个国家和地区，骑了两万多公里，10 天前刚刚结束这趟长途旅行，回到台南家中。"阿锴很镇定地一口气介绍了他的旅行。

坐在他旁边的阿靖，瞪直双眼看了看阿锴，又扭过头看了看后面很腼腆的小颜，很惊讶地说道："你们啊？！哇！两年多哦？环球骑行？哇！这趟旅行一定非常棒！"

"嗯，是的。"阿锴显得很谦虚地点点头。

阿靖很激动，刚才困倦的疲态顿时消失了。

"我很感恩，我的生命中会有这趟旅行，它让我学到了很多人生的道理。回到台湾，是这两年多环球之旅的句点，也是我人生的另外一个起点。"阿锴并没有像许多运动爱好者一样看起来很浮躁，而是很沉稳成熟，眼神中透露着生活的睿智。

眼前这两位看起来很平凡的人，却已经实现了阿靖最期盼的环球骑梦，突如其来的邂逅，让他一时间头脑里晃过无数个想要问的问题，却一下子什么也问不出来了。

阿锴接着说道："我们也希望藉由我们的旅行，除了去圆儿时的梦想，去看看世界，也是想说为台湾做点事情。向世界宣传台湾的美，让更多的人知道台湾，来台湾旅游或者工作，以自己微薄之力帮助台湾一起打拼经济。"

"呵呵，出发前，我们还为此特别去上了台湾历史和古迹导览课，以便对外宣传。"在后座腼腆的小颜一提到旅行，也掩饰不住心中的喜悦说了起来。

说到这儿阿锴笑着又说道："其实，我还蛮佩服小颜的，出发的时候，小颜从来没有过骑单车旅行的经历，我只是陪她做了些简单的练习就上路了，能一路跟随下来，我倒觉得她也是个奇迹。"

阿锴说着，又回头看了小颜一眼，眼神中充满了爱恋。小颜也把手搭在了阿锴的肩膀上，轻轻地抚摸着。他们如此深爱自己生长的土地，如此的真心相伴为爱走天涯，让人由衷敬佩。阿靖忍不住心中激动，说道："你们真是太不简单了！这次旅行一定很精彩！"

"呵呵……其实旅行的故事都是精彩的，就如同你这几天遇到的一样，每天都是新鲜的，每天遇到的人和事，都会给你带来惊喜。"说到旅行的过程，阿锴又不由得兴奋起来，"两年半的环球之旅，我们成为好多当地人的沙发客，得到很多帮助。现在回台湾了，也想好好做好沙发主，接待来自全球各地的沙发客。我们刚回到台湾10天，所以，你就是我们第一个接待的沙发客哦。"

"哦？是吗？那太荣幸了！"阿靖侧过身，说道，"那我晚上一定要好好听听你们的故事。"

阿锴也转过头，看了看阿靖，然后很诚恳地说着："这样，阿靖。我有个建议你考虑下，就是明天在台南停留一天，我想带你好好看看台南，然后你后天再出发。"

"这样啊？"

没等阿靖继续说，阿锴又解释道："是这样的，台湾有句谚语这么说的，'一府二鹿三艋舺'，大陆沿海的移民自明朝中期以后跨海来台，一路从台南安平、鹿港到艋舺，是先到南部，后来才到北部发展。那么一府就是现在的台南市，二鹿就是鹿港，三艋舺则是今天的台北市万华区。这句谚语反映了台湾由南至北的开垦史，所以，台湾近现代的发展史就是从台南开始的，你好好看了台南，基本上就能了解到整个台湾的发展史了，所以一定不要错过，你要好好考虑考虑哦。"

"呵呵，你真不愧是有好好学过台湾历史，记得这么牢。"阿靖笑着说道。

"你今晚好好考虑下，明天一早答复我都没关系，因为我确实不知道你的行程安排是怎样，打乱了计划也不好。"阿锴是个很会为人考虑，不为难别人的人。

"哦，不会不会，我其实是没有计划的，很随性的。如果今天没有遇到你，我可能就会在爆胎的地方露营了。"阿靖想了下，接着说，"好，我明天就留下来吧，连续骑行5天了，休息下也好。"

"嗯，很好。那我明天就不安排活动，和你一起用单车逛逛台南，带你去认识些车友，可以跟大家交流交流。"阿锴听了阿靖的决定后，很开心，他又说道，"今晚是这么安排的，晚上你就住在我姐姐家，就在我家旁边的一所公寓里，她去大陆工作，房子一直是空着的，你可以放心住。"

"嗯，住哪儿都行。"

"然后呢，待会儿到我家，先去我妈的粥店吃一碗元气粥，因为我妈在家旁边开了个粥店，然后就去冲个凉，再到我家吃一碗猪尾汤。"阿锴把行程安排的好好的。

"不用不用，别给你们添麻烦啊。你这样让我很过意不去啊。"阿靖连忙推辞。

"你就不要推脱了，来了台南就听我的了。"阿锴坚持着。

"是啊，况且阿锴妈妈已经都做好了，在家里等我们了，她妈妈很有趣的。"不善言辞的小颜也加入劝告。

阿靖执拗不过，只好恭敬不如从命了。

# 不去会死

车子在夜色中穿行，穿过一个个村庄，又进到另一个城区。这样的距离绝对超过了 30 公里，如果不是阿锴来接，恐怕是到不了。

折腾到近 11 点，阿锴才停下车。他们一起往阿锴妈妈的粥店走去。粥店开在台湾成功大学旁边的一条街道里，那条街道也算是个小小的夜市街，粥店的位置很好，就在街头的第一家，远远就可以望见醒目的招牌，写着：燕姨好粥道。粥店的对面就是阿锴的家。

"阿靖，来，我给你介绍下，这是我妈，大家都叫她燕姨，你也这么叫吧。"到了粥店，一位阿姨围着围裙，蓬松的短发上挂着一个老花镜，她正在灶台前煮着粥，阿锴拉着阿靖介绍道。

"燕姨，你好！"阿靖笑着朝她点点头。

"这就是我跟你说的那个朋友，阿靖。"阿锴向她妈妈介绍着。

燕姨和阿锴长得很像。见到阿靖，她认真煮粥的表情马上变为笑脸，一口浓厚的台湾腔，听起来特逗趣，她走过来，握住阿靖的手，说道："ho……啊你就是阿靖 ha！"

"嗯。"阿靖看到这么热情的燕姨，开心地笑着。

燕姨握着阿靖的手不放，说着："哎呀，年轻人就是好，可以骑车到处走。阿锴能有你们这些志同道合的朋友，真是太好了。"说着，阿锴的爸爸也从里屋出来了，一阵寒暄，让阿靖甚是感动，这么热情的台湾，真是有点不知所措。

"阿靖，你先坐下，我的元气粥快煮好了，先垫垫肚子，待会儿还有猪尾汤喝。"燕姨说着，又回到灶台忙活儿去了，小颜依然一言不发，安静地走过去帮忙。

"阿靖啊，我跟你说 ho，我煮的粥保准你爱吃，我有元气粥、海鲜粥、精力粥、活力粥，今天就让你尝尝我的元气粥，保证你元气大增，骑多久车都没关系的。"性格活跃的燕姨边拌着锅，边开心地自言自语。

阿靖看到如此热情的燕姨，忍不住要为她拍张照片，一举起相机，燕姨马上

比出手势，捂住脸，急忙说道："等一下，等一下，啊，你要照相ho？我要把眼镜带上啦，这样好看些。"说着，就把头上的眼镜挂了起来，脸上又恢复了笑脸。

是的，可爱的燕姨特别注重形象，只要面对镜头，她都要整理下衣服，戴上眼镜，特讲究的，衣冠不洁坚决不上镜。

其实燕姨做的元气粥就是一碗虾仁鲜肉冬菜粥，不仅仅是燕姨这么叫法，很多台湾的小吃摊都会精心包装自己的食品，从品名到品相，都很讲究，非常精致。燕姨的元气粥，撒点花椒粉，一碗下肚，阿靖果然元气恢复了过来，精神抖擞。

"走，带你先去住的地方，先冲个凉，再回来喝汤吧。"看阿靖吃完，阿锴边带他去住的地方。那是阿锴姐姐的房子，离粥店也就10分钟以内的脚程，阿靖推着单车跟着走去……

阿锴姐姐的房子是一间豪华的大公寓，由于她长期在大陆东莞工作，因此空下来了。同样热爱旅行的她也愿意将房子借给阿锴当作接待沙发客之用，而且整个洁净的房间，都是她和阿锴、小颜从世界各地旅行时淘回的装饰品，这些静心挑选的物件，大大小小，琳琅满目地散落在房间的各个角落。每件物品都有他们的回忆以及走过的印迹，被安静、高雅、恰到好处地陈列着。

"阿靖，你过来下。"阿靖把单车停在阳台，阿锴便带他来到电视旁边，他蹲了下来，说道，"阿靖，这里有许多台湾各个城市或景区的地图以及介绍，还有一些是出行指引，希望这些资料能对你有用处。这些是我前几天特意去台湾观光局跟他们收集到的资料，想说给住在这边的沙发客们一些旅行方面的指引。这些你都可以随便拿，每样我都拿了几份。"

　　看着琳琅满目，排列整齐的地图、导览图摆满的一整桌，阿靖真心感受到阿锴的用心，很感激地说："阿锴，你真是太用心了，连这都想得这么周全。"

　　"因为你也知道，在旅途中，作为旅行者我们需要什么，想要获取什么信息，我们是最清楚的。所以站在这个立场上去做这些事，很自然的就会想得比较周全了。"阿锴很认真地回答着，然后诚恳地说道，"我希望给我的沙发客有家的感觉。"

　　阿靖已经不能用言语表达对阿锴热忱和细心的感谢了，感慨道："你做得太好了，我得向你学习。"

　　"没有没有。"阿锴谦虚地说着，然后走向旁边另外一张盖着蓝色的云南蜡染布的小方桌，拿起桌上一本巨大的笔记本，说道，"这是一本访客留言本，我希望每个在这里住过的人，都能留下墨宝，这些也是我的财富。"

　　"嗯。"阿靖接过这本快和桌子一般大的笔记本，上面赫然写着几个大字——"访客留言本"，阿靖翻开一看，空空如也，说道："这还是空的啊？"

　　"呵呵，我不是说过了吗？你是我的第一位沙发客嘛，这本当然是空的了。"阿锴笑着说道。

　　"哦！对的。"阿靖拍了拍自己脑袋，笑了，"那太荣幸了，看来我得好好写了，不然会被以后来住的沙发客笑话的。哈哈。"

　　阿锴拿过这笔记本，说道："我在德国遇到过这样一个家庭，他们也一直都在接待沙发客，你知道他们的访客留言本有几年的历史吗？"

　　阿靖摇了摇头。

　　"那本有将近一百年的历史。"阿锴记忆犹新地说着。

"一百年？！"阿靖目瞪口呆。

"是的，没错。当时我也非常错愕！那是他们家三代人累积的结果，是花再多金钱也买不到的。"阿锴很认真地述说着，"我希望我的这本留言本也同这家一样，永远地保存下去，直到我的下一辈，下下一辈……所以我特意选了这么大的留言本，而且质量也非常讲究。"

在阿锴身上，旅行和生活就这样完美地结合了。

确切地说，是和人生结合。一生中，能用旅行作为自己的财富之一，不管它得到是自己亲身经历，还是从别人的口中或笔中获得的，那都是幸运的。这样的获得是走遍万水千山的眼界，是走遍天涯海角的人生宽度，是创造生命的无限精彩。这些财富都将跟随着你一生，丰盈活着的生命力。

"这本笔记本一直放在桌上，你走之前写好就是，桌上有各种彩色的笔，发挥你的想象力，发挥你的才能，天马行空，想写什么都可以。现在呢，你就先去冲个凉，然后我们去我家喝汤。"阿锴的话把阿靖从旅行的思索中拉了回来。

冲完凉，旅行的疲惫也被冲得一干二净。跟着阿锴的脚步，阿靖又回到了粥店，而此时粥店早就打烊，燕姨已经回家了。他们走到对面阿锴家里，燕姨正好在厨房里炖着猪尾汤，见他们回来，燕姨又开心起来了："阿靖，你们来了，赶快来尝尝燕姨的拿手好菜。"

"这么晚了，还麻烦你，真是不好意思啊。"此时已经夜晚 12 点了。

"不会不会。小颜，你来盛几碗给他们。"燕姨叫来旁边的小颜帮忙，她又在一旁忙起来了。

阿锴妈妈的猪尾汤做法很闽南，熬煮时加入许多中药材，肥而不腻，确切地说是猪尾药膳汤。燕姨忙完了便做到饭桌和大家一起聊天。

其实阿靖一直想问这个问题："燕姨，阿锴这一去就是两年多，你担心吗？"

"担心！！"燕姨立刻答道，但是嘴角却挂着笑容。

"那你支持他吗？"

"以他为荣。"燕姨看了看阿锴，阿锴也谦逊地笑了。她继续说道，"这是一个很棒的旅行，他受到了世界各地的好友的照顾，满心的感动跟感恩。我还跟他说，待人处事一定要谦虚、谦逊，对这个世界要环保，要把我们华人区的伦理和传统保住，发扬光大。"

阿靖问燕姨问题本以为她只是停留"儿行千里母担忧"的情怀里，没想到她这样宽阔的胸襟和环保、文化的观念竟然高于她的担忧。哪个母亲不爱孩子，哪个母亲不心疼孩子，而眼前这位母亲，乐天、高尚的心境……阿靖，你的眼睛湿润了。

"燕姨，你真是太伟大了！"阿靖竖起了大拇指。

"是啊，我也很佩服。她都没有哭，总是很乐观。"坐在一旁的小颜也开口了，"我妈就不一样了，哭得稀里哗啦的。"

"呵呵，这很正常。出去那么久，家里人总是担心的。"阿靖说道。

"是的，所以我经常更新Facebook，让家人了解我们的状况。其实，越是了解就越不担心。"

"啊？燕姨，你也玩Facebook？"阿靖很好奇地问道。

"哈哈，是啊，我也是因为他们的环球旅行，才学会上网的，现在我用得可熟练了。"燕姨很自豪地说道。

"太棒了！"阿靖对燕姨啧啧称赞。

阿锴对母亲给与的支持也充满了感动，在一旁开心得一脸灿烂。平静下来后，阿靖对阿锴说道："阿锴，现在终于有时间坐下来了，你可得给我讲讲你的旅行故事啊！"

"呵呵，这从何说起啊？时间太长了，我都还没整理完所有的照片呢。"阿锴喝下最后一口汤，想了想，说道，"我们一共拍了40多万张照片，两千多段影片，记录下走过的每一个地方，留下每一步足迹。每个影像都是一个故事，一段回忆。"

"好啊，你就边看照片边说吧。"

"现在这些资料全都送去我一朋友那里做备份，硬盘还没拿回来呢。不过我笔记本里有一些照片，还有前几天我朋友在机场为我们接风的照片、视频，可以先看看。等会儿我用我在旅行途中发在Facebook里的照片，跟你说说我这一路的经历吧。"

"嗯。"

　　说着，阿锴就从房间里取出一台笔记本电脑，然后坐在沙发上娓娓道出他的环球骑行之旅。

　　"这两年多来的旅行，我一生难忘！"阿锴长舒了一口气，说道。

　　"在台湾有个著名的现代舞蹈表演团体叫云门舞集，它的创始人是林怀民，也是我当时的老板。那我当时是负责舞台设备悬挂的工程师。"

　　"哇！这么好的工作你还舍得辞掉啊？"

　　"为了梦想！"

　　"梦想？！"阿靖看着阿锴炯炯有神的眼睛，他的眼神中绽放出坚定与执着。

　　"是的！"阿锴铿锵地说道，"台湾第一位环球骑士胡荣华先生，于1987年完成了自行车环球的壮举。当时他回到台湾的时候，我也去接他了，这件事不仅打开了我的宽广视野，更是开启了我的环球梦想与希望。而当时的我年仅16岁！"怀揣这二十几年的梦想，终于实现，阿锴心中不免感慨。

　　阿靖没有吱声，只是默默听着。

　　"我是喜欢旅行、户外活动与冒险，但要骑着自行车环球，想着容易，做着可一点都不简单。在实现的过程中，势必要面对重重的困难，譬如要考虑经费、装备、体力、耐力、长途旅程时间，更需要具备丰富的海外自助旅行、自行车旅行经验与维修能力。"阿锴谈到梦想之路，便滔滔不绝。

　　他继续说道："除此之外，事前还有许多琐碎的规划准备工作，但最重要的是出发后的长时间旅程中，除了体力与精神的辛苦疲累，沿途还会有许多无法预料的突发状况，这些都是需要提前做好身体准备，以及心理建设的。想到如此繁杂、辛苦与困难，许多人只得作罢，把梦想搁浅，甚至是放弃了。"

　　"嗯，你是怎样去克服这些障碍的？"阿靖听得入神。

　　"我把我的梦想跟老板林怀民先生说了，当时他说了一句话让我备受鼓舞——年轻时的旅行，是你一辈子的养分。"阿锴说这句话时用手抚在胸口。

"所以，你也是受了他的鼓舞，才毅然决然辞掉工作去圆梦的？"

"是的，就应该趁年轻去实现，当条件都成熟了，梦想就离你越来越近，这时候要出发的激动只有一种心情足以表达——不去会死！"

"不去会死？"

"是的，不去会死！我在舞台上看到过许多执著的舞者们为了追求舞蹈的梦想，把青春和心血都付诸舞台。殊途同归，骑行天下也是我的梦想，而梦想也给我力量，有梦想就要去追逐！"这就是阿锴对待梦想的态度。

阿锴缓了口气，很感慨地说道："我们为了这个梦想，准备了十几年，而真正到了我们的旅行开始的时候，出发点却变得很简单了——就是要骑着脚踏车，慢慢地看看这个世界。"阿锴微微笑了一下，继续说道，"这也许跟人的心智日渐成熟有关系，没像年轻时候那么冲动，那么浮躁。"

"可是，在旅行途中，也遇到了许许多多意想不到的困难。这将近 900 天的长途旅行中，我们骑遍亚、澳、欧与北美洲等 30 多国、5 万多公里。而我们出发前，身上才只有 1000 美金。为了节省费用，光睡帐篷就有 300 多天。"阿锴说道。

"三百多天啊？那很辛苦啊。"

"是，我都不知道到底睡坏了多少个帐篷了，都是睡到底部开花了。"阿锴乐观地笑着，继续说道，"我们露营的地方大部分在露营区、路边、野外，甚至是动物园、厕所……经历过最高温 55 度，以及酷寒零下 11 度，克服大雪、冰雹、暴晒，以及一望无际的沙漠公路。如果我一个人还好，关键还带着小颜，所以几乎每天都要面对'要不要放弃'的天人交战。"

"小颜哭过吗？"

"有。刚开始没几天，她就哭了。"阿锴点点头说道，"脚踏车是很诚实的，踩下踏板才能前进，每踩一步，它就往前推进一点。所以，很多来自大自然的威胁，其实小颜并没有像我这样做好了充分的准备，很多时候都快撑不住了。"

"那她是怎么克服的？"

"她说过一句话让我特别感动，就是'每当你骑完一天的时候，你就知道目标离你更近，就是一直在前进，我喜欢这样的感觉。'"阿锴说完，看了看在收拾碗筷的小颜。

"她真是勇敢。可我觉得她妈妈更勇敢，竟然也答应让她跟你出去。"

"她家人对她的决定相当尊重，了解她很清楚自己在做什么。但是，你想想，长这么大了，她真想出去，总是会有办法的，其实最关键还是看小颜个人要不要出发。而这趟旅行虽然会花光身上的积蓄，但她也认为旅途所带来的收获远大于金钱所能衡量的，因此毅然跟我踏上旅程。"

"那你们吵架吗？"阿靖很好奇。

"吵，经常。"

"经常？！"阿静惊讶，"那还怎么能在一起旅行了两年多？"

"两年多的单车环球行最大的收获就是每天都训练自己面对和学习。每天面对危险，甚至可能面对死亡，凭着互相鼓励才度过一关又一关。"阿锴停顿了下，若有所思地说着："小颜是学导演专业的，她一路拍了很多视频，而且她的视角、思维都很独特。她的很多行为让我重新认识了她，也非常感谢她，让我认识到骑脚踏车不只是从 A 地到 B 地，它应该要加入很多不一样的东西，尤其是人文历史，还有享受慢骑、乐活。"

"嗯，在旅途中，我也特别喜欢看人文的东西，旅行中人才是最好的风景，而自然的风光只是旅行收获的附属品。"这是阿靖对旅行的理解，也拿出来和阿锴分享。

"是啊，景色可以从网上或是宣传材料上看到，它总是日复一日，以一样的姿态等着你。但是遇到的人每天都不一样，每天都能有惊喜，每天都会有收获。这就是旅行的魅力。

一路上遇到很多热心人伸出援手，给我们提供食物和住宿，每天面对不一样的生活环境，不管好坏我们都一样十分开心。"

阿锴打开了他的 Facebook，把在旅行途中发的每条讯息和照片都又翻出来，和阿靖分享。他单车的装备实在太丰盛了！不仅前后轮、车把、后座都挂满了行李，甚至阿锴的单车后面又拉着一台行李满满的拖车，看着一路上发的图文，他也似乎又回到了那些美好的时光："泰国人民非常友善，人文也精彩；最低潮是年初于美国，季节冬、春交界，每天骑不了太远，暴风雪、龙卷风及融雪最低温，全都遇到；最耗费体力在中国云南、四川，曾在帐篷内等 3 天，躲暴风雨，直到融雪才出发；最心旷神怡一段则是在新西兰、澳洲，沿路风景及路况都很好……每一段旅程都很难忘。"旅行中，他们观察着各国的人文与生态，每到不同的城市都会抽时间欣赏周遭的环境，到博物馆了解及纪录他们的文化和历史，而且一路旅行一路分享。酸甜苦辣，过得非常精彩！

　　讲完了旅行，阿锴还打开了 10 天前他们返回台湾时，单车俱乐部的朋友和他们父母来机场接他们的视频。在视频里，小颜和妈妈紧紧地抱着，激动得泣不成声，而乐天派的燕姨则在一旁笑逐颜开。

　　"那你回来怎么打算将来的事情，还会回云门舞集工作吗？"阿靖问道。

　　"我接下来是想先静一段时间，多陪陪父母，毕竟两年多没和家人在一起了。"

　　"嗯，你还要整理下你的海量照片和视频吧？"

　　"没有错，还要把这趟旅行整理好，想要在明年出版成书。那近期就是想带育幼院孩童环岛，或陪病童旅行，完成小朋友的梦想。同时也会去各大专院校演讲，希望鼓励更多年轻人勇敢追梦。"阿锴的眼神里透露着梦想的光芒。

　　阿靖也听得入神，全然忘记了时间的存在。人究竟该怎样才算有意义呢？这个命题似乎太大了！

　　每个人都有自己的梦想！就是因为梦想是难以实现，所以会梦想很大程度上只是幻想。梦想是很私人的东西，而想要花几年的时间去完成某个梦想，却往往会遭到周围人的反对，有时候甚至是自己的反对，生活似乎不按部就班就是错的？

　　有的人有梦想，但是不敢去实现，而有的人宁愿舍去眼前的一切去追逐。人生短暂，但随着年龄的增长，对于珍惜时间这件事就越发重视，就如阿锴，如果现在不做，可能这个梦想就永远也实现不了了。

　　实现了自己梦想的阿锴，尽管过程是荆棘坎坷的，但是人是快乐的、富有意义的。有了梦想而没去努力，那是因为这个梦想不够强烈，当一个人真正能踏出去追逐梦想的时候，那才是对得起"梦想"两个神圣的字的时候。

　　不去会死——那才是梦想真正的模样。

# D7 台南早味

昨夜的谈话，到凌晨 3 点才勉强收尾。有梦想的人，谈到梦想总是容易把时间遗忘。

早上 6 点，阿靖就被暖暖的太阳唤醒。不过，今天不赶路，终于有机会赖床了。灿烂的光芒穿过窗帘的狭缝，落在床上，抚触着疲倦的身体。连续几天赶路，阿靖身体确实有些疲惫了，停下来让身心休整一天也算是个好选择，也恰好有阿锴肯带着他走一圈，用台南本地的视角看一次古老的府城。

"阿靖，醒来没？待会儿到粥店集合，我们去逛台南。对哦，记得把单车带下来。"阿靖睁着微微浮肿的眼睛，正躺在床上上网更新着这几天的见闻，阿锴打电话来了。

"醒了。好，我过 10 分钟就去。"

清晨的台南，繁忙却不吵闹。粥店所在的街区，就在一所大学旁边，很多学生都赶在上课之前到这里吃早餐。

见到阿锴的时候，他正忙着帮燕姨端送粥点给几位正坐等着喝粥的学生。燕姨年纪也不小，虽然这个店本身让她退休的生活动起来，但没想到开起来后竟也生意红火，自己一个人却忙不过来。所以早上，阿靖也看到了在燕姨身边又多了一位帮手，那是她请来的员工，她是嫁到台湾的福州人，和阿靖也算是老乡了，

和阿靖见面特别热情亲切。

大陆新娘要在台湾住上一定年限，才能取得在台湾工作的资格。长期住在台湾的大陆新娘，也在这大环境的熏陶下，变得越来越台湾味了，尤其是讲话的腔调。阿靖和他们打了招呼，便坐在一旁，静静地看着他们忙着。

燕姨的粥店，和周围的店铺一样，都不算大，也是平民化消费。而阿靖注意到，不管是豪华的餐厅，还是一般平民化的快餐店，甚至是夜市里或路边的小摊点，对食品的包装、携带的塑料袋都十分讲究，都遵循着严格的标准。

"我总算忙完了，其他的交给她们了。"阿锴忙完叫上了阿靖，说罢，便从里屋牵出一辆单车。

"这是你骑出去的环球旅行的那部单车吗？"阿靖看到那辆铮亮的单车，细小但却结实。

"是，这是一部台湾产的单车，是我朋友做的。很用心，工艺非常好，在我出去的两年多，没出现过问题。"阿锴很自豪地说道。

"今天小颜要回台北去，她有事情要办，所以不能和我们一起出去，今天就我带你一起骑骑台南。"阿锴接着说道，"我回台湾后，一直忙着，几乎没走出去过，我今天也是要趁机好好看看台南。离开台湾已经两年多时间了，看看有什么变化，也看看有什么没变。"

"嗯，好的。"

"今天我就当导游啦，呵呵。我来介绍一些台南的故事给你听，还有推荐许多台南经典的小吃，但是每样小吃都要少吃，这样才能吃更多品种。"阿锴说得自己都快流口水了。

"哈哈，我听你的就是。"阿靖跃跃欲试，非常期待。

"所以，我们今天是边骑边吃，一整天都要处于半饱不饱的状态，你可要准备好。"

"没问题。"

"好，Go！"说罢，阿锴带着阿靖，踏上单车，行走台南。

"我们现在去吃早餐。"阿锴骑车在前面领路，阿靖紧随其后。

"好的。"

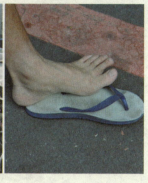

"不过，今天的早餐很特别，很历史，很台南，而且很重口味。"阿锴笑着说道。

"哦？是什么？"

"你到了就知道。"

很快，阿锴把他领到了一家非常不起眼的小店。店面并不大，店前一个大炉灶，侧面一排桌子坐满了正在大快朵颐的食客。有个服务员正收拾着碗筷，老板娘看上去是个中年妇女，但却打扮得很漂亮，白色长衫，牛仔裤，配上一双鲜艳的橙色跑鞋，齐肩的头发上，耳边挂着一朵新鲜的鸡蛋花，脸上的笑容让人过目不忘，一口亲切可人的台湾腔，感觉她不是在经营一家早餐店，而是在享受着食客们对她满意的笑容。

阿锴站在店前的招牌前面，对阿靖说道："我今天带你来吃的早餐就是台南著名的肉燥饭配牛肉汤。"

"早餐吃饭？！"阿靖有点懵了，"还要配牛肉汤？！"

"没有错，这家店是我以前经常来吃的，它的饭特别香，牛肉也鲜美。"

"我的早餐都是喝粥或者豆浆牛奶这种流质类的，从来没有早餐吃过米饭的，还要配上牛肉汤，这可真是重口味啊。"阿靖开始怀疑起这样的早餐。

"是的，这是有故事的。台南的建设是最早的，所以，聚集了一大批工人，这些工人平时要干粗重活儿，所以早上吃米饭配牛肉汤，这样有饱腹感，有助于醒来后提振元气。所以，这个做法一直沿用至今，米饭也改良成现在的肉燥饭，牛肉汤依然鲜美。通常，每家店的肉燥饭上面的卤肉，都不太一样，各有各的特色，好不好吃，你吃下就知道了。"阿锴毕竟是有接受过历史导览课的，讲起来头头是道。

"好，那就先来一碗试试。"

他们找了个位置坐下，服务员很快为他们每人上了一碗肉燥饭和牛肉汤。阿靖看着端到眼前的从没试过的早餐，视觉上看起来很奇怪，可闻起来米饭特别香，汤也很鲜美。

　　Q韧的米饭上面，淋着一大勺卤得喷香发稠的卤肉。搅拌后，让肉汁包裹着每颗米粒，晶莹剔透的米饭，配以香而不腻的肉燥，令人吃了停不了口，一碗名副其实的"饭遭殃"。而旁边的牛肉汤，汤匙舀起，新鲜红艳的牛肉片，浮于高汤之中，口感鲜嫩飘香，没有腥膻。配以新鲜姜丝，

整体口感香美新鲜，阿靖吃后精神大震！看起如此重口味的早餐，阿靖足足嚼了两碗肉燥饭和一份牛肉汤。他本想还再来一份汤饭，却被阿锴叫住了，"别吃太多，要保持半饱状态，今天这才开始呢。"

　　阿靖只好依依不舍地放下筷子。他旁边的一位老人，正悠闲地坐在那儿，带着副老花镜，很认真地使着筷子，用心地咀嚼，品尝着每一口。这是不是他一直吃到老的味道呢？看到这幅味道熏染下的情怀，这让阿靖想到了前几天的那一瓶乡愁。味蕾中的历史，只有认真品尝才能知其味，一股食之味，就是一份情怀，一股正在蒸腾的历史的味道。

# 府城映象

继续上路。

和其他台湾的城市一样，台南的街头依旧人头攒动，机车总是穿针引线地行走着。不同的是，台南多了许多古老的建筑。正如一座古城里，新建筑和老屋紧挨在一起，互相衬托着历史的印迹，相得益彰。

郑成功收复台湾之后，台南便是台湾最早开发的城市。当时城市建设的特色也从大陆沿袭到了台湾，城市的四周兴建城郭以作军事防御，故称为"台湾府城"，所以"府城"一名至今仍然是台湾的别称。由于这层历史渊源，至今仍保留着众多的文物古迹，有"五步一神"、"三步一庙"之喻。300多年传承的古城，每一步都能感受到历史的味道，以及新生的惊艳。骑行在阳光灿烂的府城，悠游在东西交汇的时空中，感受新旧共生的气息。这样的感觉真好。

　　台南市向以古迹闻名，赤崁楼更是最耀眼的地标。

　　赤崁楼位于台南市中区赤崁街与民族路交叉口上，原为荷兰人所建。早期的汉人称荷兰人为"红毛"，所以也把赤崁楼叫做"红毛楼"，或称"番仔楼"。

　　赤崁楼的文物与建筑历经荷兰、明郑及满清时代，初建于公元 1650 年，其建材据说皆由荷兰人自海外运来，称为"普罗民遮城"，系荷兰人在汉人起义抗荷的郭怀一事件后所兴建的。在郑成功收复台湾以后，曾经改普罗民遮城为"东都承天府"，并以赤崁楼做为全岛最高的行政机构，隔台江与今安平古堡相对，十分具有历史与文化的价值。

　　回溯赤崁楼的历史，荷人所建的普罗民遮城，仅剩城堡大门和文昌阁旁的炮座遗迹。


　　在大街小巷里转了大半天，阿锴来到一处正在"拜王船"的庙宇前。

　　这座庙宇叫做良宝宫，外面被装饰得非常豪华，它的对面有一艘色彩鲜艳、雕龙画凤的巨大船只，船只下面有一只放着锚的水桶，几张放满贡品的桌子摆在船头。

　　"我也是昨天才听说这里有这个拜王船的仪式的，听说这是这个庙宇建庙 63 年来的第一次建醮。"阿锴把单车停在庙宇旁边介绍了起来。

　　"建醮？那是什么？"

　　"所谓建醮就是祭祀的意思，是很隆重的一种祭祀仪式。"阿锴挠挠头，有点不好意思地说道，"那其实，这个庙宇我也没来过，不太清楚整个习俗。船边有个大伯，我们可以去问问。"

　　后来，据站在船边一位庙里的委员介绍，这个王船是花费 500 万新台币打造的，现在停在庙宇前面，供信众祭拜。到了建醮的那一天，要将王船移到空旷的位置，和四周堆满的纸钱与祭献品一同烧掉，让庙里供奉的千岁爷乘船返回天庭。而在王船要移到空旷地时，要在路面开挖出两道通道，灌上水，象征着水路，让王船可游天河。

　　这架造价昂贵的船只，竟然两个月后要付之一炬，能够在这难得的仪式前观赏到，真是无憾。

　　"这船只是在这马路中间建造的吗？"阿靖看着这宽度已经占据了半条马路的大船，引起了他对造船的好奇心。

　　庙里的委员笑起来，指了个方位说道："没有啦，那是那边的一个厂房里建的，你可以去那里看看，现在那里还在做一些纸人。做这个船也不是随便做的，包括

材料、建船的师傅、地点……都非常讲究的，那里都有说明的。"

委员跟阿锴说了具体的方位，他俩便踏上单车寻找建船的厂房。那个厂房确实巨大，里面摆着无数的"天兵天将"，当然是纸糊的。旁边坐着一个看守场地的中年人，嘴巴里嚼着一口槟榔。

旁边墙上贴着一张王船建造过程图，一艘耗资巨大的王船要经历七大过程：取木，造船，搭建王船厂，开斧造船，建骨架结构，造船体宫殿，船身彩绘。上面还写道："王船即王爷船，亦称彩船或神船，已被认为瘟神系统中的一环，普遍盛行于王爷庙宇稠密地带的西南沿海地区，常是王醮的压轴大戏。王船信仰是中国东南沿海地区与台湾地区最为特殊的民间信仰，一般认为这是一种送瘟仪式，亦是赶走瘟疫、放逐死亡。王船由原始的瘟王船变成今日的王爷船，其意义亦由原型的放逐死亡，转化为今日的代天巡狩，而人民的信仰心情，更由昔日的闭户避送，过渡到今天的举众迎送，此种心情之下，王船早已由纸糊而木造，由舴艋而巨舰了。"

烧王船是王爷或王醮祭典中的压轴仪式，一般都排在整个祭典的最后一个节目，烧了王船，也就结束了整个祭典。虽然没有能完整地看完整个祭奠仪式，但

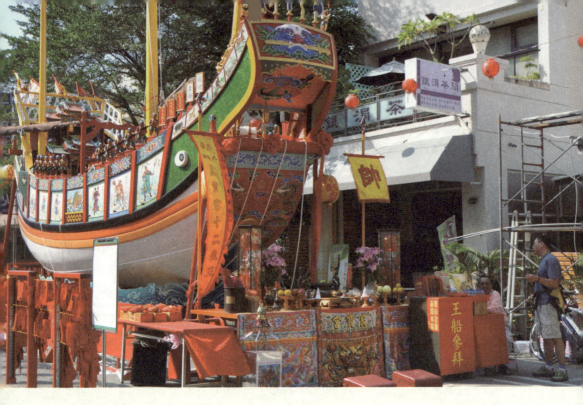

是阿靖已经很有幸看到这艘王船。作为文化、历史的一部分，这样的传统在台湾被保存得很完好。

逛了一整天，有些疲惫了。

喝完奶茶，阿锴又跨上单车："走，我带你去我们'成功踏板俱乐部'的朋友那儿坐坐。就在这儿不远。"

穿过几条街道，又绕过几个小巷子，阿锴把单车架在一土地庙旁边，这土地庙并不大，但是装饰得很精致、绚丽。土地庙的隔壁是一个做广告招牌的店铺，可在门口乍一看还真不像是个店铺，倒像是个僻静的人家。

门口堆放着几个精心培育的小盆景，旁边一只猫咪自顾自地伸着懒腰，全然不理盆景鱼池里的小鱼，以及正推门而进的阿锴和阿靖。

进去一看，却是名副其实的广告店。店里横七竖八地摆放着各种与广告设计相关的设备，旁边一辆山地单车倚在桌边。一位蓄着长胡须的男子正坐在门边的椅子上喝着功夫茶，他就是老板。

"须神，这就是我之前跟你说的环台的大陆朋友，阿靖。"阿锴介绍道，"阿靖，这就是我们成功踏板俱乐部的元老——须神。20年前，我们十几个人成立了这个俱乐部，到现在还是这些人。因为单车，我们成了一辈子的朋友。"

"你好！"阿靖用台语和须神打招呼，他看着须神有点脸熟。

"你好，欢迎来台湾。"须神笑起来，脸非常可爱。

　　阿锴很不客气地自己搬着凳子，端起茶就喝。他们聊着阿锴回台湾时，他们去机场接风的情景。

　　"哦，我想起来了，我在视频里见过须神，阿锴给我看的视频。"阿靖突然想到了视频上的那个大胡须。

　　"哈哈，没错，是他啦。"阿锴笑了起来。

　　"是啊，我们都一起骑了20年了，单车真是个好东西，让我找到了快乐。已经是我生活的一部分了。"须神说着起身往他的办公桌走去。

　　他在抽屉里拿出一面三角旗，走了过来："阿靖，这个旗子送给你。这是我们成功踏板俱乐部的旗子，我希望你也能是我们的一员，尽管以后可能不经常见面，但是因为单车，因为爱旅行，我们就是好朋友！"

　　三角形旗子上印着俱乐部的标志———一只骑着单车的乌龟，标志下面是俱乐部的名字，旗子下面还飘着一布条，写着"踏板上的勇者"，阿靖站起来，接过了这面旗子，说道："谢谢！也希望你们能有机会到大陆骑单车，到大陆来旅行。"

　　"会的，会的。"须神笑得更开心了，"这里还有个头巾，骑车的时候可以戴着。"

　　说罢，他又递给阿靖一个橙色的头巾，上面印着俱乐部的标志图案。

　　"阿靖，你看看这旗子上的logo。"阿锴拿过旗子，指着上面的标志，解释道，"这乌龟象征着慢，这单车象征着环保，以及说明我们是个单车的俱乐部。单车骑行，虽然慢，但是有时候要更慢，用乌龟的慢心态体会生活，支持环保。"

　　阿靖接过头巾，便把它套在脖子上，笑着说道："我现在也是成功踏板俱乐部的一员了！"

　　"这个旗帜就是挂在我单车后面的其中一个，我带着它走遍了全世界。"阿锴很自豪地说道。

　　"嗯，这很有意义。"

　　"没有错，他还带着隔壁土地庙的旗子去呢。"须神接上阿锴的话，风趣地说道，"土地公还跟他去环球呢。"

　　"哈哈，是啊，我也带着这个土地庙的旗子去环球了，也是有它的保佑，我能安全地回到台湾。"阿锴指向隔壁的庙宇，"对了，下回请老委员过来，跟他要一面旗子，让你在台湾能平安骑行。"

　　说来也巧，此时进来了一位鹤发童颜的老人，看起来他是经常来这里串门，一进门就在案子上翻着他想找的东西。

　　"这么巧，正说着你呢，你就来了。"须神对老者说道，"这是大陆过来单车环台的朋友——阿靖，我们正说着要找你要一面土地庙的旗子给他，保佑他在台湾一切平安。"

　　老者走了过来，微笑地看着阿靖："大陆来的哦？太好了。欢迎欢迎。"

　　"谢谢。"

　　"那就跟我过来吧，我拿给你。"说罢，老者带着他们三人走到隔壁的庙里。老者从庙里的抽屉拿出了一个香火包和一面小旗，旗帜上写着"福德祠"。他把旗子和香火包叠在一起，走到阿靖身边，抓起手来，然后在香炉里燃烧的香上面绕了几圈，嘴里念念有词。

"好了，这个土地庙会保佑你在台湾能平安顺利的，这是土地爷给你的祝福。"念完后，老者把这个旗帜交给了阿靖，"这个香火包，你可以系在车头，阿锴当时也这么做的，希望你一切平安，欢迎来台湾，好好看看台湾的美。"

阿靖受到如此礼遇，有些受宠若惊了。在闽南也有这样的宇的习俗，这让阿靖不仅感到熟悉也感到台湾人的热情："谢谢您！有你们的祝福，在台湾会收获很多的！谢谢你们。"

说着，阿靖马上走到单车旁边，把香火包系在车把上。老者拿了东西后，就先离开了。阿靖则继续和阿锴、须神一起喝茶聊天。须神看起来很严肃，但接触后会发现他是个很风趣、冷幽默的人，冷不丁会说个冷笑话，为人乐观有趣。

"阿靖，我来给你泡一杯咖啡，一杯特殊的咖啡。"须神突然说道，他又看了看阿锴，笑着说，"这是他也没喝过的哦。"

说完，须神走到里屋去磨咖啡豆去了，阿锴想跟进去看看，却被他挡在门外。看上去像是马大哈的须神，还会自己磨咖啡，阿靖感到有点惊喜。

一会儿，须神端着一小杯咖啡出来，小心地放在阿靖的桌前。阿锴也凑过来看，只见咖啡看上去很稠，房间里马上飘出浓浓的咖啡豆的香味，咖啡表面上还飘着一层金色的箔纸。

"这是我手工磨的金箔咖啡，上面那层箔纸是可食用的金箔哦。"须神介绍到。

"哇！阿靖，我都没有过这样的待遇啊！"阿锴打趣地说道。

"哈哈，那我就不好意思啦。"阿靖笑着端起咖啡，闻了闻又抿了抿，味道太香浓了！这是阿靖喝过最香的咖啡了。

"阿靖，你今天都去哪些地方了？"须神问着品尝着香浓咖啡的阿靖。

"要是跟团来台湾，肯定没有今天这么深入地了解台湾了。今天阿锴带我去了很多地方，非常棒……"

"……"

"……"阿靖介绍起了阿锴今天带路的几个地方，滔滔不绝。

须神突然想起什么，说道："有个地方，你明天早上要是有时间，就一定要去一下。那个地方是……"

"……二寮山。"阿锴和须神不约而同地说出这个地名。

"没有错，二寮山看日出。"阿锴兴奋地说道，"二寮山的日出一定会让你难忘的！你在二寮山可以看见整个中央山脉的日出奇观，你要是起得来一定得去。"

"那就去呗！"这是阿靖最好奇的，"能有这样的机会，一定去！"

"呵呵！好！许多不能错过的地方，我经常安慰自己——留着下次再来吧。通常情况下，这个地方会与你永远无法再见。"阿锴说出了他旅行时的心得，"那我们就定明天四点半起床，因为我们到山上还要一小时，刚好是看日出的时间。"

"对，没有错。我开车去接你们吧。"须神说道，"阿靖，你起得来吗？"

"没问题！起不来也得起！"阿靖很坚决。

"好，那就这么定了！"

台湾有位文学大师叫叶石涛，他说过这么一句话：台南，是一个适合人们做梦、干活、恋爱、结婚、悠然过活的地方。这是台湾人自己对台南的解读。

　　而今台南已不是台湾的首府，留下了很多珍贵的陈年历史，每看一眼就是一个故事，每走一步就是一段历史，每一则述说，都可以配上一曲古调，然后加以这样的开篇——"很久很久以前……"。循着故事，都能窥见，隔着时空古老人民的生活。

　　历史是府城最大的积淀，老店在新旧的交替中散发惊艳，口味在演化中日久弥香，人民在文明的形态中感染自己以及异乡人……历史的沉淀，传统的沿袭，新旧的更迭，人民的和谐……如此府城映像，需要停下来细细品味。直到离开时，阿靖还依依不舍。

　　台南，值得你为它停下来。

# 日出中央山脉

这是在台南的最后一天了，入夜了，空气沁凉。

"能起得来吗？"天还没亮，阿锴就打电话来了，电话响了好一会儿阿靖才接听。

"起床了，待会儿见。"阿靖躺在床上，翻了个身，看看时间，是四点半。可他们昨晚聊到两点才睡觉啊！尽管很累，而且今天还要启程南下，得骑一天车，阿靖还是起床了，不想错过这个机会。

"好，在粥店见面吧。须神已经在路上了。"

挂掉电话，阿靖抖擞下精神，立马起床洗漱，穿上一件长袖，带上相机就往外冲了。到粥店时，须神和阿锴就已经在那儿等了，街道空无一人，夜黑风高。

"我昨晚回去后，两点半才睡啊，好困啊。"阿靖抱怨自己睡得时间太短了。

须神摸了摸胡子，不屑地说道："我三点才睡。"

阿锴就更神气了："我四点才在沙发上闭了会儿眼呢……"

阿靖相形见拙，挠了挠头："哈哈，不好意思啊，我错了，我睡得最久了。"

"哈哈哈……"

须神开着车行驶在夜色朦胧的台南都市里，又折上了曲折的山路，山路有的地方很窄，而且很多时候，都弥漫着一层薄雾。可他还是如履平地，阿靖坐在前排副驾驶位置，有些心惊胆战。

阿锴看出来了，拍了拍阿靖肩膀："别担心，这条路我们之前每个月都来骑好几趟，他轻车熟路。"

"是啊，这条路太熟了，连这里经营民宿和农家菜的店都很熟了。"须神说道。

"嗯。"

"今天天气好像有点雾霾，日出的景观可能不是最好的，但是应该还可以。快到了。"须神对这片山的天气状况很熟悉，他介绍道，"这座山虽然只有海拔200公尺（米），但是看到的日出会是非常震撼的，你可以看到由北到南的中央山脉。风景绝对比得过阿里山的。"

　　"而且，这个地方并不算是个景区，没有大型购物点，所以都不会是旅行社考虑的行程范围，一般的旅客，没有人带路，绝对不知道这个地方的。"他又补充说道。

　　"嗯，很期待！"

　　天色渐亮，须神加快速度上山，生怕错过了日出的时间。快接近观日台时的路段很危险，路面已经没有了柏油，只剩下光滑的沙石。但是公路两旁的风景已经崭露出朦胧的野丽，曲折回旋的道路，配上须神娴熟的车技，有点电影《头文字D》里场景的感觉。

　　百转千回，终于在一处开阔的地方停下了。那便是当地政府开发出来的看日出的平台，附近有一处幽静的民宿。平台上的栏杆边，早就站满了等着看日出的人。天气微寒，等日出的人大都裹着长袖，目不转睛地望向一望无际的东边。

　　阿靖下车，拿下三脚架，在栏杆旁边找到一处观赏点，摆好位置，开始静静地等候太阳的露脸。微润的空气，扑鼻而来的凉风，一时间令人精神抖擞。站在观日台，俯瞰东边，一片宽阔得望不到边的山林，层峦叠嶂，鳞次栉比地掩映在清晨的雾霭中，由于每座山的高度不尽相同，空气中折射出的色彩也各异，在昏暗的夜色中，写意出一副泼墨画般的诗情画意。

　　"这实在太美了！美得令人有些窒息。"阿靖面对着这样的色彩，不禁感慨道。

　　"是的，这里也是很多摄影爱好者的朝圣之地，绝对不亚于阿里山。阿里山的海拔有2000公尺，而这里就只有200公尺，很容易到达。我们经常来，听摄影家

们讲，这里的春夏是最佳的拍摄时节，尤其是当前一晚下过大雨，更是最有机会见到壮丽的云雾缭绕的景观。"须神简直对这里了如指掌。

大概等了20分钟，弥漫着黑暗的夜色，渐渐焕发出光彩。最远的山线于天空交界处，逐渐泛出鱼肚白。天空正在明亮着，一层层山峦开始展露出该有的翠绿。虽然太阳还没出现，但是眼前的景色已经美到令人咂舌。

群山间散发出来的岚岫，建构出一条条壮观的低空云流，云流随风飘荡在连绵成线的山峰之间，错综的山头此起彼伏，像极了一条条巨龙盘踞在绿色的海洋里，一层层倒影，令人目不暇接，分辨不清是山还是林……

"哦！太阳要出来了！"旁边有个女孩子喊道。

是的！太阳就要出来了。天边由白变红，太阳的光芒自最后一道山峰跃出，以壮阔的气势夺山而出！太阳上升的速度快得令人不敢眨眼睛，生怕错过了每一道日光的变幻。

太阳的日光，层次变幻地穿过白垩的山丘，层迭的雾霭炫耀着太阳的光芒，中央山脉全状在晨光中浮现，一览无遗！一场光影美的大景，震撼着阿靖的内心。

太阳日见升高，一切又恢复到该有的平静，不再有变化了。

人群慢慢散去，阿靖还登上更高的瞭望台，远眺着即将到达的东部海岸。不知道远处的山是不是东部的海岸线？阿靖也不想去考究，只是憧憬着山的尽头，即将到临的太平洋的风。

带着强烈的满足感，他们3人带着各自的收获下山了。

二寮山的日出，最诱人的不仅仅是几分钟的日出时分，卷舒潇洒的云海在瞬息万变的山林中摇曳着曼妙的舞姿，光和影在晨曦的掩映下配合着一场中央山脉的华丽演出，留下一道道诗情画意的流光溢彩，这让我想起父亲写过的一首诗：

## 日出诗

空如此生，
静若繁花。
虚幻缥缈，
心如明镜。

# D8 教官的约定

下山时，阿锴带路走了一条小路，他号称：只要能用单车骑完这条小路，就能骑行世界了。

那是一条鲜为人知的小山路，他们骑单车好不容易才探到此路。路上高低起伏的小山丘很多，而且坡度极陡，连绵几公里，这对骑单车确实是巨大的挑战。

"小颜和我出去骑车旅行之前，我经常带她来这里拉练。一开始遇到坡，她总是下来推车，到最后掌握了要领，都能完成得很好。"阿锴回忆起往事不禁唏嘘时光飞逝，当时觉得很困难的事情，现早已过去，环球旅行已经结束，蓦然回首，**感慨要实现梦想就要敢于迈出第一步，否则一切都是空谈。**

下山途中，路过一户人家。须神和这家男主人打了招呼，看起来是这里的常客。临走时须神从这家买了一袋土鸡蛋……

"阿靖，你回去整理下行李，我跟刘教官会在粥店里等你，出发时我送你出城。"回到了市区，下车后阿锴嘱咐着。

在住宿的地方，阿靖最后又仔细地审视着这个充满浓郁浪漫旅行色彩的房间，想起来台湾这几天的一幕幕，真是一场美丽的电影！台湾人给他留下的印象太深刻美好，而且一路上遇到志同道合的人，都很乐于和他分享他们的生活。在这里并没有像朋友为他送行时所说的"劝君更尽一杯酒，西出阳关无故人"，反而是"莫愁前路无知己"的惊喜。回到那个铺着蜡染布的桌子旁边，阿靖翻开"访客留言本"的第一页，写下了对阿锴的感谢，对旅行的探索，以及爱台湾的心情……

"铃……"电话响了，是刘教官打来的。

"我快到成功大学了，到阿锴家的粥店等你。"电话那头素未谋面的刘教官说道。

"你好，是阿靖吗？"昨天，阿锴正带着阿靖骑单车逛台南，突然电话响起了。

"呃……是的。你是？"

"我是台湾高雄人，是学校里的教官。"那人在电话里声音听起来很有活力，"我是在 Facebook 上看到你来台湾环岛骑行的。我也是个单车爱好者，我想明天

早上去台南，我陪你骑回高雄，也想和你聊聊旅行。"

真是"莫愁前路无知己"啊！

"是吗？太好了。我明天又有伴儿了。"阿靖笑不拢嘴了。

"那到哪里集合？什么时间？"

"你跟我朋友说吧，你们约好时间地点，他会跟我说的。"说罢阿靖把手机递给阿锴。

……

阿锴挂了电话后，笑着说道："台湾人真的很热情啊！我两年多没在台湾，真的一点也没变！"

"是，台湾人——赞！"

"本来还打算跟你说下明天的骑行线路，看来是不用了。我跟他聊了下，他也是经常骑单车的，他会带你走的。"阿锴笑着说。

阿靖写完留言本，收拾好行李，在关上房门的那一刻竟然还想着再进去看一眼。下楼遇见阳光，握住车把，呼吸着自由的空气，单车上旅行的感觉又飘出来了。晨光迷离，微风轻拂。随风飘动的衣角，甩打着身后车架上的行李包，发出"啪啪"的响声，这就是旅行的声音！

"Hello……"阿靖正骑车去粥店的路上，突然从背后传来个声音。

阿靖回头一看，一位整身骑行装束的男子，骑着辆单车，跟在后面。阿靖以为是台南的单车爱好者，也对他"Hello"了一声，微微笑，继续往前骑着。

"阿靖。"那人突然叫出他的名字，"是我啊。"

阿靖仔细看了看他，心照不宣："哈哈，刘教官呐！"

"你这车行李，在这周围的就应该只有你了，况且在网上见过你的照片，就认得你了。"刘教官说道。

"哈哈……你猜中的概率还是蛮大的。谢谢你特意来为我带路。你早上很早就出发了吧！"阿靖边问边骑边带路着。

"天还没亮，我就搭火车来了……"

"哦？在台湾，单车上火车方便吗？"

"方便，有专门为单车一族设计的车厢，但是是某些固定车次。其他车次要是避开上下班高峰期，或许也可以上得了火车，有机会你可以搭一段试试，感受下。"刘警官在城际间骑行，也会经常搭火车。

"OK。"说完阿靖示意停车，"我们到了，这就是阿锴家的粥店。"

他们停下来，把单车架在粥店旁边。此时已经过了早餐高峰期，店里的人并不多，燕姨正不紧不慢地煮着"元气粥"。阿锴和他父亲也在店里等着阿靖，只是他身边多了个黑衣女生。

阿靖说："对了，给你介绍下，这是刘教官，昨天我们在逛的时候打电话来的那位。"

看着刘教官一身专业的骑行服，阿锴就放心了。他又接着说道，"我也给你们介绍下我朋友吧，小钰，是台湾联合报的记者，她想要采访你。"

"你好，欢迎来台湾。"小钰微微笑握了握手。

"谢谢！"

联合报的采访，让阿靖坚信了台湾对单车环岛的重视。他和小钰聊了很久，关于旅行，关于单车，关于环保，关于台湾骑行的遇见……当然也包括了和阿锴相遇的经过。

在台湾骑行期间，经常会在电视、报纸、网站、杂志等媒体上看到关于大陆客来台旅游的报道。而很令阿靖不解的是，这些报道大都停留在大陆客的×××不文明行为，或者是台湾人如何如何帮助大陆客云云，鲜有直接称赞大陆客的言辞。

不得不承认，台湾的文明程度整体上很高，可整个台湾的媒体似乎一直在潜意识里做着这样的导向，以至于到后来，采访登报后的标题成为"大陆单车客环岛爆胎，获陌生人帮忙"。而在阿靖心里，期望引来关注的是宣扬旅行的意义或是

提倡环保之类的话题。

　　采访完，阿靖和刘教官就要启程了，而且当时已近中午，为时不早了。

　　阿靖起身，整理下行李，和阿锴爸爸、燕姨告别："林爸爸、燕姨，我要继续赶路了，谢谢你们这两天来的照顾，希望有一天，你们都来找我，也到大陆走走看看！再见了，我不会忘记你们的！"

　　"好啦，早点赶路啦，你呀，要是敢忘记我，我一定把你杀了。"说完，燕姨哈哈大笑起来，"哈哈，开玩笑啦，我会看你的 Facebook 的。"

　　"哈哈，谢谢，不会忘的……"阿靖知道燕姨是不想让离别变得太伤感，虽然只有短短的两天相处，但是燕姨总是以一位母亲的心态对待阿靖，因为她深知自己儿子在外面也深得别人的关爱，她也要把爱传出去。

　　真的要离别了，阿靖跨上了单车迈开步子，燕姨比出两个大拇指，大声说道："阿靖，祝你环岛成功，平安～～～"阿靖不敢回头望，不敢直视燕姨的眼睛，只是默默地跟着阿锴的引路，朝背后挥了挥手。心中默念着——燕姨，再见；林爸爸，再见……

　　阿锴把他们带到出城的大道，依依分别了。阿锴也要开始着手忙整理资料以及采访的事情，阿靖和刘教官则继续南下，而他们接下去的目的已经明确，是阿靖之前就约好的高雄的沙发主——Sue 与阿纬的家。

　　终于有机会和刘教官单独骑行了，重新跨上单车，身边又有一位资深的当地"导游"，阿靖就毫不担心迷路了。只是这位教官实在内向，一路骑行没有太多话。

骑了一会儿，阿靖实在憋不住了，跟他打起招呼："刘教官，这样叫你好像挺严肃的。你比我大，我干脆就叫你刘哥吧。"

刘教官倒爽快了："哈，行，怎样都可以。只是叫刘哥会不会太年轻了？"

"不会啊，你看起来就很有活力啊！"

"我再过两三年就退休了，还年轻？"刘哥笑着说道。

阿靖一听，连忙侧过头看看这位活力十足的大哥，匀称高挑的身材，皮肤有点黑，不过肌肉很结实，他皱了皱眉头，很怀疑地问道："啊？不可能啊？你说比我年纪大那应该没疑问，但是说你到了快退休的年龄了，我真不太相信。"

"真的，我说的是实话。"刘哥说这话时看起来更像是个腼腆的大男孩。

"那你看起来真是太年轻了！"阿靖不禁很好奇，"刘哥，你接触单车有几年了？"

"十几年了……"

"也不短了哦。"

"嗯。"

"那你平时还喜欢什么运动？"

"跑步，还有游泳。"

实践证明，刘哥确实内向，问一句答一句。

"那你这教官是部队的吗？"阿靖继续问道。

"不是。"还是这么简洁。

"那是在哪里？"

"学校。"

"哦！那在学校是教体育的？"

"不是。"

"那你教什么？"

"我们的教学不是体育，体育有专门的体育老师。我的职业是台湾特有的军训教官，是现役军人接受转任考试后到一般高中（职）任教，主要工作内容为传授学生部队里的相关知识及维护校园安全，还训练学生基本仪态、形体礼仪、生活常规等课程。"刘哥说到自己的专业，便多讲了几句。

他刚提到形体课，阿靖故意又看了一眼刘哥，他的体形真的很好，身材高大，确实像个军人。阿靖问道："那这样你是属于学校编制？还是军队编制？"

"军队编制的。其实每个学校都有很多教官的，我服兵役出来后就在学校，所以做得时间比较长，我不太直接教学生，我主要是管学校里的教官们，"刘哥说道。

"哈哈，那你就是总教头了？"

"呵呵，可以这么理解吧，在台湾叫做主任教官。所以，我们目前还不能去大陆。"刘哥耸了耸肩膀说道。

"哦？是吗？正如大陆的公务员不能来台湾一样，台湾的军人也不能来大陆？"阿靖真是打破砂锅。

"是的。这是有明文规定的。我们要等到退休了才能走出台湾。"

"这样啊？所以，你还要过几年才能走出台湾！"

"是的。"刘哥又恢复到之前腼腆的说话方式，"其实阿靖，我刚才还蛮仔细地听了你和记者的采访对话，我觉得你的旅行很有趣，也很有意义。而我骑单车很多时候就只是对单车的热爱，并没有想过骑单车也能这么快乐地旅行。"

"能给自己带来快乐不就是最重要的吗？"阿靖打断了刘哥的话。

"是的，可我也喜欢去旅行，也想要用单车出行的方式。所以，我希望两年后能走出台湾，到处去旅行。"刘哥的眼神透露着一种看到希望的光芒。

"嗯，多出去走走，去看看这个世界，不管什么时候都来得及。"阿靖也对未来的骑车旅行充满期待。

"对了，前面有个废弃的糖厂，我们可以进去看看。"他们聊着骑进了市区，刘哥往前方指着，想带阿靖进去看看。

"糖厂？"

"是的。废弃的糖厂是台湾历史的缩影之一，很多地方都有这样的糖厂。"刘哥慢慢和阿靖热络起来，也逐渐打开了话匣子，"这个糖厂叫台糖新营厂，当时的蔗糖生产方式相当简陋，都是靠牲畜或人力来完成。在日治时代，日本人就修建了运输甘蔗的铁路，是蒸汽火车头的。"

"那这段历史也有一定年份了哦……"

"是的。这段鼎盛的制糖历史有将近一百年，后来随着公路客运的兴起和制糖业的衰败，这些用来运输的火车也慢慢无用武之地，淡出历史了。"

"所以，现在这些火车就是用来观光的吗？"阿靖问道。

"是的。这毕竟是一段历史。后来新营糖厂关闭后，就被规划为铁道文化园区，作为历史教育和供游人观赏。这也让荒废了的产业得到重生的机会，受到新的注目。"刘哥说。

说着，他们也进到园区，看到了许多客运大巴。听这些游客口音，就是从大陆过来观光的。园区里的小货车和一些用火车车厢营造的小店装饰的很有历史感，又不乏文化韵味，甚至卖纪念品的小店也都别有风味，阿靖对刘哥说道："这些都是以前留下来的东西吗？"

"是的，都是老古董了。"刘哥说，"对了，这里还有一列火车是还在行驶的，不过是作为旅游用的，叫五分仔车。"

"五分仔？"

"是的，据说是因为铁轨的轨距是当时欧美宽轨车标准的一半，台湾称'一半'

为'五分仔',因此而得名。五分仔车是从糖厂开到牧场的,约需 30 分钟,在终点站停留 30 分钟后,再原车折返。全程大约一个半小时,车上也会放怀旧的台语老歌,很有古典味。"

"嗯,很好。这里设计得蛮有感觉的,很像大陆许多城市建设的 Loft。"

"嗯。台湾很小,我们很珍惜这个小岛的每一寸土地,即使这个产业不好了,也要好好再开发利用,变废为宝。"

刘哥是个很用心的人,虽然话不多,但每句话都发至内心。他们坐在园区的火车旁边,聊着台湾,聊着旅行……

"等我退休后,一定去大陆好好看看。"

"嗯,好啊!到时候也来大陆找我吧,有机会我们一定一起去骑车。"阿靖说道。

"太好了!去大陆我一定去找你!"刘哥很兴奋,他继续说道,"你骑完台湾后,还有什么计划啊?"

"暂时还没有计划,看心情。我的计划都是根据心情而定的,比较随性。"阿靖答道。

"好!那我们说好了,有出国骑车计划时互相交流下,我们一定要有至少一次一起去单车旅行,哪个国家都可以!"

"哈哈，没问题。"阿靖开心地笑了起来，"不过，前提是我能拿得到签证。"

"呵呵，对！我的签证比较容易拿到。"

"好，我们约定的旅行！"

阿靖和刘哥在逐渐西下的太阳光下，越走越远。不远处的高雄市区，城市的剪影已逐渐融合了两位旅行伙伴的身影……

旅途中，有些风景，过了也就过了，有些人，却会成为能一起旅行的同伴，去旅行吧，在路上，你会有收获的。

# 致郝叔

　　骑至高雄，已是傍晚时分。落日的余晖直直照向阿靖和刘哥，有些刺眼——此时正是黄昏。

　　20 世纪 70 年代，台湾经济发展迅猛，很多城市得益于这场大潮，高雄就是其中之一。一进高雄，一个巨大的奔马雕像掩映在落日的余晖中，展示着曾经的辉煌。

　　高雄，也称之为港都。

　　如其名，当时的高雄港湾业非常发达。早期的高雄，不但渔业鼎盛，更是各地区互通有无的大型商港。而现在的高雄，不但风采依然，而且更是个举足轻重的工业重镇。这些也都是刘哥告诉阿靖的，教官的眼光就是独特。

但是，他们没有经过港口，因此也没能目睹到港口的繁华。倒是沿路工厂的烟囱林立，工业罐体鳞次栉比，各种重型机械层层叠叠立在进城的路途上。

阿靖已经问好在高雄的沙发主阿纬和Sue的地点，正往市区赶去。

此时已是下班高峰期，大街上车来车往，交通灯时红时绿，非常拥堵。阿靖和刘哥一前一后，骑得并不快，在机车和小车之间左腾右挪地穿行着，其中也不乏骑单车下班的人。阿靖偌大的行李包，一不小心还能勾到机车，一路闪躲着。

尽管道路拥挤，但是阿靖没听到一声来自排队机车或小车按喇叭的催促声，这是他突然又置身于拥挤的大都市，脑子里猛然蹦出来的感受。所以，之后阿靖也特别留意了下，真的一直没有听到不耐烦的催促声。不得不承认，在这方面，台湾确实做得比较好。

"阿靖，阿靖……"突然，骑在后面的刘哥喊道。阿靖慢了下来，回头望了望不远处的刘哥，只见刘哥身边多了一位骑着公路车的大叔。

刘哥和大叔追上阿靖后，说道："阿靖，这位大叔刚才看见你的单车，估计你是在环岛，路上车太多，没能追上你，就和我在后面先聊了起来。我跟他说你是从大陆过来的，他就想认识下你。"

阿靖比了个OK的手势，大叔加快速度，赶上和他并肩骑着。大叔穿着件白色的短袖T恤，一条蓝色的运动裤，头上戴着一个蓝色的安全帽，身上斜挎着小背包，身高挺高，胖瘦适中，一副精神抖擞、目光迥然的神态。

"小伙子，你好。我刚才在后面跟了你们好一会儿了，听你朋友讲你是来环岛的啊？"大叔问道。

"嗯，你好。是的。"阿靖笑着答道。

"这是第几天了？"

"第七天了。"

"不错啊！爱骑车很好。我每天都骑车上下班。"

"哦！是吗？你应该是资深单车爱好者吧？"

"呃，还成！年轻的时候就开始骑了，我也单车环过岛。"大叔说着。但是他讲话并没有什么台湾腔。

"喔！厉害哦！难怪你看起来身体很好。环岛一定很难忘哦！"

"是的，在台湾骑行老赞了！那相当的难忘，一辈子都忘不了。"这大叔的讲话不仅没有了台湾腔，索性搭上了东北腔。

"大叔，听你口音不像是台湾人啊，反而有点儿东北腔啊？"阿靖笑了起来，问道。

"哈哈，我是台湾的。"大叔也笑了，"我父母都是东北的，当时随国民党来台湾，我也是在台湾出生的，但是在家里，他们老跟我讲东北话，我也跟他们唠东北话了，改不了。"

"哦～原来如此！那就是他们说的'外省人'第二代了？"。

"你也知道什么是外省人哦？"大叔很讶异阿靖会知道这个名词。

"是的，之前看新闻知道的。"外省人，在台湾特指 1949 年后因国共内战失利而随国民政府迁台的大陆居民，这个称呼不仅带有族群含义，一定程度上也含有政治与意识型态的意味。

"嗯！不错。"

"那你回去东北过吗？"阿靖反问道。

"有！大陆这几年发展非常快，台湾跟不上了。"大叔感慨到。

"嗯，有机会多回去看看，也可以带上单车去骑骑，大陆有许多地方骑车也很好的。"阿靖说道。

"一定的。我目前有个心愿，在我有生之年不知道能不能实现？"大叔突然深沉起来，"我希望能骑单车去西藏。"

"骑单车去西藏？"阿靖慢下骑行的步伐，看了看眼前这位大叔，"大叔，我支持你去！"

大叔也愣了一下，瞪着眼睛说道："哦？是吗？你是到目前为止，第一个支持我想法的人，我老伴儿还有孩子，使劲儿地反对我，尤其担心高原反应。但是，我还是希望我有生之年能完成这个梦想，就算死在路上也值得！"

"别这么说，只要做好充分的准备，是没问题的。"阿靖也很认真地解释道，"我去年骑行过西藏，也见过比你年纪还大的老人骑车去。西藏虽然是高原，环境严苛，但是没有人们想象的不安全。而且现在国家对那里支持非常大，道路修得很好，有什么不适，都可以马上搭车下撤到低海拔的地区。如果你有这个梦想，当然得支持你，人生不要留有遗憾嘛。"

大叔听得目瞪口呆，没想到眼前这第一位支持他的人，竟然也骑过西藏，这是他的梦想啊！正如阿靖面对已经完成过他最想要的梦想的阿锴一样，大叔面对着阿靖，心里异常激动。这激动甚至令阿靖觉得很不自在。大叔指了指路前方的一块广场空地，说道："等下等下，能占用你一会儿时间吗？我们停下来聊聊。"

阿靖也回头示意刘哥往路边骑，他们慢慢往路边的一个广场上停下。

大叔车还没停稳，就忍不住又确认一遍，他问道："你说你骑过西藏？"

"嗯，是的。那是去年的事情了。"阿靖说。

"哦，对了，怎么称呼你？"大叔突然又问道。

"哦，叫我阿靖吧。那您贵姓？"阿靖笑着说道。

"我姓郝。"

"那我叫教您郝叔吧。"

"嗯，可以。"郝叔摘下头盔，立刻露出一头如丝般亮白的白发，说他鹤发童颜一点也不为过，他很认真地说道，"阿靖，是这样的，骑行西藏是我这辈子最大的梦想！我信奉藏传佛教，是密宗的徒弟。最大的愿望是能去西藏走走看看，而且是用我最爱的方式——脚踏车。我希望你能给我些建议参考参考。"

看郝叔说得如此认真，阿靖被他追求梦想的执着深深感动了，回答了郝叔关于骑行西藏的所有问题。而郝叔也像是抓住了个千载难逢的机会，问题一个接一个地冒了出来。阿靖认真地回答着，郝叔认真地记录着，刘哥则依旧腼腆地在一旁聆听着。三个有共同爱好的骑行者在都市人来人往、灯红酒绿的街道边，酝酿着一个伟大而令人敬佩的梦想！

郝叔一直没能遇到能理解他的人，好不容易遇到阿靖，终于有了倾诉和询问的对象。他特别不想让别人怀疑他的体力，他认真地说道："诶，小伙子，你可别说，我大礼拜能做108下哦！"

"大礼拜是什么？"刘哥有些不解。

"大礼拜原为西藏佛教的特殊礼拜方式，又称'磕长头'。"阿靖去过西藏，对大礼拜多少有耳闻。

"是的！没错。"郝叔笑开了脸，他解释道："大礼拜是密宗礼敬诸佛方式之一，是四加行之一。四加行中之大礼拜，即是将这种特殊礼拜方式融入仪轨中的一种修行方法。大礼拜须五体投地，以全身伏于地面来顶礼，五体，包括额头、双手、双膝，代表五毒，藉由大礼拜将深重的五毒忏尽。这在密宗的修行中，还有通过此法来打通中脉，以活动肢体，流通气血，打开脉结，散化明点。"

阿靖和刘哥听得一愣一愣的。郝叔果然对西藏非常痴迷，虽没去过，但对那里的风土民情已经非常了解。

郝叔突然把背包放下，甩了甩肩膀说道："这样，我做一次大礼拜给你看下。我还是体力不错的！"

说罢，郝叔后退了几步，然后双手合十，举过头顶，哼音于喉。合十的双掌从头、喉咙、胸前一次下行，然后敏捷地屈身，双手触地，迅速向前推进，身体与地面贴碰，再冲地面磕一次头，最后像弓一样，敏捷地从地上弹站起来。

"这就是一个大礼拜。我通常在家一次都要做 108 个大礼拜。"郝叔大气都没喘一个就说道。

刘哥看了，竖起了大拇指："厉害！你这把年纪，能这么做实在不容易啊！还能做一百多个，太了不起了，体力真好！"

"一开始，也是做不了的，循序渐进。做这个可以帮我入定，我在做大礼拜的时候，嘴里要念着咒语，还要计数，这样可以心志专一，无暇顾旁。这种以脊椎为主的特殊运动方式，可以人为地引导身体的气冲开脉节，以及身体各处的障碍，通行中脉，就可以大定了。"郝叔讲起藏传佛学来亦是滔滔不绝。

"确实哦，我在去西藏的路上，非常佩服一路磕长头去拉萨的朝圣者，他们要从家门口磕长头到大昭寺，至少要磕十万长头。"遇到郝叔，不由得让阿靖想起去西藏的旅行。

"是的，所以通过修密宗，让我坚定了去西藏的愿望。"郝叔把手捂在胸前，说道："我的师傅说，这样的修行，有助于消除业障，收获福报。我觉得这些可以有，不用强求，但是这样的运动，至少对身体非常好。你看我虽然年纪大，但是身体可好了！去西藏，没问题！"

"尽管我认为是没问题，但是还是得多请教下你，去西藏的一些注意事项呢。"郝叔接着说道，"这样，你晚上哪里住？如果还没找到地方，就去我那儿住。我可以多问你些问题。"

"不好意思哦，我已经约好了住朋友家里了，他们正在家里等我。"阿靖为难地回答道。

"这样啊？"郝叔抓了抓头，"在哪儿？不然我帮你带路吧，我们可以多聊会儿。"

"行！"阿靖正愁着在市区打转找不到路。

"走，离这儿不远。"阿靖把阿纬和 Sue 的地址拿给郝叔，郝叔看后点点头，示意大家往前骑去。

此时，路上已经越来越拥挤了，到了阿纬和 Sue 家所在的社区，天色已经完全暗了。阿靖拨通了他们的电话，电话一直没有接。而此时一个骑着女士机车的女孩停在他们旁边，长得清秀可爱，机车的踏板上蹲着一只可爱的小狗，她手上的手机响个不停："你是阿靖吗？我是 Sue。"

"哦！你好！"阿靖蓬头垢面，手脏兮兮的，没敢跟她握手，Sue 倒是很大方地伸手跟阿靖握手。

"刚才在路口等你们。其实我远远看到你们了，我喊了，你们三人就顾着骑车聊天，没听到我在喊。"Sue 取下头盔，一头飘逸的长发滑了出来，一双美丽的大眼睛眨巴着。蹲在踏板上的小狗探出头来，脖子上带着个可爱的围巾，吐着舌头，看起来很萌。

"是，现在马路上都太吵了，没听见。呵呵……"阿靖解释道。

"欢迎来台湾啊！"Sue 很大方。

"谢谢。"阿靖向 Sue 介绍到，"这是我刚进高雄的时候遇到的骑友——郝叔，还有也是在台湾认识的刘哥。"

Sue 笑着跟他们点了点头，风吹过的几丝头发，飘过眼睛，散落在黑夜里。

郝叔有趣地敬了个礼，刘哥则又是一副腼腆："我是今天从台南陪他骑回高雄的骑友，本来我想叫他住我那儿的，他说跟你们约好了，所以就来这儿了。明天就交给你们了。"

"嗯，没问题。"Sue 低头拨了拨头发夹在耳后，说道。

"那我跟郝叔先走了……"刘哥说着，转身正要跨上单车离去。

"等下……"郝叔突然说道，"有句话不知道能不能冒昧地问一下。阿靖，这么晚了，你应该没吃饭吧。不知道你们找好地方吃饭了吗？"

阿靖愣了一下，看了看 Sue，Sue 摇了摇头，"还没，我正想带他去外面找个地方吃饭呢。"

郝叔听了，便停下车，把车子架好，很认真地说道："是这样的。其实刚才已经过了我家门口了，完了我是故意跟着阿靖到你们这儿来的。我是想来看看，如果阿靖你还没定下来哪里吃，那咱们就一起去外面找个地儿吃。你们应该都还没吃才对吧？那就一起去吧。"说罢，郝叔拉着阿靖和 Sue 的手臂，盛情地邀请他们走出去。

郝叔这么盛情地邀请，实在不好推托。阿靖只好说道："那行吧，就一起去吧。不过，你们等我五分钟，我冲个凉马上就下来。"

"好的，那赶紧的，快去快回哈……我就在这儿等你。"阿靖赶忙收拾单车，跟着 Sue 上楼。边走着边听着远处郝叔打电话的声音："老伴儿，我晚上不回去吃饭了……"。

跟着 Sue 上楼。一走进她家，进门便是一堆书摞成的矮墙，淡黄色的墙壁、白色的工作台和一辆漂亮的山地单车，是构成这个家很有文艺范儿的重要因素。阿纬出去外头谈生意还没回来，所以没能一起赴宴。阿靖取了件干净的衣服，迅速冲完凉便和 Sue 下楼了。

"好。那我们走吧。"郝叔像个小孩子似的，推着单车迈开步子，"对了，我看，我们这几个人我年纪最大，大家听我的，今晚我做东，我要好好谢谢这位大陆的小伙子，谢谢他让我看到了希望，看到了梦想！谁都不许跟我抢，否则我跟谁急！"

郝叔的表情很坚决又很可爱，他的眼神像是狮子座的，只允许别人听从他的安排。阿靖看着 Sue 和刘哥，大家再看了看郝叔，全都笑了。

可 Sue 带去的食街，没有多少选择。在阿靖心里，其实是想吃台湾各个地区的当地菜肴。跟着他们竟然走进了一家韩国菜馆。但是，这也是一次非常有意思的晚餐。

"阿靖，我们得来点儿小酒。"坐下后，郝叔让 Sue 点完菜，便提出要点小酒了。

只是阿靖不胜酒力，他看了看刘哥，刘哥笑笑不做声，他只好说道："郝叔，我知道你的好意，但是我酒量不好，而且我有个弱点，就是喝了酒，明天骑车就难受了。"

"哦！这样啊。"郝叔拍了拍脑门儿，啧啧地说道，"这今天的相遇实在是缘分啊！尽管我们年纪相差很大，但是我已经当你是哥们儿了。哥们就应该有哥们儿吃饭喝酒的气氛，没来点酒不过瘾呐。这样，姑娘，你喝不喝？"最后郝叔向 Sue 问道。

Sue 笑着，摇摇头。

郝叔接着指挥全局："我们仨爷们儿就喝俩瓶啤酒，这样总可以了吧？"

"没问题，整一个！"看郝叔这么豪爽，阿靖实在不想破坏气氛，说罢，他招呼服务员拿了两瓶台湾啤酒。

菜还没上，郝叔就迫不及待地端起了酒杯："这世界太小了！缘分啊！我好久没这么开心了。老弟，我这个梦想憋在心里太久了！身边所有的人都反对我，我一直处在没有人支持的困境里。人啊，到了我这把年纪，好不容易有点儿梦想，就应该让我去实现嘛！听了你今天的话，我觉得我已经出门一半了，哈哈！更期待我梦想早日实现的一天！为了梦想，干杯！！！"

"干杯！！！"Sue不知道究竟在说什么，举着饮料杯，跟着这三个爷们儿一起喊了起来。郝叔喊得特别大声，周围的人都看了过来。在梦想面前，再老的人也看起来像个小孩。

这也是阿靖第一次喝到台湾啤酒："好喝！爽！！！"受郝叔的情绪感染，阿靖一饮而尽。一整天顶着酷暑骑行的火气，被这一杯冰爽的啤酒浇得非常彻底，阿靖主动帮郝叔、刘哥满上，再次举起酒杯："郝叔，这一杯，借你的酒我回敬您！希望你能早日完成骑行西藏的梦想！"

"好！！！"三人吼着，又是一饮而尽。

Sue听了郝叔的梦想瞪直了双眼。阿靖接着又把大家的杯子满上，再次举起杯子，对着刘哥说道："刘哥，这杯酒我敬你！记住我们的约定！教官的约定可不能食言哦！"

"没问题！"刘哥也不腼腆了，用力地和大家敲杯后，再一次一饮而尽。一桌四人分别都不认识，还是因为各种不同的关系才第一次见面，甚至见面没到一小时，竟如此神奇地坐在同一个桌子上，豪爽地喝酒，实在是痛快啊！只是这空腹的三杯酒下肚，两瓶台湾啤酒已经空空如也。

"服务员，再来四瓶啤酒……"郝叔趁着兴奋的劲儿喊开来了。阿靖和刘哥对了对眼，笑笑没有反对了。

阿靖就这么和刘哥、郝叔、Sue吃得非常开心。阿靖也趁着郝叔难得的兴奋劲儿，觥筹交错，推杯置盏。他乡遇知己，人生能有几次这样的邂逅？！

　　旅行能让人忘记年龄，旅行能让人忘记是自己一个人在行走，旅行能让人抛开财富的攀比而去寻找内心的梦想。

　　人人都可以成为快乐的建筑师，都可以从旅行中得到自我梦想实现的乐趣。人在夕阳，不但可以有筑梦的权利，还能光鲜华丽地活出自我，超越梦想。有什么能忍心阻止这样的梦想去付诸实践呢？生命的范围不应该设限。

　　郝叔，加油！

# 对话

Sue 的家就在高雄市三民区，饭毕，阿靖和郝叔、刘哥分别后便跟着 Sue 回去了，而此时，阿纬也回到家里了。

打开门见客厅的电脑台前，有个人正伏案对着电脑画设计图，他便是 Sue 的男朋友——阿纬。

"纬，这是阿靖。" Sue 向他介绍道。阿纬站起身来，他穿着灰色的紧身短袖，深蓝色的短裤，带着一副黑框眼睛，看上去文质彬彬，又很休闲。

"你好！阿纬，终于和你见上面了！怎么刚才没有一起吃饭啊？"阿靖走了过去跟阿纬握手，问道。

"我在赶一个案子呢，没办法，刚和客户去谈判了。"阿纬耸了耸肩，然后打量了阿靖一番，说道，"看你和网上的照片比较，是黑了好多了。"

"呵呵，天天晒太阳，能不黑吗？"阿靖说。

"哈哈，是啊。"阿纬笑着说道，"不管怎样，欢迎你来台湾！有什么需要帮助的尽管提出，我们会尽力而为的。"

"谢谢！我只要有地方睡觉就够了，其他都不用了。"阿靖推辞道。

"对了，你今晚睡这儿。"阿纬领着阿靖走到一个折叠的沙发前，说道，"因为晚上另一位朋友提前回来了，在另一个房间休息，你只能将就下睡这个沙发了。不过，这个沙发是可以折叠的，摊开来就是一张床。"

"呵呵，没关系的，出门旅行，我睡哪儿都行，何况这柔软舒服的沙发呢？"阿靖笑着说道，"我这下是名副其实的沙发客了。"

"哈哈……"

"你先收拾下东西吧，我先把手头上的案子赶完，待会儿我们好好聊下。"阿纬很客气地说道。

"好嘞，不打扰你，你先忙吧。"阿靖连忙说道。

阿靖在客厅，收拾着跟着一起风尘仆仆行走的行李，身体的疲倦，酒精的作用，让他昏昏欲睡。阿靖掏出所有带着的电器，把电池都充上电。Sue 在客厅旁边的地板沙发上，玩着手机。

"你也经常骑单车吗？"阿靖指着旁边的一辆山地车问 Sue。

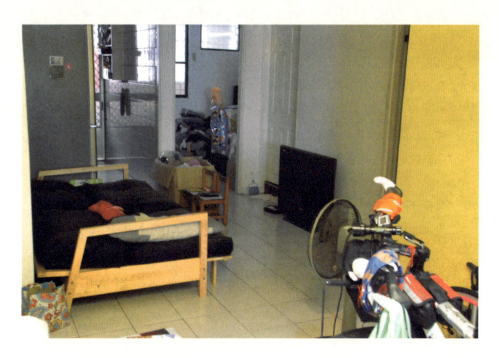

"有时候吧，但是没有骑过长途的，我怕屁股受不了。所以我最远就只是骑到屏东而已。"Sue随手抱来走到旁边的小狗，说道，"屏东在高雄的南边，也是你明天要骑去的地方，那里的公路靠海，比较休闲。哦，垦丁就是在屏东哦。"

"明天我们一起去垦丁潜水吧。"一旁的阿纬说道。

"哦？好啊！是浮潜还是深潜？"阿靖问道。

"是浮潜，也有深潜。不过深潜比较费时，而且不好掌握，Sue还不会，我担心不安全。"阿纬把Sue手里的小狗抱了过去，说道。

"好的。"

"OK。那我们明天就出发去垦丁潜水。"阿纬又回到案前画图了。

阿靖看到他的案前还有一台笔记本电脑，问道："阿纬，你这台笔记本能借我备份下照片和视频吗？"

"没问题，你尽管用就是。"阿纬说着打开笔记本，又搬来了一个凳子。

阿靖收拾好行李，便拿出内存卡和移动硬盘，坐到阿纬旁边，阿纬正在画着一个包装的设计图。

"会不会影响你工作？"阿靖问道。

"不会不会。"阿纬说道，"我也差不多要收工了，正做输出呢。"

阿纬正批量处理几个图片，他侧过身对着阿靖，边点了点鼠标，边对话着。

"你们的房子很有感觉。是你自己设计的吗？这个配色很喜欢。"

阿纬笑了笑："我感觉虽然温馨，可是其实蛮杂乱的……"

"做设计的，案前大多会很乱……哈哈。"阿靖调侃着。

"也对哦~"阿纬笑了笑，"有时候经常要翻阅很多数据，会把桌子摆得满满的。"

"嗯。"阿靖看了看他的设计，"你是做产品包装设计的？"

"都有，还有室内设计。"阿纬说。

"我觉得台湾就连小吃摊也要做得很有设计感。很多细小的方面都显示出台湾是个很有设计感的地方。"阿靖说。

"呵呵，那是因为不这样活不下去啊。"阿纬有些无奈地说，"在大陆也应该有吧。"

"是会有，但是就我这几天的观察，还是台湾比较细致些。"阿靖说道，"在台湾，设计行业应该是蛮好的吧！我发现台湾各个行业都很重视设计。"

阿纬放下鼠标，面对着阿靖："台湾的企业都很重视设计，所以台湾的业者大多在积极地转型成为更有品牌的企业，也因此造就了很多设计业者的崛起。"

阿纬是个工作认真的人，自我约束力很强，但是看得出他自己给自己的压力也很大。阿靖接着问道，"我其实这一路骑行下来，发现台湾的年轻人有的生活压力也不小，但有的也蛮懂得生活，懂得去旅行的。"

阿纬边听边点点头："我想，台湾的年轻人对于去旅行是有很大的憧憬的。但是台湾这几年来，年轻人的收入比起邻近的地区来说少很多。而台湾的年轻人不像大陆的年轻人一样，对于很多事情不一定有自己的看法，行动力也因此比较差，所以，都只是想一想而已。"

"这应该是些个案吧。我倒是觉得你说的对，对旅行的憧憬很大，而且我这几天也遇到了几个环岛的。有开车的、骑机车的、踩脚踏车的，甚至还有徒步环岛的。环岛，似乎是台湾人的集体梦想。"阿靖说道。

"是要看个人，"阿纬点点头，"台湾年轻人背负的压力除了来自于社会以及工作之外，还有很大一部分来自于家庭。我们的上一代大部分都抱持着养儿防老的观念，但是你知道，台湾其实是鼓励生小孩没错，但是反而自己敢生的却很少了。"

"台湾的年轻人不敢生孩子主要也是来自于经济压力？"阿靖对此产生了好奇，还蛮想深入了解年轻人的想法。

"很多到了我这个岁数的薪水也才不过 3 万新台币出头。台北这样的大城市生活应该会全部都花完，所以生孩子就不会是他们目前的选项了。"

"所以，其实还是想生的。只是迫于经济压力，很多人不想多生。这样理解对吗？"

"没错，甚至不想生的也很多。"阿纬叹了口气，"嗨……所以，能去旅行的人，我觉得需要很大的勇气。"

"其实，出来旅行才知道，各个地方的人有各种各样的生活方式，多看看别人的生活，然后多反思自己的，最后总会想出自己想要的生活方式的。与其说是出走的勇气，倒不如说是在寻找让自己生活得更好的一次出走。"

"嗯，也许有一天，我也会走一次属于自己的旅行。"阿纬拍了拍阿靖肩膀，"你这样的旅行方式挺好的，也很特别，可以亲近很多当地人，更深入地了解当地。这确实是很棒的方式。"

对话，旅行中的对话。

了解当地人生活的最好方式。

# D9 这里是垦丁，天气晴

《海角七号》之后，"垦丁"这两个字似乎已经就是台湾旅游圣地的代名词了。阿靖惬意地躺在洁白的沙滩上，天空和海一样，蔚蓝得很不真实。没错，这里是垦丁，天气晴。他头上盖着一张《海角七号》的电影海报，遮挡太阳的直晒。耳边传来了远处朋友的嬉笑声，那是阿纬和 Sue 的声音。背后的酒吧、民宿，人来人往，络绎不绝。这是台湾的最南部，阿靖头下枕着的正是今晚准备在此扎营的帐篷袋，身边单车上的鲤鱼旗迎着风飘扬，和着远处慢条斯理的潮水声，猎猎作响。好一个惬意的午后……阿纬家帅气调皮的小狗，蹦跳着跑了过来，开心地舔舐着阿靖的脸颊……

"柴柴，柴柴……"Sue 走了过来，喊着狗狗的名字，一把将它抱起。

阿靖突然坐了起来，看到 Sue 怀里抱着一只小狗。原来是一场梦啊。

"呵呵，柴柴太调皮了。"Sue 笑了起来，说道，"你昨晚睡得好像还不错啊，你一躺下没 5 分钟，就开始打鼾了。"

"哈哈，会不会吵到你们啊？"

"不会不会，这个屋子里难得听到这么大的'雷声'。"

"我骑车太累了，睡觉就这样子，而且昨晚又喝了点酒。"阿靖伸了个懒腰，看了看时间，8 点多了，"这是我到台湾以来起的最晚的一次了。"

阿靖看了看周围，客厅里窗帘紧闭，看来其他人还没起床。

"你就在这儿等我吧，我去买点早餐。其他人都还在休息呢。阿纬昨天也加班了，他今天不知道还能不能一起去垦丁呢？"Sue 放开柴柴，随手抓了件外套。

"他去不了？"

"等他起床后再说吧，我先去买早餐。"

"去哪儿买？我也去吧，我也想看看高雄市区。"

"你不多休息会儿吗？你要是不担心睡眠不足就走吧。"Sue 停顿了下。

"那好，你等我 3 分钟。"阿靖从起床到出门的时间，总是相当迅猛。

Sue 拿着绳索把柴柴拴住，带着一起出门了。

阿靖总喜欢看看电梯里的告示栏。

吴哥、娜娜、阿锴家，以及路上遇到的一些电梯间也是如此。作为张贴文字的地方，总能在一定程度上反映出某种文化。无论所处的社区是否高档，阿靖目之所及的电梯里的张贴都整齐、有条理。告示的内容多为乘梯安全指南、物管开支报告，或是社区活动告知。可能当地人看久了，习以为然了，但在阿靖旅行者的眼里却能轻易地感觉得出台湾整体物管文化的细致。

下楼，阿靖在社区的门口等着，Sue 去车库开车。在社区门口的保卫室里，一位中年保全（在台湾，保安被称为保全）正在执勤，身后的文件摆得整齐有序，分门别类，旁边还有一台用得生锈的风扇。他见阿靖背着个相机站在门口，问道："你是大陆来环岛的吗？"

"嗯！你怎么知道？"阿靖有些讶异地点点头。

"是啊，昨天你们几个人在门口讨论吃饭的事情，我听到了，当时我正在忙哪，没跟你打招呼。"保全一口很重的南部口音，"我也有亲戚在大陆福建啊。"

"哦？是吗？我就是福建的，我也会讲当地语哦。"阿靖用当地语对保全说。

"嗯，按馁啊（这样啊）？甲好（真好）！"保全笑了起来，用当地语说道，"大陆这几年发展很好……以前我们回去大陆寻亲，那里穷得叮当响。现在都天翻地覆了。现在台湾失业率很高，很多人都找无好头路（工作）。"

"嗯，大陆的发展是蛮快的。不过我觉得在台湾生活很舒服啊，人都很好啊。"

阿靖说。

"是哦！台湾人都很热情……你一路上都有所感受吧！"保全笑了笑。

"嗯。"

"哈哈，你讲的当地语很像南部的口音哦！"保全笑道，"你要是不说，大家都不会认为你是大陆来的哦。"

"哈哈！"阿靖听了好开心，感觉自己就像是当地人似的。此时 Sue 带着柴柴骑着机车过来了，"我先走了，去买早餐去。拜拜~"

保全笑着点了点头……

"怎么把柴柴给带出来了？"阿靖接过 Sue 手上的安全帽，问道。

"嗯，每天我都会带它出来散散步，小狗也是有生命的，需要关怀哦。"Sue 摸了摸柴柴的头，柴柴很享受地闭上眼睛任主人抚摸。

"那会不会很麻烦啊，每天都要遛狗。"阿靖没养过狗，不知道养狗人的心情。

"不会，我并不觉得这是麻烦，相反，我会认为是它在陪我，它给我带来快乐。"Sue 的回答让阿靖一下子就想到了毛头和毛导。他们尊重生命、爱护动物的心情虽然阿靖无法感同身受，但却很由衷地敬佩。而整个台湾的社会，爱护动物是个认知度非常高的社会意识，自觉程度甚至已经超过了法律的约束。

Sue 去的早餐店，看上去很普通，但她说那是她吃过的很好吃的一家，机车要骑车十几分钟。这家早餐店卖的是自家做的台式汉堡、豆浆，还有现煎的蛋饼，以及烧肉培根面包。而令阿靖一眼提神的则是一大碗葱花麻油酱油，整个早餐店

都洋溢着一股喷香清脆的味道。

　　Sue 和阿靖回来的时候，阿纬才刚起床，睡在另一个房间的室友也在。阿纬介绍了他们互相认识后，说道："阿靖，今天我去不了垦丁了，Sue 带你去吧。"

　　"啊？你不去啊？"阿靖有些扫兴，"那不然我自己一个人出发就好了，不用 Sue 带了，省的占用你们时间。"

　　"不会不会，她老是想着去潜水，让她带你去吧。"阿纬很坚决地说道，"我昨晚接到一个特别急的案子，必须赶完。我要是能提前赶完，我就去垦丁找你们。

再说，我的车子也比较小，放上你的单车后，就太挤了。"

　　"那好吧，你尽量赶完案子，然后来找我们。"

　　阿靖把充了一晚的所有电池通通取下，又把行李都装好放在包里。出发的时候，阿纬还帮忙提了行李下楼。楼下的保全看到阿靖搬着一堆行李下来，也凑过来帮忙。

　　Sue 开的车很小，和第一位沙发主阿峰一样的。说实话，无论阿靖的单车怎样拆卸，再堆上行李，都已经无法再装下第三个人进车了。不知阿纬是真的去不了还是故意把这潜水的

机会让给阿靖？不管怎样，阿靖一直从心里感谢他们，感谢在台湾遇到的每一位朋友，当然还包括连名字都不知道的保全。

"加油，祝你环岛成功！"塞得满满的车子开动了，后视镜里，阿纬和保全还在挥手……

港都高雄是座美丽的城市，有许多著名的景点。Sue 想着先带阿靖去走走陆客都会去的地方，可却被他谢绝了："景点我一般不会刻意去，我还是希望走出一个不一样的台湾，不一样的旅行。风景对我的旅行来说，只是附属品，除非是我非常想去的地方。而跟当地人接触，聊聊他们的生活，这才是我想要的。比如说你们。"

"OK。那我知道了。"Sue 说。

"我们还是沿路走下去吧，随遇而安，想走就走，想停就停，完全看心情。"阿靖指着晴朗的蓝天，心已经飞到了梦境中的台湾之南——垦丁。

"酷~~"

Sue 沿着高速公路一路南下，她开车很小心，一直开的很慢。阿靖抱着柴柴，看着沿途的风景。开了近两小时，一路往垦丁的路途中，过了枋寮大桥后，注入眼帘的是一段视野迷人的海岸公路，景色令人惊叹！那便是屏东县境内的屏鹅公路，那是一条傍着海岸而建的沿海公路，道路宽敞，还有专门规划的单车专用骑行道，路的左侧是高耸的山野，右边则是一望无垠的

西滨海景。越接近南走，骑单车的身影就越来越多了。而且这当中不乏环岛的骑友，有的三五成群，有的和阿靖一样独来独往。

湛蓝的天空，高悬着朵朵变幻无穷的白云，在天空嬉皮地轮转着，一个惬意的蓝色小镇悄然呼出着这样晴朗的心情。这样的悠然自得，完全不必担心迷路，也许越迷路越有味道。

阿靖忍不住想下来透透气了："Sue，这里能停会儿吗？我想下来看看，这是到台湾以来，第一次这么近距离接近大海。"

"好啊，前面吧，我知道前面有家户外的咖啡厅挺不错的，我带你去。"Sue去过。

在海边，永远不缺乏奇思妙想和能工巧匠。

沿着海岸线，一些富有创意的咖啡厅、小餐馆，点缀着多彩的海岸线。Sue把车停在了一家椰林下用稻草做屋顶的咖啡屋旁边。这家咖啡屋紧挨着海滩建立，几个大梁是用海上的漂流木搭建而成，在炎炎烈日下，掩映在树荫里，显得通透沁凉。再浇上一杯咖啡，令人忘却了所有的烦恼。贴心的店家还不忘在客厅的每个角落装上隐形喷雾器，让干燥的空气不时撒上透心的凉爽。

坐在漂流木椅上，看着脚下的大海，实在令人想不出用什么样的语言来形容这份绚烂的蔚蓝。垦丁的海蓝得很富有层次而微妙。它并不是一成不变的，由远及近，从湖蓝色到浅蓝色，甚至过渡到灰色，然后变成白色的浪花冲刷着墨绿色的沙滩，沙滩上几株高挺的椰子树支撑起一片蔚蓝的天空。山、海、天，在这里

毫无理由地交融了，无需更多的对话，只要闭上眼睛，屏息感受……

"走吧，我们去垦丁吧，还要一会儿呢。"Sue 抱着柴柴，唤着沉醉的阿靖。

"好。"阿靖恋恋不舍地走向车子。他们继续一路向南，前往恒春、垦丁。

这里已经是台湾的南部腹地了，来到这里，南北间的质感就完全能分离出来了。比起忙碌繁华的北台湾，这里则是节奏繁忙舒适的南台湾。当再次坐进车子，车门关闭"嘭"的一声响起时，阿靖突然划过一种很南部的感觉，哦！这就是台湾的最南部了！脑海里突然蹦出个想法，他问道："Sue，台湾最南端的地方是什么？"

Sue 看了看阿靖，他怎么会突然问这个问题？迟疑了下，说："是鹅銮鼻灯塔。怎么了？"

"鹅銮鼻灯塔？"阿靖拍了拍大腿，"好！我晚上就不找寺院或警察局睡觉了，就在灯塔下面搭帐篷！在台湾的最南端睡觉！"

阿靖说出后，兴奋得不能自已。Sue 看了看阿靖，似乎想劝阻他，又似乎明白他已经下定决心了，便又默默地开着车。

垦丁，这样的字样，在大陆人的眼里充斥着《海角七号》的味道。从进入恒春镇以来，整个小镇就给人很"海角七号"的感觉。因为这部电影而名声大震的垦丁小镇，到处都能找到电影里的场景、商品、故事以及感觉。比如 Sue 指给阿靖看的《海角七号》里日本歌星住的那个酒店，还有马拉桑小酒，以及洁白的沙滩，甚至是小摊上随处可见供人按图索骥的"海角七号场景地图"……

穿过林立着五花八门的民宿、小吃大街，Sue 顺着海边一路往南，最终停在

　　了一个巨大的珊瑚礁岩路边，她指着这个礁岩说："我们到了，这就是垦丁著名的帆船石，我们就在这里浮潜。"

　　这就是垦丁的地标之一——帆船石。经过这段沿海公路都能轻易看到。说它看起来像个帆船，阿靖到觉得它看起来像个露出水面一半的头。"头"的四周也被富有层次变幻的湛蓝色的海水包围，靠近海岸的一边布满了浮出水面的珊瑚礁。珊瑚礁上行走着许多刚潜水回来整身装备齐全的游人，还散落着一簇簇翠绿的植物。

　　Sue关上车门，径直往马路对面的一家民宿店走去，这家民宿经营着浮潜带队，有专业的潜水设备和教练。她让阿靖在小镇上到处转转，待会儿去潜水时再回来。

　　阿靖信步在烈日炎炎下的垦丁小镇，随处可见身穿沙滩裤，带着太阳帽或墨镜悠闲的人。而他们中的大部分人有着同样一个东西——人字拖。这样的拖鞋穿在脚上，配上这样的景致，浓厚的台味不禁散发出来。

　　要毁掉一部电影给你的美好感觉，有时候就是要到电影的拍摄现场走一遭。然而垦丁给人的感觉并不是这样，你会因为一眼就迷恋上这个精致的小镇而想再看一遍《海角七号》。干净的阳光、海和天空，宽敞洁净的柏油路面时不时飞驰过几辆呼啸而过的机车。稀疏错落却色彩鲜亮的个性民宿，星罗棋布地散落在每个通往海滩的幽静小巷道边，洁白的浪花冲刷着金黄色的沙滩，以及停在水面上的摩托艇和冲浪板……

　　"阿靖，过来……"Sue 站在民宿门外，挥着手喊着。

　　民宿里面的老板娘拿出了两套潜水服，和下车时看到的珊瑚礁上的潜水员一样，显得厚重而不透气。阿靖也没有用过专业的设备潜水，至少自己在深圳的东部试过浮潜。穿好潜水服后，已经大汗淋漓："这潜水服太厚了，好热！能不能不穿？"

　　"不行，一定要穿好。你下到水里就不热了。海浪大的话会被冲到水里的暗礁上，会受伤的。"老板娘操着一口浓厚的台南口音说着，然后又拿出了两幅蛙镜和呼吸管，还有两件救生衣。

　　"一定要穿，这里的海浪很大的，我来过。"Sue 也过来阻止阿靖。

　　"嘟嘟嘟……"民宿的门口一辆沙滩车发出沉闷的响声，车上坐着一个浑身黝黑穿着沙滩裤和人字拖的年轻人，他就是潜水教练。全副武装后，阿靖和 Sue 坐

垦丁浮潜商家的装备

浮潜三宝：1.蛙镜、2.呼吸管、3.蛙鞋

为了防礁石割伤，防水母、防寒，再加薄的防寒衣（潜水衣）；而为了更加安全，还会让潜水者穿上救生衣。

上了沙滩车，呼啸着奔向海滩。

到了海滩，教练换上摩托艇，往远处的海岸线驶去，长驱直入。帆船石在海面上，由远及近，教练停了下来，把基本的安全事项说了一通，便把阿靖和Sue放了下去。可没想到Sue竟然不习水性，下水没多久，还没来得及欣赏缤纷的海底，一个大浪打了过来，她一下子被拍了个底儿朝天，翻了好几个儿。阿靖连忙将她拖到摩托艇边缘趴着，Sue看上去呛了一大口海水，不停地咳嗽。

教练见状，便拖着他们到临近的一处珊瑚礁旁边，这里的水不太深。只是靠近岸边的海浪依旧凶猛，慢慢掌握诀窍后，Sue明显不那么害怕了，自如地划着水。看着Sue的状态，阿靖也就放心了，他独自一人往深一点的海域游去。

在海里，能清晰地听到自己呼吸的吐纳声，在水中从容遨游，或疾或慢，或蜿蜒或径直。海底的光线随着身体的游向和阳光的角度，不停变幻着，仿若置身于另外一个星球。靠近岩石的海岸，可以看到从海底高高耸立而上的数米高的珊瑚礁，礁岩上布满了珊瑚、海葵，以及各种摇曳多姿的海草。珊瑚丛里，许多寄居蟹钻进钻出，海底散落着大大小小、浑身长刺的海胆，各种色彩艳丽的热带鱼游到阿靖身边，像纪录片里看到的一样，把人团团围住……这就是梦幻的海底花园。

阿靖中途浮出水面时，看到Sue已经坐上了摩托艇，她的手捂着头，看起来不太舒服。阿靖游了过去，也爬上了摩托艇。

"我体力不支了，肚子好饿，却感觉想吐。"Sue皱着眉说道。

"那就上岸吧。"阿靖说道。

"没事的，让她休息下就好了。刚开始不太适应啦。"教练在一旁说着。他们还是商量着返回岸上。阿靖让教练把他们放到岸边的浅水礁石旁，Sue在岸上坐着休息，也逐渐恢复了体力，他又在旁边的礁石旁，乐此不疲地看着海底世界。

此时已是傍晚时分，落日的余晖映衬着蓝色的海面，晃得人心荡漾。远处悬在空中的一轮明日，正慢慢往海平面的方向沉下。远处乘坐香蕉艇飞驰的游人，不停地发出尖叫声，划过璀璨的海面。看着海边拾贝的惬意人群，吹着带有淡淡香咸的悠悠海风，欣赏着眼前绚丽的海景，这样的美，让人情愿赴之一死。

阿靖和Sue走上海岸，夕阳也如约沉下海平面，结束晴了一天的垦丁——宛如梦境。

椰风轻抚，波涛暗涌，晚霞飘着醉人的霓裳，渲染了整片海天，辉煌又寂静。远处轻轻传来《海角七号》中一首温柔吟唱的歌曲："如果海会说话，如果风爱上沙，如果有些想念，遗忘在某个长假，我会聆听浪花，让风吹过头发……"

# 台湾之南

夜晚的垦丁，同样迷人。

即使是秋冬时分，天气凉而未寒，夜晚的街头涌动着拥挤的人潮。卤味店、烧烤店、卖纪念品的商铺、餐厅、兜售各式泳衣拖鞋的小摊，这些都离不开一个元素：海。闪烁着霓虹的酒吧、餐馆，出没在拥挤的人潮中，响着很台的音乐，空气中弥散着海滨景区特有的商业味道和娱乐气息。

熙熙攘攘的人群，大多穿着鲜艳清凉、神情自若，手上或多或少拿着鲜美的小吃，大都是一些烤鱿鱼、烤大虾、烤鱼、果汁、海蛎煎等台式料理，他们不满足在一个地方大快朵颐，而是挨摊挨铺地边走边吃。

来到这里，沿街走一遍，绝对能找到爱吃的小吃，可以浅尝辄止，也可以撑破肚皮。阿靖则在一家原住民石板烤肉摊前驻足了，并不是这家烤的肉特别好吃，而是这位原住民摊主边烤肉边和着原住民的舞曲，手舞足蹈，很有原住民的风味。

阿靖和 Sue 就选择在这家烤
肉摊吃晚餐了，其实，这也是他
们把这一条食街走过一遍后，吃
下来的最后一站了。Sue 不太喜欢
吃肉，很久才夹起一片，她问："你
确定今晚在鹅銮鼻露营吗？"

"是的。"阿靖很坚决，"这里
离鹅銮鼻还有多远？"

"大概还有 8 公里吧。"Sue 不太确定，"但是不知道会不会让你在那里露营，
因为那是个景区。"

"没关系，我看着办吧。你吃完你就先回去吧，不用管我。"阿靖看了看时间，
"哇！不知不觉已经八点了，你到家也要深夜了，我们吃完你就先回去，太晚了也
不好。"

"那好吧，今天纬也太忙了，来不了。"Sue 说。

"嗯，回头替我跟阿纬说谢谢。"阿靖诚恳地说，"当然也谢谢你！"

"不会不会，希望你接下去能旅行顺利。"Sue 说。

"嗯，一定的。"阿靖的眼光里透着自信的光芒。

告别 Sue，阿靖独自留在了国境之南，在迷茫的夜色里组装单车。

离开黑夜的垦丁，继续上路寻找鹅銮鼻，一人一车一世界。在垦丁的大街上，
总能轻而易举地找到鹅銮鼻灯塔的指引路牌，阿靖在夜色中晃悠悠地骑了半小时。
此时的垦丁镇郊，海风阵阵，凉意袭人。

鹅銮鼻灯塔的景区入口对面，有一座高级会所，会所入口处的门亭里几个保
全正在值班。顺着保全的指引，阿靖很快进到鹅銮鼻灯塔景区内，入口旁边的垃
圾桶下有只黑色的流浪狗正在地上翻找吃的，阿靖看它可怜便随手把刚才吃剩的
肉丢给它。它闻到肉香，立刻咬去，嘴里边吃边发出"呃呃"的声音。

鹅銮鼻灯塔左邻太平洋，面对巴士海峡，与菲律宾的吕宋岛遥遥相对。在鹅
銮鼻公园东南方突起的岬角，翠绿的山坡上，一片白色城墙和几栋白色矮房围起
来的建筑群中间，一座纯白色的圆形塔身的灯塔像个巨人高高耸立。灯塔顶上的
灯光不停旋转，和漫天的星辰交相辉映，远处涛声阵阵，站在空无一人的公园草
坪上不时能听见山坡下，人群在沙滩上嬉笑的声音。

"啊～～～"站在迎风的高岗上，阿靖朝着大海的方向，长吼了一声，他身边的

小黑狗吓了一跳，跑开了几步，又不离弃地跟了过来。阿靖对今晚的露营地实在太满意了，只是这荒郊野岭的，他确实也有点担心安全，他想着看能否进入灯塔围墙里面搭帐篷。

走到灯塔围墙下，只寻得一个紧锁的铁门，如何敲门，却没有一人出来。阿靖正要转身离去，一个骑着机车的老人正往铁门骑去，停车时掏出钥匙正要开启铁门。阿靖走上前问道："你好，我能进去看看吗？"

老人看了看阿靖，说道："不行的，这里面不对外开放的，我们有规定的。"

看来，在灯塔里面露营是没戏了，阿靖只好问道："那我进去拍一张灯塔的照片可以吗？"

老人迟疑了一下，说："好，那你要快一点。"

阿靖一进入铁门，便可一眼望见高耸的白色灯塔，只是这灯塔塔身竟然是铁造的，而且每一层都有枪口。阿靖有些疑惑，便询问起刚才那位老人。

老人笑了笑："这个灯塔是清朝光绪年间建造的，当时里面装着的是煤油灯。兴建时常受到原住民的侵扰，因此塔基上建有炮台，还有武装士兵把守。"老人指了指建筑旁边的城墙说道，"你进来的时候有看到吗？城墙上还有枪眼，墙脚还有壕沟，这是世界上唯一的一座武装灯塔，这里也是台湾的最南端，是台湾八大景之一。"

老人讲得头头是道，似乎他经常在这里为游客介绍公园的历史。阿靖边听，

边架起了三脚架。他追问道："你是这里的管理员吗？"

"是的，这里每天都要有人在才行。"老人点点头，"这里看护灯塔的工作是枯燥无味的。每天天一黑，灯塔就得准时点亮，还要隔一段时间就去巡看一下，直至天亮才能熄灭。"

"那还真得风雨无阻哦！"阿靖说。

"可不是吗？"老人用当地语反问着。

"这灯塔有多少年历史了？"阿靖看着白色铁皮灯塔，不禁问道。

老人拍了拍阿靖肩膀，说道："你过来。"说罢，他带着阿靖到铁门旁边的执勤室，里面挂着一幅鹅銮鼻灯塔的介绍，上面写道：

"鹅銮灯塔为鹅銮鼻公园的标志，塔身全白，为圆柱形，外观以炮垒为建筑，并以炮台作为塔基，而且在围墙上设有枪眼，四周更设有壕沟，为全世界唯一的武装灯塔，为垦丁国家公园的史迹保存区。

明清以来，外国船只与本地原住民纷争不断，原住民杀害外国人的事件屡有所闻。于是清廷委托英国皇家学会的毕齐礼至鹅銮鼻兴建灯塔。为防原住民侵扰，该塔建筑成炮垒形势，以塔基作为炮台，围墙上设有枪眼，墙外四周设壕沟并置枪械自卫，该塔建成后派有武装士兵守卫，灯塔内共分五层，第一层储煤油，第二层置格林炮，三层为游人休憩所，四层则设置格林炮，第五层则为光源所在。灯塔外围环筑白色围墙，于民国 18 年（1929 年）定为台湾八景之一；但在二次大战末期曾遭炸毁，后改建并换装新式大型四等旋转透镜电灯，是目前台湾地区光力最强之灯塔，并享有'东亚之光'的美称。"

走出铁门，那只小黑狗趴在门边的草地上，一脸无辜地望着他。阿靖把身上仅有的一个面包喂给它吃了，阿靖给它取名为：小黑。

阿靖走回围墙旁边的草坪，找平坦的地方搭帐篷，小黑也跟了过来。

入夜了，灯塔的山坡上刮起了凉风，还不时飘来几滴小雨。在老人说的墙脚的战壕边，阿靖在地势较高且平坦的地方停下了，这是块不错的露营地。阿靖卸下单车上的行李，趁着灯塔顶上旋转的灯光，搭起帐篷来。小黑默默地趴在旁边的草地上，看着阿靖手忙脚乱。

"叮~"阿靖的手机响了，是短信。Sue 到家了，发来短信报平安。

夜晚的霜冻，让草尖挂上了一颗颗露珠，湿漉漉的。阿靖把所有的行李都放进帐篷里，还要把所有的电器用塑胶袋包裹起来，免得受潮。

其实下午的潜水，尽管只是一小时，但那消耗的运动量绝不亚于骑一天单车。

阿靖铺上防潮垫，整身瘫在帐篷里，昏昏欲睡。躺在帐篷里，看着头顶上的灯塔射出的强光，不停地旋转着，帐篷里时暗时明，恍如进入了时光隧道。

阿靖坐了起来，双脚赤着露在帐篷外面，凉凉的。遥望着远处灯火交替的海平面，影影绰绰；漫天的星光在灯塔耀眼的光亮中勇敢地闪烁着；灯塔的山坡下，海浪拍打着坚冷的岩石峭壁，声声不绝于耳；几声海边人群的嬉笑，让灯塔下的夜显得更加孤寂……

一个旅者，一条流浪狗，一顶帐篷，一辆单车，一座旋转的灯塔，一夜孤寂的星空……

如此旅行，寂寞却又自由。在阿靖眼里这并不是放纵时光，反而是让他更认真地看待生命的珍贵。再长的旅行，在人生的修行中也只是白驹过隙，正如此刻躺在帐篷里看着恍惚的灯塔之光一样。但是，也许这就够了，就是这样的心动时刻，留给内心的却是永志不移。

这也许就是旅行的意义。

# D10 太平洋的风

  灯塔的光驱逐了黑夜的暗神，远处的云层被撕裂开一道缝隙，一盏阳光倾泻在万顷海面。睡帐篷的好处就是可以早起，但是"莫道君行早，更有早来人"。鹅銮鼻公园的清晨，许多晨练和散步的人，络绎不绝，他们纷纷向阿靖投来好奇的目光。

  阿靖收拾好行李，起身离去，小黑跟了上来。他突然发现，周围多了很多穿着专业骑行服的单车赛车手，一出鹅銮鼻灯塔，就看到塔楼旁边的一块空地上，聚集了密密麻麻的赛车手，他们都人高马大，而且全副武装，装备齐全，单车清一色都是公路车，而且一看配置都价格不菲，其中不乏外国骑手。

  原来是在举行单车比赛啊！

  阿靖好奇地走近一看，这些轻装上阵的赛车手也盯着满车负荷的阿靖，面面相觑。用来比赛和用来旅行的单车，看上去就是两种感觉。前者就像个身姿曼妙的高雅公主，后者看起来像是失魂落魄的穷苦屌丝。阿靖逮住一个赛车手开问："你们这是什么比赛啊？"

  "双塔赛。"赛车手答道。

  "双塔赛？"

  "嗯，叫一日双塔。"那赛车手还气喘吁吁的，"就是一天之内从台湾最北的富贵角灯塔，骑到最南端的鹅銮鼻灯塔，一日双塔。"

一日双塔，他们用 1 天的时间，阿靖却用了 9 天。阿靖问道："你是刚到终点吗？用了几小时？"

"这次的路线有 500 多公里，我用了大概 23 小时。听说这次最快的是用了 19 小时。"赛车手说。

比赛和旅行不一样，比赛是以达到终点为目的，旅行则是用于体会流年里温暖的人和事。目的地不一样，踏上单车的心情也就不一样了。阿靖和他们告别后继续上路，小黑还是紧紧跟随其后。出了鹅銮鼻公园，阿靖找到一家早餐店，边吃也边给小黑饱饱地喂食了一餐。只是再次出发时，小黑没再跟过来了……

此时，路程已经过半，但是时间已经过去 9 天了，这就意味着阿靖要在 5 天之内赶回台北，因为签证就要到期了，被赶着日期的旅行真是闹心，不过还是得调整好心态，继续上路。告别鹅銮鼻灯塔，便开始沿着东岸的主干道北上了，今晚的住宿点还是未知。

台湾东面都是连绵不绝的山脉，阿靖已经做好了爬坡的心理准备。没想到，一出鹅銮鼻公园北上，便开始延绵不断地爬坡了。骑单车最累的是遇到两种情况，一种是爬坡，另一种则是逆风。

在台湾，尤其是东南部，有一个地理名词妇孺皆知——东北季风。

对于地理不灵光的人可能理解起来比较费劲，其实说白了就是在台湾的东部，刮起了一股来自太平洋、由北向南的强风，这个强风大多出现并且持续整个秋冬季节。这股持续的强风每年都如约而至，正如大陆北方的冬天会迎来下雪一样。

而在阿靖所在的恒春半岛，位于中央山脉末端，海拔急剧下降到三四百米的低山，直至鹅銮鼻，这些低山对强风毫无阻挡作用。东北季风便更容易翻越山脉，加上强风方向顺着地形而改变，出了中央山脉山区地带，便沿山掠下，会出现湍流袭卷在背风坡的地区，其中包含阿靖所在的鹅銮鼻半岛。所以，人们也习惯于

把鹅銮鼻所在的恒春半岛的东北季风称为"落山风"。

季风从太平洋洋面集结吹袭而下，路面尘土飞扬，风声萧飒。阿靖逆时针环岛骑行，便是顶着强劲的东北季风，慢吞吞地爬着山坡。而此时头顶上的乌云正肆意地翻滚着，笼罩着整个纵谷，慢慢累积，酝酿着一场未知的暴雨。这样的天气对骑行来说，可谓苦不堪言。这便是太平洋的风！

尽管体力上很辛苦，但是只要放松心情，慢慢感受山野乐趣，还是能发现不一样的美。因强风吹袭，这里的高大树木都无法成长，而形成了低矮的灌木丛，以及连绵的草原，绿草如茵。而地面边缘的石灰岩在海浪冲击、海风侵蚀以及重力拖拽下，逐渐破裂并崩离，形成了特殊、壮观的崩崖地貌。而在台湾南部出现较多的沙岸，在东北季风的吹拂下，海边的沙砾堆积在陆岸地区，形成了风吹砂的现象。

这片低矮的灌木丛和草原便是坐落在龙磐公园里，这是个开放的公园。而过了龙磐公园，眼前海崖突然变得前所未有的宽阔。站在崖边，广袤的太平洋毫不吝啬地摆在面前，四周全无屏障。风吹砂的场景在这里一览无遗，太平洋的风，在蔚蓝的、层次分明的海平面上，翻滚着白色的浪花袭向涯岸，挟持着昏暗的天空云卷云舒。海天已分不出交界，被朦胧的蓝灰把它们裹得天衣无缝。

阿靖车尾的鲤鱼旗在风中飘荡，发出猎猎的声响。他弃下单车，站在高岗上，面对着广袤的太平洋看傻了眼，这是第一次直面真正的太平洋的风！尽管乌云密布的海平面，波涛汹涌，却不会令人觉得烦躁，反而使心更加沉静。

风越来越大了，偶尔迎风砸来的几滴雨点，渗润入皮肤，告诉阿靖这还是人间。阿靖恍过神来，把雨衣翻出，夹在容易取出的位置，继续赶路。骑了不到半小时，风越来越大，不用力踩还能被吹回来。山路过了转角便有一段下坡，在坡底的一个村庄前，有一座大房子，房子的入口立着一杆漂流木，上面的牌子写着"铁马驿站"。漂流木的底部套着两个汽车外胎，胎身被刷上蓝色。旁边还有几个

被刷成白、红、蓝、绿的轮胎花坛，如此用心的设计，阿靖立刻被吸引了。

他停了下来，走进去。

驿站里有个偌大的"凹"字型院子，放眼过去，院子被分为好几个房间，分别是：铁马补给站、装备体验区、沙画和石绘教学馆、成果展示馆……院子里的各个角落都被精心布置了一番，精美的小花园，洁净的红砖路，铁马补给站里还巧思地布置有猎枪、渔网、漂流木做成的桌椅和装饰物、陈列架，还有单车维修工具、救生设备，除了维修工具和设备，其他的所有装饰均是就地取材。布置得非常用心，让进来的人也感觉贴心。

见阿靖进来，一位穿着制服的警官走了过来，他上衣胸口的口袋外，戴着名牌。他带着个黑框眼睛，看起来很斯文。他走过来，得知阿靖的来历，便主动帮

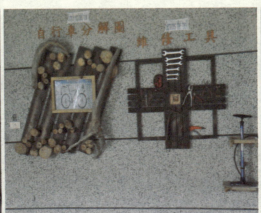

阿靖介绍起来。

这里其实是个海巡署。

以往，海巡署给人的刻板印象是专门抓走私、偷渡，以及实施海上救援等任务，而如今，随着近几年单车环岛的盛行，不仅仅警察局会设置铁马驿站，连海巡署这么严肃的地方也设置了铁马服务，为经过的车友提供打气，以及简单的维修、旅游咨询、加水、休息和医疗服务，甚至担任起为学校学生培训安全知识的任务。

警官还邀请阿靖上他们的守望哨，那里是他们每天工作的地方。一台大型的高倍数望远镜，赫然立在哨台。阿靖凑上前，看到了海面上远处作业的渔船，甚至是偶尔跳出海面的鱼群。在他们的工作台上，还有一叠厚厚的海面目标航迹描绘记录本，随时记录着每天海面出现的任何船只以及可疑对象。瞭望台上，乌云笼罩着整片海域，风很大，那是直迎太平洋扑面而来的大风。沿着海岸线望去，由远及近的大山、村庄、堤坝、珊瑚礁岸、灌木丛林，一齐接受着海风的洗礼。海平面上，阳光偶尔撕开乌云的裂口，在海面上画出一片片波光粼粼。

这位警官让阿靖在他们的访客留言板上写下留言，走的时候，还特别交代了晚些时候会下雨，要在雨还没落下之前，赶到村庄，那里有避雨的地方。

阿靖冒着强灌入胸口的海风，打了个寒颤，继续向前骑去。骑了半小时后，到了一个叫新庄的小村庄。这个村庄只有一个三叉路口，除了阿靖走来的这条路，另外两个岔口分别是恒春和满洲乡的。

沿着岔口，奔往满州乡，而从这段路开始，骑行的路也没有紧沿着海岸线行走了，沿路开始出现台湾最典型的东南部的村庄景象，矮小的房屋，一小撮一小撮地聚集成一个个小村庄，道路两旁全是农作物，有水稻、诺丽果、豌豆、椰子树……

尽管是偏僻的农村，但是村子里的整体布置却很美。整齐的电线杆，规划良

好的指示标志，村民们也都很懂得美化自己的生活，有些家里种了整片的三角梅映红了门庭。有些则和刚才的驿站一样，在刷了彩漆的轮胎上种花草，甚至是种农作物。还有些人家把漂流木搬到家门口或花园，彩绘上各种各样精美的图案，装点着三三两两出现的人家。

大人们在路边耕种播种，无忧无虑的孩子在旁嬉戏玩耍，偶尔几辆农用的小拖车轰拉拉地擦肩而过。这里的人们淳朴自然，没有了大都市的矫饰，阿靖骑车而过，遇到的村民们的脸上都挂满了笑容，这么淳朴的笑容立刻驱散了阿靖骑车的辛苦。

直到中午，阿靖才赶到了满州乡。

满州乡是从鹅銮鼻出来后，第一个有 7-11 便利店的地方，阿靖便在此停下歇脚。他坐在便利店一个靠玻璃墙的一排矮桌子上，刚好可以看到外面的单车。他坐在玻璃墙边望着外面无忧无虑的小孩在便利店的休息桌椅上玩游戏，这些小孩淳朴天真。阿靖看着自己依稀朦胧的身影映在玻璃墙上，和小孩们的笑容放在了一起，小孩背后单车上的鲤鱼旗迎风飘扬，这样的视觉效果，很想让人一直在这个村庄住下来，并做回一个无忧无虑的孩子。

没有了西岸的拥堵交通，没有了嘈杂的都市喧嚣，这种农村僻静的淳朴令人心情放松。阿靖笑了笑，玻璃墙上的倒影也跟着笑了笑，那是阿靖第一次对着自己那么会心地一笑。尽管玻璃里的那个人，眼睛布满了红血丝，手臂一截黑一截白，满脸乌黑，身上风尘仆仆脏兮兮……但是谁能明白这邋遢的外表下，一颗热爱生活的心正在旅行中一次次被唤醒？！

阿靖不打算吃便利店里的便当，想在村子里找找当地的小吃。他在店里补充完热水出来时，他的单车旁围着一堆人，对着他的单车指手划脚。那是满州乡的村民，他们也为这单车环岛的骑士加油打气。

告别村民，阿靖在村口的一棵大榕树下遇见了一位同样全副武装的骑行者，他是香港人，也和阿靖一样独自旅行。他们一起在一家快餐店里嚼了几碗肉燥饭。这肉燥饭的味道虽然比阿锴带去吃的那家差一点，但是，骑了大半天的两个骑友，却大快朵颐，吃得好生痛快！

这位香港的骑友在和阿靖一起骑了几小时后，因急着赶到某个目的地，而分道扬镳了。正如电影《练习曲》里，来自立陶宛的女孩的独白一样：我们每个人来到这个世界上都是独自的旅行，即使有人相伴终究也会各分东西。所以，旅行不怕没有旅伴，因为你会在路上遇见志同道合的人；也不要过分依赖旅伴，因为他可能因为不同的目的而与你分道扬镳……

天空的乌云飘得很低，慢慢地压了下来。

挂在车头，娜娜送的晴天娃娃，似乎也没法驱逐固执的云层，偶尔几滴雨水打在脸上，冰凉极了。昏暗的白天，阿靖独自一人继续钻进嗖嗖作响的太平洋的风……

# 蒲公英的家

满州乡的乡村气息特别浓厚，阿靖路过时刚好有人家娶媳妇，正搭着露天棚子，宴请宾客。有些宾客西装革履、衣冠楚楚，有些则简单随性、素面朝天，有些甚至是从田里直接赶来的。大家坐在一起，觥筹交错，推杯置盏，好不欢乐。这样的情形和电影《海角七号》出现的村里庙前的露天喜筵很像，再加上几句你来我往的台南口音，更是台味十足，阿靖驻足了好一会儿才离开。

出了满洲乡，上坡路一段接一段，山路忽转，惊见一片油菜花田于山脚下。俯冲而下，在底谷的油菜花田却没有太多山风进来，纹丝不动地在田里傲然挺立。油菜花田之后有个小村庄，村庄每家每户都是沿路而建的，小巧精致。有些围墙上长了多肉植物和苔藓，更增添了几分带着泥土芳香的乡土气息。

骑出小村庄，便进入穿行在山间的道路上了。由于天阴沉沉的，海面上蒸腾起的水汽，令空气变得有点沉闷。

山路蜿蜒曲折，迂回在青山碧野之间，偶尔能望见远处的山头下升起袅袅炊烟的小屋，也可能瞥见被太平洋的风吹得碧浪滚滚的海岸一角。几株恣意绽放的

红色三角梅争芳斗艳，望海崖，漂流木搭建而成的观景台还生长着几片小灵芝，临村口，又现彩色轮胎花坛、漂流木彩绘路牌……

　　伴随着淅淅沥沥，慢慢落下的雨滴，新翻的泥土气息也逐渐散发沁鼻的味道。绕出山路，又回到海岸线时，落雨已如倾盆般翻泄而下，强大的东北季风依旧好不体谅地迎面袭来，阿靖在风雨中飘摇，前面的路——左边垂直耸立的山崖，右边是咆哮的太平洋，如此甚是壮观。

　　阿靖早已把雨衣穿上，单车后面的行李也包上了绿色的防雨罩。

　　骑到一个叫港仔村的村落，他在路旁看见一块写着白色字的大石头。此时雨势渐弱，但风力更猛。阿靖决定停下来歇会儿，因为他此时的想法正和石头上写

骑行小贴士：

在雨中骑行，防雨罩一定要选用亮眼的颜色，能让后面的车辆在视线不佳的情况下及时发现单车。

着的文字是一样的：休息，为了走更远的路。

阿靖正休息喝水，从远处奔来两个小男孩，好奇地看着他和单车。小孩最后壮了壮胆，问阿靖能不能让他骑骑单车。阿靖索性让他们挪挪沉重的单车，他们推了推单车，笑笑没再碰了。

离开的时候，他们还对阿靖连喊三声加油。

傍晚的山海公路，眼前的乌云依旧不停地压了过来，而背后的天空却也慢慢变晴了。阿靖穿梭在人车罕至的小道上，在一个丁字路口，有间规模不小的派出所。他摇了摇水壶，没水了，便下车进去补给热水。

警局里值班的警察很少，也许是因为这里人烟稀少，需要的警力无需太多。阿靖也很习惯进出警局，也懂得了主动和他们问好聊天。有位好心的警察大哥看到外面还下着雨，便叫阿靖在沙发上坐会儿再走，没想到阿靖一坐下就睡着了，醒来时已经云开日现了。

警局刚好在一村子里的正中间，阿靖左拐，进入了村庄的另一头。

这个村寨十分幽静，阿靖经过时，几乎没看到几个人，整个村子除了道路和房子以外，其他的都被绿色所覆盖。在一处非常特别的门口，他停了下来。说它是个门口，其实看起来一点不像是门口，它的左边有个破旧的桌子，桌子上有一

罐大水桶供路过的人饮用，右边则立着三根
电线杆，电线杆贴着5个树木的横切面木板，
写着"蒲公英的家"，旁边还倚靠着一个大泡
沫板，写着"台湾，加油！"

阿靖不禁愣了下，他往里望了望。有一
条林树成荫的通幽曲径，一直连到里面一个
飘着袅袅炊烟的小屋子。路的起点处，在分
散的树、石头上，写着几个标语——"凡是
阮（台语：我）感恩"、"四轮以上勿入"、"有
你真好！"，其他的树上，也疏疏落落地挂着
一幅幅照片。

阿靖下了车，不由自主地推着单车往里
寻去。

其中有一副照片下写着——"不靠谱摄影展"。原来那些挂在树上、石墙上的
照片，都是在这里参展的，只是这地方也太破了吧？甚至可以用寒酸来形容。但
是这些挂着的照片，确实拍得非常好，有些是风景照，有些是动物的照片，有些
则是一张张爬满皱纹的老脸……

走到里屋，是一个简易的瓦房，屋前搭盖了简易的棚子，摆了两张桌子，一
大一小。最醒目的是大桌子旁边立着的一个大漂流木，上面写着"入山，把心单
纯化"，落款是"黄大哥题"。和它相对而立的是一面沾满了故事的乌黑的白色旗
子，上面写着"阿缤换到行，just walking"。房屋外侧，有3个年轻人，一人用
柴火在临时搭建的炉灶上炒菜，另外两人则在一旁的水槽里洗菜。

阿靖感觉一定会有故事发生。

"你好！"那个烧菜的年轻人看到阿靖后，便站了起来，主动问好。他看了看
阿靖的装备，说道，"你是环岛哦？"

"嗯，是的。"阿靖点了点头，也打量了这位年轻人一番。

"天色暗了，你晚上就这住吧。接下去就要翻坡了，你赶不到下个落脚点的。"
年轻人说道。

"是吗？"阿靖惊讶了下，继续问道，"下个村庄还很远吗？"

"是的，我是这么建议啦。"年轻人看起来很诚恳，旁边两个洗菜的人也建议
不要再骑行了。

"嗯，好吧，那就留下来吧。"阿靖考虑了会儿，决定留下来住，他问道："你们这里可以提供住宿啊？怎么收费？"

"我们这儿免费的。"年轻人笑了笑，说道。

"免费？！"阿靖惊讶。

"是的，我们这里是个社区工作站，也是个公益的地方，可以接待单车或者徒步的环岛者。如果你不嫌简陋，就在这里住下，我们还可以免费提供你吃饭。"年轻人很认真地解释道。

阿靖又一次打量了这个地方，怎么看，怎么都觉得这个地方不具备提供游人衣食住行的财力和物力，他有点摸不着头脑："为什么是免费呢？"

"这是一个由我们叫他为黄大哥的人创办的公益地方，这里最主要的工作就是给这个村子里的独居老人提供服务。黄大哥希望路过的旅人，如果允许的话都能暂时停下来，加入志工的队伍。不管是几小时、一天、几天，甚至是很长一段时间都可以。"在台湾，志工也就是义工的意思，这个年轻人看起来很真诚，他继续解释道，"我也是这里的志工，阿宏和阿苏，他们已经来了两个多月了，但是他们待会儿就走了。只要你在这里尽到志工的职责，就可以在这里免费食宿。"

"哦？是吗？"阿靖终于明白他们的意思了，他问道，"那我需要做些什么呢？"

年轻人指了指棚子边上，挂着的一块黑色木板，说道："我们的任务大概就是这些。"

阿靖顺着他手指的方向，看到一块四周用细长的藤条包裹着的黑板，上面写着：蒲公英的家，传送善良的种子，发芽！

1. 急难救助；2. 独居老人爱心服务；3. 社区服务训练自我；4. 海边捡垃圾和山中采野菜。

黑板的最后还写着"浮出小爱，成就大爱"。

这些都是很有意义的事情，阿靖也觉得能遇到这样有爱心的地方，便决然留了下来。

"真是很敬佩黄大哥这样的善举，那他是哪位呢？"阿靖说道。

"他开车出去外地买东西了，可能得明天才能回来。"年轻人说道。

"好。"阿靖边把单车架好了，边问道，"这个地方是什么地方？"

"这是旭海村。"年轻人边走回去炒菜边说，"这是个依山面海的渔村型部落，旭海这两个字是因为这里的旭日都是从海边生起而得名的。"

"嗯。"阿靖说道，"这个村很穷吗？需要这样的公益组织。"

"是的。这里的许多年轻人都到大都市去找工作了，留下很多独居老人和小孩。黄大哥很不忍心，就留在这里帮忙他们了。"

"你说的黄大哥就是这个黄大哥吗？"阿靖指着漂流木上的落款。

"没错，就是他。"年轻人说道。

"那他是个富人吗？"一说出口，阿靖就觉得应该不是，不然怎么住那么破的房子？

"也不是，他是用自己有限的资金来做这个善事，也有些人或公司会捐助他办这个公益活动。"果然，年轻人这么说道。

"嗯。真是令人敬佩啊！"阿靖很想见见这位大好人黄大哥。

"是。黄大哥希望每个进来这里当志工的人，都像是蒲公英的种子一样，都能把这份爱传递出去，希望有更多人加入社区关爱的行列中，所以他把这里叫做是蒲公英的家。"

"嗯，明白，我也很开心能成为这其中的一份子。"阿靖真诚地看着他，说道，"那我现在该帮忙做点什么呢？"

"现在不用了，你先把你行李整理下吧，待会儿我们做好菜，先去给一位独居老人送餐吧。"年轻人边炒菜边说道。

"好的。"说罢阿靖便走去卸行李了，他又说道，"哦，对了，还不知道怎么称呼你呢？"

"我叫沈轩宇，叫我小沈就可以了。你呢？"年轻人说道。

"叫我阿靖吧，大家都这么叫我。"阿靖笑着说道。

"嗯，很高兴你加入我们的队伍中来，我们刚好这几天缺人手呢。"小沈边说边把炒熟的菜装盘。

"我希望也能为黄大哥的善事尽一份力。"阿靖说道。

听完，小沈突然说道："听你口音，好像是台南的哦？但好像有有点不一样。"

"呵呵，我是大陆来的。闽南人，口音和台南比较像吧。"

"大陆的朋友？！不错啊，前不久才刚有几个南京人来过。"小沈激动地说道，"他们也是环岛的时候来到这里的。"

"这个地方这么有爱心，肯定会感染到很多人的。"阿靖点点头说道。

他们正聊着，一位脚穿着雨鞋、脸上蒙着毛巾的老妇人，推着工具车走了过来，一声不吭地到处找零碎的活儿干。她一看便是这里的常客，阿靖一开始还以为是志工，冲了她微笑着打了个招呼，而她却不理不睬地干自己的活儿。

"小燕子，别干活儿了，准备下要吃饭了。"小沈对她说道，并把她的活儿抢下，把她按坐在简陋的餐桌前。而她坐下后也是不声不响，只是默默地看着微弱的灯光，还时不时笑笑。

"她是谁？"阿靖小声好奇地问道。

小沈安排好妇人，和阿靖走到一旁，细声说道："她算是我们照顾的孤寡老人之一吧，前几年她丈夫出车祸往生了，精神上受到巨大打击，崩溃了，就变成这样了。后来她婆婆不理睬她，把她赶出门，她没地方住，就先在我们这里住下了。她闲不住，总是喜欢到处找活儿干，我们都叫她小燕子，有空可以多主动陪她聊聊天。"

阿靖望着小燕子，她正对着微弱的灯光喃喃自语，有时还发出微弱的笑声，尽管有些诡异，但是听到小沈讲到她的遭遇，阿靖对她的遭遇嘘唏不已，也对志工们的善举深深感动。

"她喜欢唱歌，一唱起歌来就成了快乐的小燕子了。"小沈说着便径直走到小燕子身边，蹲下来说道，"小燕子，为我们唱首歌吧！"

小燕子一开始有点害羞，先是自己小声哼唱，随后声音越来越大，最后把裹住半张脸的毛巾也摘下，手舞足蹈，好不欢乐，和刚才简直判若两人。小燕子唱

的是一首日文歌，阿靖听不懂，但是她尽管少了一颗门牙，唱歌却非常好听，而且那日式颤音唱得惟妙惟肖。在一旁洗菜的两位志工阿宏和阿苏也围了过来，边听她唱歌边为她拍掌打节奏。小燕子笑弯了的眼睛，露出一褶褶鱼尾纹，她非常开心，像个快乐的小孩，眉飞色舞。

阿宏和阿苏把饭做好了，盛在大铁盘里端了过来。小沈说道："阿靖，我们去村里给独居老人家里送餐吧，我骑车你提着饭盒，阿宏他们准备下，待会儿吃完就要走了。"

"OK，没问题！"阿靖把行李搬进屋里，小沈则把做好的饭菜装到了饭盒里。

老人住的地方是寨子里一个很不起眼的小房子，破旧的房子里，摇曳着一盏微弱的灯光，看起来很寒酸。小沈把饭盒交给了老人，老人吃饭，他便和老人聊天。这样的场面和刚进门时，轮椅上孤独老人的画面形成强烈反差。

"老人没有儿子，他都是孤独一人，每天我们给他送饭的时候，有人陪他说话，是他最开心的时候。"小沈骑着机车在回来的路上说道。他沉默了许久，又说道，"老人平时都没有人照顾，如果我们不照顾他，都不知道他要怎么继续活下去。"

阿靖坐在车后，一直没有说出话来。

回到蒲公英的家，天色已经完全暗下，而棚下又多了 3 个穿骑行服的环岛人，他们也是被同样的原因留了下来的。这下子，整个狭小的房子顿时热闹了。阿宏和阿苏已经把饭菜准备好了，大家围坐在一起，尽管没有美味的食物，但是付出后的欢乐就是大家最美味的食物。这是一群最可爱的人，最可爱的蒲公英的种子。

夜色的小山村，格外寂静，夜晚的落山风没有吹来，没能干扰听到蚯蚓和青蛙的鸣叫。远处瓜藤里的一群萤火虫影影绰绰，一盏盏昏黄的路灯被飞蛾盘旋着……这样的夜，这么温暖人心，阿靖心里涌起了一股莫名的感动，但却带着些许沉重。

行色匆匆的旅行途中，总会有些时刻令人愿意停下脚步倾听心灵的跫音。当人心之间的关爱越来越多，心与心之间的距离也就不再遥远，几缕温馨朴素的关怀，有时就是别人巨大的精神倚靠。

生活就应该是美的，温暖别人，也感动了自己。

# 不结束的旅行

吃完晚餐，碗盘狼藉。

小沈对着阿靖说道："阿靖，你来想一个游戏，输的人洗碗。"

正坐在椅子上的阿靖马上站了起来，说："我来洗吧，我还没帮大家什么忙，还有的吃有的住，这个'艰巨'的任务还是交给我吧，呵呵。"

"不行不行，我们这里早就定下一个规则，就是饭后由新来的志工想一个游戏大家来玩，那输了的人就负责洗碗。这样一方面是比较公平，另一方面是给这无聊的夜晚想个好玩的，也增进大家的友情。"小沈像个小主人似地解释道。

"那好吧，既然大家定下了这个规矩，我就恭敬不如从命了。"阿靖想了想，说道，"这里有没有扑克牌？"

"有！"小沈说道，然后钻进里屋取了一副出来。

阿靖拿到牌，认真地说道："我们一人抽一张，比大小，最小的人洗碗。"

"噗……"大家一听，都笑了，觉得太没创意了。不过还是每人抽了一张牌，尽管确实是个毫无创意的游戏。

大家拿到牌，翻开一看，阿宏抽到的最小。小沈立刻把一叠堆得高高的空碗盘推给阿宏："恭喜你！哈哈～～"

大家也跟着哈哈大笑了。阿宏端起碗盘，往水槽方向走去。小燕子也突然开了嗓子，唱起了《夜来香》。大家便为她边打节拍边一起唱了起来，好不欢乐！

洗好了碗，阿宏和阿苏骑着机车先离开了，他们是临时来帮忙的志工。小燕子在大家的鼓励下，开起了"演唱会"，唱得很开心。

"小燕子好久没这么开心唱歌了！"小沈悄悄对阿靖说，"这里好久没有这么多人了。其实小燕子真的很可怜。"

小沈在这里不但听闻了许多小燕子不快乐的事情，而且有些还亲眼见到过。看着当下欢乐的小燕子，他的眼眶不禁有些湿润。小燕子是小沈和其他义工为她取的名字，大家希望有一天她能成为真正快乐自由的小燕子，没有烦恼。

小燕子唱累了，便先去睡觉了。

夜阑人静，入夜的山村早早就静悄悄的，似乎一切都已沉睡。小沈热爱旅行，来到这里也是因为旅行路过，旅行结束后，依然回来这里做一个蒲公英的种子，他的旅行经历让阿靖很感兴趣，尤其是他之前去过大陆旅行的经历。昏暗的灯光下，小沈聊着旅行，聊着在路上的故事……

"在大陆的旅行，让我印象非常深刻。"小沈对着阿靖说着他的大陆之旅，似乎显得很小心，生怕说错什么，"往往，只要我离开了自己的舒适圈，就会变得些许闷骚。对于和他人谈话，总是抱持着懒散、被动的态度，甚至可以一两天都没有说话，但这不代表旅途中总是战战兢兢，无法卸下心防，这只是我享受的方式。"

"你是个安静的旅行者？"阿靖问道。

每个人有每个人的旅行方式，而小沈的方式则是喜欢走走停停，无需旁人约束的。静静地、深深地放下言语，去感受每个城市的生活。

"是的，我喜欢侧耳倾听，听闲话、听家常、听批判、听口音，去听见城市的声音。这是我体会文化，享受旅游的方式。你可以说我一无所获，其实我只是换了地方，换了个生活；但你也可以说我收获良多，因为我换了地方，换了个生活。"小沈的讲话很成熟，或许是旅行的经历多了的缘故。

阿靖问了个他很想问的问题："你喜欢一个人旅行吗？"

"喜欢！"小沈不假思索，"一个人的旅行，与其说是在满足自己的漂泊感，不如说是在享受那份无力感。我不知道我在何方，我要往哪里走？现在是什么时

候？前方是不是终点？我究竟从何处来？我是谁？层出不穷的问题不断浮现，或许继续支持我走下去的，是尝试摸索解决问题，消弥那份无力感的成就感吧！"

漂与泊之间，看似对立，却相辅相成。小沈和阿靖也如许多旅行者一样，还在摸索。而有一点他们的想法是相同的，阿靖说道："是的，一个人的旅行更能让人体会到旅行的意义，慢下来，不以过客的心态去看待每一事物，而以居者的角度尝试融入当地生活，抛下包袱，秉弃自我价值观，并了解当地文化，这才是真正的旅行。"

"你在大陆是怎么旅行的？"这是阿靖所好奇的。

"在我出发前，有许多人对我耳提面命地说，中国大陆很危险，要小心，不要被骗受欺负。"小沈想起了往事，笑了笑，说道，"说实话，我放在心里，但不在心上。在旅程中，我睡过机场，睡过火车站，也睡过人家的办公室；曾搭过便车跟人旅游，和不曾相识的人一同包车，跟着当地认识的朋友去旅行；吃遍路边摊，不喝酒的我被灌了两罐啤酒；跟人挤公交车挤地铁，坐了数十小时的火车硬座……这就是我的旅行生活，也是我试图去认识文化的方式。"

小沈旅行的理念和阿靖不谋而合，而且许多经历也挺相似，他们聊得非常投缘。

阿靖问道："你去北京了吧？感觉如何？"

"北京啊？"小沈想了想，"在北京，我看见了'人'的社会百态。从千万跑车到人力三轮车，从百年古迹到现代建筑，从西装笔挺到粗布破衣，从健步如飞到步履蹒跚，我看见了大国在崛起，但同时有某些东西却在凋零。"

"嗯，我同意你的观点！"阿靖说道，"还去了哪些地方？"

"整趟旅程中，甚至可以说我不知道要去哪里，一切随遇而安。到了北京后一心只想去内蒙，却无意间搭了趟便车去了河北。然后我乘着火车一路向北，去往内蒙，心情也逐渐明朗，窗外的景物不断映入眼帘。真的是风吹草低见牛羊，蓝天、白云、绿草，似乎也就变成了内蒙古的代名词。自内蒙回来后，原先打算搭火车去趟黄山，却因为朋友的一句话跑到了山西，见到百年古城，看见窑洞，彷佛穿越了时空，如临当时的生活场景。又在山西相遇了位意大利人，在他的建议下想到陕西走走，但因火车票销售一空而回到了北京。漫无目的地行走，却因种种的惊奇，装满了我的行囊。"

"你这旅程可真够精彩的！充满了未知的惊喜。"阿靖能够感同身受他的旅行，一样听得入神，他打趣道，"中国大陆比较大，火车都要坐蛮久的，不像在台湾，城市间距离短，很快就能到达。"

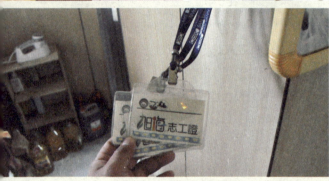

"是的，在大陆坐火车让我非常难忘。我统计了下，在整个旅途中，我坐了近100个小时的火车，最久的一次坐了36个小时，那次车上人满为患，有人站着睡觉，有人坐或躺在地上，几近两天没与人对话，却有了相当多时间与自己对话。"小沈从来没经历过这么拥挤的长途火车，回想起来似乎还心有余悸，他说道，"睁开双眼，伴随着火车声，却感觉车子宛如静止一般，车厢内彷佛像个小型社会般。闭上双眼，感觉身旁的人们静止不动，我不在车厢内，却随着窗外的景物快速移动。"

小沈似乎在不停地思考，却好像，无解。"停、看、听、想"，就是他此趟行走的批注。

停下急匆匆的脚步，体会到人与人的互动、城市的外貌、人们生活的习性、社会的光明与黑暗……这种以行走的方式阅读世界，是自由，是惊喜，是感悟。不管旅行中，遭遇好坏，那些都是旅行的表象。而内心的获得才是旅行真正的意义，用心去体会每一个旅行的当下，而不是只甘于做一个游离的躯壳。

小沈的旅行还没结束，他还将在这里继续做两个月志工，对他而言，旅行的意义就是——"一直在路上"。

正如《荒野生存》里的这句话：一个人新的灵魂来自于新的经历。

# D11 把爱传出去

旭海村有个绝佳的公共澡堂，免费的。

它也是个天然的碱性碳酸温泉，位于旭海村旁边。

阿靖和小沈聊到深夜，小沈带他去了温泉池。尽管没有像酒店的温泉馆那么豪华，但是洁净的池子、滚烫的泉水，把一天的尘埃和疲惫都洗去了，这是到台湾旅行以来，洗的最畅快的一次澡了。

小沈还告诉阿靖，旭海村还有个著名的景点，是旭海大草原。它位于旭海村的黑独山上，是极佳的日出观赏地。要是天气好的话，兴许还能看到太阳从绿岛及兰屿两座岛屿间的海面升起，就能看到耀眼的光线照亮整个台湾东南角落的小渔村。

回到蒲公英之家，小沈把机车钥匙交给了阿靖，要是起得来就一定得去看日出。正如在台南，阿锴让阿靖去看日出一样，这么"私房"的建议，阿靖怎么能错过？

第二天一大早，阿靖便独自摸黑起床去看日出了。

旭海这个小渔港村十分宁静，居民不多，旅客也没有太多。所以旭海大草原的知名度也不算高，原本因军事管制而不对外开放，也就是因受到管制，这里的自然生态景观也因无人关注而自然生长的很好。后来开放了，当地居民在村里的东北和牡丹鼻山南麓另行开发了规模较小的草原。

沿着小沈昨晚指的路，阿靖顺着路牌，很容易就找到了旭海草原。骑着机车在黑夜的黑独山山林间穿梭，要不是也有几辆载着游客来看

日出的大巴一起上山，被呼呼的海风吹着，确实有些恐怖。

山顶一眼能俯瞰到远处的太平洋和牡丹湾，这真是绝佳的观日出的好地点。一望无际的翠绿草原，向东延伸直至海岸，接壤的天空显得蔚然开阔。阿靖登到山顶时，太阳已经逐渐升起了。成片绿茵的翠绿在海风的吹拂下，和大海一样波光粼粼。草原的中央，有一块天然的水池，那是牛羊饮水的地方，淡蓝色的池水在日出的映衬下，泛着微微红光，犹如一颗多彩的宝石镶嵌在一片绿茵中，美得让人不忍触碰。

旭海草原景区设有旅游信息站、停车场、草原步道及观景凉亭等旅游设施。沿着步道蜿蜒而上，沿路翠绿的风光，恒春半岛特有的动植物随处可见。走到山丘上的观景凉亭，可以眺望牡丹湾的美丽景色；顺着一旁的灌木小径，可抵达观海平台。阿靖绕了草原步道一圈，差不多走了1小时。

下山时，经过旭海村里，许多店的摆设特别用心，从花草布置，到贝壳创意装饰，再到精美涂鸦，都让阿靖为这个偏远的小山村感到惊讶，旭海人对生活的热爱令人肃然起敬。

回到蒲公英之家，已是10点多了。

小沈在厨房正准备做午饭，说是厨房，其实是用石头垒砌的灶台，他的周围堆满了志工们从海边捡来的漂流木，这些是煮饭用的柴火。黄大哥坚持不想用瓦斯炉烧菜，尽可能地节省开支，也尽可能地废物利用。阿靖凑上去去，帮小沈做菜。

"怎样？那里漂亮吧！"小沈见到阿靖后，问道。

"很漂亮，但是有点乌云，看得不是很尽兴。"阿靖答。

"嗯，先吃点早餐吧，自己做的包子。"小沈从桌角拿出一盘包子，继续说道，"快点吃，我们待会儿去给老人送餐，还要送一些募集来的物资。"

阿靖边忙活边答道："好的。"

吃饭时，小沈从柜子里拿出了几根筷子。昨晚吃饭也是用这些筷子，但是灯光昏暗，阿靖没看清楚。原来这些筷子全是用细小的漂流木做的。

"黄大哥以前是个木工，喜欢做些木艺手工，他经常带领我们把捡回来的漂流木，做成各种各样的东西，有筷子、工艺品、刮痧板、刀鞘、饭勺……"小沈看到阿靖对着几条筷子发愣，便解释道。

"他真是个有心人，感觉很淳朴、环保。"阿靖心里越来越对这位素未谋面的黄大哥肃然起敬了。

"是的，等他回来后，让他把他做的藏在箱子里的宝贝拿出来让你看看。"小沈边分发筷子边说道。

在阿靖的帮忙下，小沈很快就做完了午餐。他们先把要送给老人的餐盒装好，吃完了午餐，带上募集物资便启程出发了。还是小沈开着机车，阿靖提着饭盒。

路上，小沈告诉阿靖今天要送饭的独居老人是个80几岁患有重听的老婆婆，她家里更偏僻。一到老婆婆家，一看那房子，到处铁锈与破洞，看起来残破不堪，骨架还是用木头支撑着，摇摇欲坠。走近房子，门是锁着的，敲门无人回应，仔细一听，屋内有水流不断的声音。小沈这下可着急了，头脑里闪过一个不详的预感。

阿靖也赶紧绕着房子四处观看，想找到可以破门而入的地方。小沈在窗户的

地方摇了几下，有些松动，从缝隙中窥入，却只见一只手，平放着。他俩心里更是着急，但窗外有铁栏挡住，进不去。

"快来，这里还有个窗户。"阿靖叫喊着小沈。他在另一边找到别的窗户，从窗户可看见阿婆的身体，蜷曲着，没盖被子，不像在睡觉。仔细一看，貌似有在呼吸，他俩顿时松了口气，吓得冷汗直冒。

阿靖和小沈拍打着窗户，大声呼吼，阿婆才勉强听到，然后从床上爬了起来。虚惊一场。

小沈把吃的和募集来的物资都放在了老婆婆床边，然后打扫着破旧的屋子。阿靖见到老婆婆，便问道："阿嬷，怎么没请人来修理下房子啊？这么破旧。"

老婆婆倒是回答得很利索："不需要。我没有子女，一个人上山种菜，自给自足，也就足够了，不要麻烦你们了。"

小沈听后，把阿靖叫到一旁，细声说道："我已经安排好了，过几天叫一些志工过来一起把阿婆的房子翻修好，现在冬天了，很冷，一定得修好。阿婆不想麻烦我们，我们就不用和她说太多关于翻修的事情，我们过几天直接来就是。"

回去的路上，再次经过旭海村里。早上村里精美的布置让他非常难忘，在机车上，阿靖指着这些精美的布置，大赞有加。

"这些是我们利用闲暇时候，帮乡亲们布置的。"小沈听到阿靖的述说，不禁把真相告诉了他。

"难怪呢！整个村子布置的风格都差不多，而且很美！"阿靖听了不禁很佩服一起共事的志工们。

"待会儿回去，休息下，我们下午去一个神秘的地方，你一定非常感兴趣的。"小沈转了个话题说道。

"好啊！是什么地方？"阿靖好奇了。

"待会儿告诉你，你一看便知了。"小沈卖了个关子，闭口不谈。

阿靖笑了笑，满是好奇。

# 阿朗一古道

　　小沈收拾完东西，叫上阿靖和其他留宿的旅人，在小沈的带领下，开着机车从村庄里呼啸而过。途中还经过阿靖睡过一会儿的警察局，还是那个值班的警官，阿靖坐在机车上，飞驰而过，只是冲他笑笑，招了招手。

　　走完村子里的主道，又穿进了偏僻狭窄的土路，小沈最终在一个海巡署停了下来。刚一停下，几个穿着橙色制服的工作人员提着两桶垃圾走了进来，阿靖走过去一看，全是些海上漂流到岸边的垃圾，有瓶子、泡沫、漂流球……

　　小沈很熟练地走进海巡署，也熟练地和里面的工作人员打招呼。他拿出了几个大网袋，走了出来，然后对大家说道："我们今天的任务就是这个。"小沈给每人发了一个网袋，笑着说，"去海边捡垃圾。"

　　小沈继续说道："我们现在将要去的海岸线叫做阿朗一古道，这是台湾唯一一段从未被开发过公路的海岸线，也是台湾唯一的椰子蟹的栖息地、绿毛龟产卵地。但只要公路一修到这儿，或者环境被污染，这里的生态将会破坏殆尽。现在不知道公路会不会修到这儿，但是不管怎样，我们既然到了这里当志工，就应该尽自己一份力，把这里维护好，我们待会儿就进去里面捡拾垃圾。这里的风景有多漂亮，待会儿进去就看看，大家就知道了。"

　　离开海巡署时，在海巡署靠近海岸线的一面，用繁体字手写着一段阿郎一古道的介绍：

　　阿朗一古道，是琅峤卑南古道（恒春——卑南）的一段，目前古道起自屏东县牡丹乡旭海村，止于台东县达仁乡南田村。全长 12 公里，也是目前全岛环岛公路未被打通的部分，在台 26 线唯一的缺口阿朗一古道，依山临海，又有"天涯海角"之称。

　　看到这段简短的介绍，更是把大家的好奇心勾起来了。在小沈的带领下，大家徒步走进了一片丛林。刚步入古道，是一般的砂石路，两边的丛林树木高大，在树林里就能听到林外太平洋的涛声，这样吹着风感觉真好。越往前走，眼界越

是开阔，直到没有了丛林，大海突然间在眼前展露无遗。

这里的大海最吸引人的并不是海水，而是满沙滩的鹅卵石。确切地说，这里的沙滩是没有沙的，全是大大小小的、扁圆状的鹅卵石。鹅卵石从海岸到海浪处，由大到小，形状也各异，尤其是石头上的纹路，各具其趣。连绵无际的鹅卵石海滩，蔚为壮观！太平洋的风，吹卷着浪头拍打在海滩上，海浪退下时，最上层的小石头被卷回海里，来回摩擦碰撞，发出类似万人轻声擂鼓的"嘎吱"声响，清脆回响。石头的大小不一，海浪的力量时大时小，石头响出的声音也就忽高忽低，像是在演奏这一曲永不结束的神奇乐章！天籁动听！

阿靖已经没来得及理会呼呼作响的海风和潮浪，着迷似地闯进了这片令人心动的鹅卵石海滩。行走于海滩上颇为费力，圆滚滚的石头很滑，一不小心就容易扭到脚，每走一步，似乎都是一步华丽的迈出。每踩一脚，海滩上总能发出"哐哐"的声响，走快了，这样的响声融合进海浪席卷海滩的交响乐里，更是另一首主题曲。

这里完全没有了任何都市特色的声音，有的只是一片纯粹得令人热泪盈眶的自然。阿靖站在靠近海浪的石滩上，闭上眼睛，用心地聆听和感受这大海和石头轰轰烈烈的爱情，淡淡的咸味夹杂着细腻的水雾，吸入鼻腔，令人不忍心再把它呼出来。

阿靖捡了一块石头，用力丢向大海。海的远处一片深色的蔚蓝，到了近处的

浪花，大海好像在向阿靖诉说着它的善变，几道层次不一的蓝水上，漾着金黄色的阳光，海面上波光粼粼，光芒闪闪。靠近海岸的几块海岩，把这道席卷而来的光芒化作一团团散落的乳白色浪花，飘散在空气中，淡淡的。

海滩上有许多巨大的漂流木，都是被东北季风卷到岸上的。当然，一起被卷上岸的还有很多纸、渔用泡沫等其他生活垃圾。小沈经常来这里，他已经无暇欣赏风景了，闷着头在海滩上捡着垃圾。阿靖晃过神来找他的时候，他已经捡了大半袋垃圾了。阿靖弯下腰来，一起捡拾着石滩上的垃圾。

一望无际的大海，尽管无限的包容，但是脆弱的生态却经受不起人们对它的开采和破坏。这里要是硬加入一条被视为怪兽的公路，让人觉得行走其间也都是一种罪。大自然是有生命的，是谁给了人类这样破坏它的权利？阿靖对着大海狂吼了几声，只是这声音很乏力。

走到海滩的尽头，有一处垂直而上的崖壁之路，狭窄凶险。路的中央垂下一条粗犷的麻绳，供人协助攀爬。小沈没有带着大家继续往上走，大家把手里的网袋装满便往回赶了。临走时，阿靖在海滩上捡到一颗形状酷似台湾地图的鹅卵石，阿靖不假思索地放入口袋，想带回家作纪念。往回走的路上，阿靖越想越觉得不对劲，这里的村民和志工们想尽办法让更多人加入到保护环境的行列里，而自己却因一己之私而破坏了它该有的美。美好的东西，不一定就得拥有它，它应该在最美、最合适的地方存在着。况且，要是每到这里游玩的人都带走一颗或者几颗鹅卵石，积少成多，这样的海滩也会在不久的将来满目疮痍。

阿静果断地把石头拿出来，放回到海滩上。望着它，阿靖一下子心安了。他

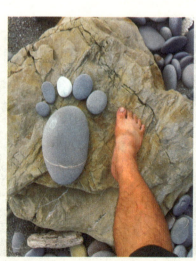 

　　蹲了下来，用他在西藏时见过的敬畏大自然的方式，在海滩上砌了个玛尼堆，然后把那块石头留在了玛尼堆的顶端。这才是这块石头最好的归宿，它是属于旭海村的，是属于阿朗一古道的，也是属于这片令人心潮澎湃的鹅卵石海岸线的。

　　捡回来的垃圾被堆放在海巡署的院子里，有些会被工作人员就地取材，自己动手做些装饰用品，剩下的也会有垃圾车运走。离开海巡署时，小沈挑了几个形状特别的漂流木，准备自己动手做手工。黄大哥也经常教他们做工艺品，有时候工艺品也会被义卖，换来的钱也作为为社区服务的善款。

　　从早上看日出，到给老人送餐，再去海边捡垃圾，奔波了一天回到蒲公英之家，阿靖累得在长条凳上睡着了……

"你回来了？"睡了许久，阿靖似乎听到了小沈的说话声。

"嗯，快过来帮忙搬米，有人捐助的。"有个陌生的声音。

"太好了，我们的米也快用完了。"小沈拍了拍阿靖，叫上一起搬米。

讲话的陌生人是个皮肤黝黑的小伙子，穿着一件蓝白相间的外套，脚上夹着一双标准的台式人字拖，脸上是一副阳光般的笑容。他开着一辆小拖车，车上放了几包米和一套钓鱼的渔具。

"阿靖，这就是阿缤。"走近了，小沈帮他们介绍道，"阿缤，他是阿靖，单车环岛路过的，大陆来的哦。"

阿靖和阿缤都同时惊愣了下。

"原来你就是阿缤啊？门口的那面旗子就是你的哦？"

"大陆来的哦，好酷哦！"

他俩几乎同时点点头，笑了起来。

"是的，是我的。欢迎你来这里。"阿缤笑了起来，露出了一排洁白的牙齿。

"谢谢，我是闽南人。"

"哎哟，酷哦。听得懂当地话哦？"阿缤讲话很像周杰伦。

"没问题。"阿靖用当地话回答道。

阿缤从车里拿出一条蓝色的毛巾，扎在头上，然后扛起一袋大米就往里屋走去，说道："我们先把米搬进去，待会儿我们好好再聊。"阿缤讲话的口气不仅像周杰伦，扎起头来，样子还有几分神似，酷酷的。

"好啊！"阿靖也扛了一袋米，跟着阿缤和小沈走去。

放米的地方，还堆着一些其他的生活用品，这些大多是爱心人士捐赠的。墙上挂着一个本子，是专用于接受捐赠以及财物支出的记录。搬完所有大米，也差不多是要做晚饭的时间了。他们边七手八脚地生火、洗菜、烧菜，边聊着旅行。这是旅者之间最快乐的时光之一。

聊到阿缤的旅行，自然是从他的照片说起。

"这些照片拍的很好，除了美丽的台湾风景，还有感动的人和事。"阿靖说起阿缤的照片，便把他第一眼看到这些照片的想法说了出来。

"谢谢，这也就是我环岛的初衷。"阿缤笑着说，"我本来是在台北工作，是婚纱摄影师。但是看到我镜头里的画面，大部分人都说，哇，你拍出来的照片好漂亮哦，或者是说你的照片真美，可是很少人会说你拍得照片让我好感动。这样长时间的累积让我有感而发，突然有某种动力要去做某些事情。所以我就突发奇想，决定走路环岛，去寻找一些令人感动的画面。我希望我留给别人的不仅仅是美，而且是感动。"

阿缤讲起他的这段历史，没有大大咧咧的笑容，而是一脸认真。

"为了环岛，你就把在台北的工作辞了？"阿靖惊讶地反问道。

"是的，当时很坚决地就辞掉了。那是我的梦想，我一定要去实现。"阿缤握了握拳头。

"那你当时是怎么找到这个地方的？"阿靖问道。

"一年前当我还是个徒步环岛的台北仔时，偶然之下遇见了另一位逆向环岛的朋友，他给我看了阿朗一古道的照片及风景。为了前往这个公路环岛的缺口，命运的齿轮就此开始转动，我便与旭海这个地方结下了不解之缘。"阿缤说道。

"哦？就是我们刚才去的阿朗一古道？"阿靖转过头去问小沈。

小沈点了点头，阿缤继续说道："当初只是对这里的文化及生态感兴趣，甚至还参加了古道解说员的认证考试。经过一年努力，也正式成为解说员之一。而这也成为我目前的经济来源之一，乡下的工作机会本身就不多，我想老天爷可能为了让我留下成为解说员吧，希望能将这的美丽与故事分享给更多的人。"

"那你这一年多的旅行，给你留下了什么？"阿靖问。

"那这一路走来，我确实得到不少历练，不管是身体还是心灵内在的。台湾真的很美，大家都很爱台湾，这也让我的镜头下多了很多很多感人的画面。没有走出来环岛，我并没有体会到原来身边是可以有那么多美景，那么多感动的。"阿缤说道，"尤其是黄大哥这里，其实我本来只是想在这里呆一个月就好，但是没想到在这里已经呆了一年了，而且我暂时还不会走。我之所以会留在这里这么久，就是因为这里的老人家和小朋友。"

阿缤的眼神里透着股隐藏得很深的力量和坚持。

"这里多亏了有阿缤，他在这里帮黄大哥张罗着志工团的大小琐事，还帮忙募集物资给这里的老人和小孩，大家都舍不得他走。"在一旁洗菜的小沈插嘴说道，

"他在这里办了摄影展,因为拍得感人,吸引了很多有爱心的人,关注到这个志工组织,帮已经捉襟见肘的黄大哥出了大力。"

在这个环岛旅人的必经之地,黄大哥用自己本来就不多的积蓄,为老人做饭,陪他们聊天,还为过往留下的志工提供食宿。原本是环岛壮游,许多环岛的过客们也回馈一点点力量,在蒲公英之家学着做志工,帮忙陪伴独居老人,或进行道路、海岸的维护;因为受到感动,许多原本只是要做短暂停留的旅人,开始长时间驻足在这里,一个月,甚至一年多。比如小沈就已经来了两个多月了,阿缤就不用说了,来了一年多了。

"其实这些照片都是记录着这里的点点滴滴的感动,也映照了我自己的心灵成长历程,对啊。"阿缤似乎很久没有好好收拾下自己一年多的心情了,情到深处难掩哽咽之情,"已经有很多人,包括你今天跟我说我的照片有让你感动到,那我心里真的很开心,我想我是做到了。"

阿靖默默地聆听着阿缤的讲话,享受着台湾带给他的一路感动。

> 阿缤就是蒲公英之家的一朵蒲公英,他用他的方式把感动传递出去,把对社会的关爱化作蒲公英种子,吹向了更远的地方……这次当志工的环岛经历,应该是他们人生转变的起点,这样的旅行让人更懂得感恩社会,回馈社会。

饭熟了。

阿缤提议,吃完饭,和他一起去海边钓鱼。只是入夜了,天气寒冷,夜里的风强劲有力,尤其是海边,衣服穿少了还会被吹着凉了。阿缤确实是钓鱼的行家里手,而阿靖却一窍不通,只是在一旁看着。

钓鱼的地方是个海港避风区的进口处,夜晚强大的海风,把海面吹得水流湍急,阿缤说这样的海口会有很多鱼,可是他的手气一直不好,几个小时下来没有几条像样的鱼上钩。尽管夜晚天寒地冻,可空中却是漫天星光。远处的山顶上,一颗灯塔发出耀眼的光芒,像个巨大的蒲公英被风吹过,分散开来化成一颗颗星星散落在天际。

钓鱼,是人与鱼之间的博弈,爱垂钓的人,目不转睛地盯着浮漂,享受着博弈的过程,熬到天亮都可以,如阿缤。不钓鱼的人,则在一旁,焦躁地等待,以看到鱼儿上钩为乐,如阿靖。撑不到 3 小时,阿靖就骑着机车先打道回府了,留下阿缤在海边,独自垂钓。

# 黄大哥，加油!

深夜里的乡村漆黑一片，昏暗的路灯下，几只家犬趴在灯下，昏昏欲睡。远处蒲公英之家的灯火，影影绰绰地在夜里飘摇。夜里蒲公英之家显得格外宁静，到了那里，一位穿着橙色短袖、外面搭着件白马甲、皮肤黝黑的中年人，和小沈坐在一起，他们正用砂纸磨着一堆漂流木制作的手工艺品，桌上茶盘旁边，一盏老铁壶正烧着水，壶上蒸腾起的雾水，绵绵不断地扑向头顶的灯光。

小沈看到阿靖回来，起身说道："阿靖，回来了! 跟你介绍下，这位就是黄大哥，我们蒲公英之家的创办人。"

阿靖听了，立刻走了过来，原来眼前这位就是他一直想见的黄大哥! 只见他身体微胖，下巴留着一小撮半白的胡子，圆圆的头上长着一头精神的短发，目光炯炯有神，看上去却很敦厚。

"你好! 久仰久仰!"阿靖上前跟黄大哥握手，他的手厚实有力，长满了茧子。

"你好，刚才小沈已经跟我说过你了，你就是大陆来的阿靖吧?"黄大哥讲起

话来，露出憨厚的笑容，只是他的牙齿因长期嚼槟榔而发黄。

阿靖点了点头。

"坐吧，一起喝茶。别客气，来这里，就把这里当家里。"黄大哥的口音确实很台南。

"嗯，谢谢。"阿靖坐了下来，看到他们正在摆弄这满桌制作精美的漂流木工艺品，品种很多让人看得眼花缭乱，有杯子、饭勺、筷子、梳子、刮痧片……这些工艺品都是可以用于日常生活的，而且制作非常精细，甚至让人怀疑这是不是纯手工打磨出来的。

有一件工艺品引起了阿靖的注意，是个长条形的漂流木，中间打着两个小杯子大的口子，阿靖实在不知道为何物："黄大哥，这个是什么？看起来好像是喝酒的？"

"呵呵，没错，是喝酒的。"黄大哥又是憨厚地笑了起来，"这是我们原住民办婚事的时候，新人一起喝喜酒的时候用的。"

黄大哥说着，拿起了这个双杯漂流木，比划了起来。

"原来如此，好巧啊！"阿靖不禁啧啧称赞，"你这打磨得好细致啊，摸起来非常细腻，像是用机器打过似的。"

"没有没有，这些都是纯手工做的，我们现在不是正在打磨吗？还要再光滑一些。"黄大哥说着，端起一杯茶喝下，又拿起砂纸来回搓着漂流木，细细打磨。

"我们会让志工们有空的时候，一起制作漂流木的工艺品，你可以带回去，也可以送给这里的老人小孩们。村里很多家里用的东西都是我们做送给他们的。"小沈也边打磨着他手上的漂流木边说道。

阿靖很认真地审视着眼前这位憨厚的中年男人，他完全想不到这么粗线条的男人竟然有如此细致的手活儿，更难得的是还有一颗善良的、勇于奉献的爱心。黄大哥的内心世界是怎样的？这样一位正当壮年的男人怎么愿意停下脚步，留在旭海，无悔地付出呢？这般守得住偏远的寂寞，让阿靖深感敬佩和好奇。

铁壶里的水干了，黄大哥重新打了一壶水，放在炉灶里烧着。然后又回到漂流木旁边，打磨着他做的工艺品。阿靖心里盘旋着的许多问题也一个个蹦了出来了。

"黄大哥，你是怎么想过要在这里做这个志工团的？"阿靖问道。

黄大哥笑了笑，说道："缘分吧，应该说是缘分。这个事情，说来就话长了。"

阿靖望着黄大哥，默不吱声。

黄大哥停下了手里的活儿，说道，"后来，有一次有个朋友说，有两千多公斤的米，让我帮他一起开车送到各个地方，其中有一次是送到旭海。然后我发现这边的人蛮善良的，他们有的人生活非常困苦，他们需要更多的帮助。"

黄大哥的声音变得低沉了很多，阿靖和小沈认真地听他诉说着。茶壶里的水开了，发出呼呼的响声。小沈跑过去把茶壶拎了过来，然后给大家倒上水。

"我两三年前生了一场大病，差点死翘翘，身上开了好几刀。"黄大哥掀起衣服，肚子上几道明显的刀痕，"后来病慢慢好了，跟朋友又来了几次旭海，我也慢慢地喜欢上这里了。看多了山里这些孤独无助的老人，让我心里很想留下来帮助他们。而那场大病之后，我也意识到很多人生的道理，我也想在有限的生命里为他人多做贡献。"

黄大哥抿了口茶，淡淡地说道："在来这里之前，我也回想了以前的经历。以前呢，我是在帮助人，而现在我要把'人'给忘掉。虽然帮助的对象是具体的某个独居老人，或是弱势群体，但是我心里却是众生。来到这里的志工，都是蒲公英的种子，大家都把这份爱播撒出去，不就是为众生造福吗？"

黄大哥的表述很淡，甚至是质朴，但却是硬梆梆的发自内心的声音。

"嗯，我们也有很多志工在台湾别的地方用同样的方式，在做着善事。"小沈在一旁说道。

"后来，我就在这里租了这个地方，用我的积蓄来照顾这里的老人和弱势群体，全都一手包办了。甚至是他们的一些紧急医疗。饮食方面，我尽量一天能够煮个两餐，送去给他们吃。"

"开办这么久以来，是不是花了好多钱了？"阿靖问道。

黄大哥叹了口气，眼眶里竟然湿润了，他有些颤抖地回答："是啊，花光了，全都花光了。每天一开门，柴米油盐的开支就摆在我的眼前，什么都是要花钱，看着我的全部积蓄70多万新台币，慢慢变成五字头，三字头，现在只剩下一字头了……很心痛。我不是心痛我的钱变少了，而是心痛钱少了，这里还要继续。经费短缺的问题，一直以来都在考验着蒲公英之家的未来。"

黄大哥忍住没有让眼泪掉下来。

"对我来说，这个地方是来之不易的，我也希望能有更多志工愿意加入进来。不管来的时间长短，我都非常开心。"黄大哥好不容易舒展开眉毛，"只要来这里的帮我们一起照顾老人和做志工的人，我都会让他们在我这里吃住，特别是像你们这样的毅行的旅人。对于像你们一样的志工，我也希望在这里，我能创造一个空间，让过来的旅行者们，也都能参与进我们的志工团体中来，也让你们的旅行更添上有意义的一笔。而且，我相信每个人都参与一点点，积少成多，这个社会就会变得更加美好！其实每个人心中都有一块田，而我认为我们是在耕种福田。"

在这里，许多像小沈、阿缤这样的志工们，用他们的汗水和爱心，实践着他们对这片纯净的土地的热爱，以及对人的关怀。

"环岛旅行，每个人都是带着不同的心情或是包袱在前进。我在这里经历了无数的过客，有许多人可能是因为失恋、或是失业，毫无人生方向，他们会选择自己的交通方式来环岛旅行，在旅途的过程中，自己能供奉出一点力量给别人，也就是帮助别人，其实也是给自己的旅行增加一份色彩和经历。有些人很愿意留下来这里，在这里没有办法像市区一样生活，你会放下很多杂念，在这里单纯地生活。这样很容易就能想到自己其实真正想要的是什么生活。在这里淳朴归真。所以我在这儿写下这个牌子，希望能在这里做志工的体验，会让旅人的人生写下寻找自我的一页。"

黄大哥说着，手指向了阿靖背后的那个牌子，牌子上写着"入山，把心单纯化"。

"其实台湾每个地方都很漂亮，这个漂亮，必须要靠心去挖掘、体会。你们都知道，这里的阿朗一古道是完全没被开发的原生态，我们在这里做关怀弱势群体的志工，同样也要保护这片可爱的净土，不要有人去干扰它、破坏它。我们真正要的是要力行，身体力行。"黄大哥拿起手中的漂流木，笑着说道，"我以前做过木工，懂得很多手工艺制作，只要你愿意学，我都会毫无保留地教，不仅可以在这里做废物再利用，而且还能挖掘你的动手能力。"

"每个出来环岛到了这里的志工都是我们散播爱的蒲公英的种子，我希望把这份力量，传播出去，他们走出旭海后，都能够发芽，把在这里做的关爱，传递出去，也能去帮助、关爱其他弱势群体。"黄大哥讲起他的梦想，总是目光如炬。

"本来是路过这里，看到我们在做志工，有的就呆上几天，有的来一个星期、一个月，甚至是一年半载的，要离开的时候甚至还依依不舍……"

黄大哥最终感慨地说道，然后静静地沉思着。

旭海，这个淳朴的小渔村，在山与海的光影协奏中，就像一个充满神秘吸引力的休止符，让旅人的脚步甘愿在这里暂时停驻，在环岛旅行时，学习当志工，既帮助了别人，也填满自己的心，就算延后了旅程也值得。

夜风轻拂着微微湿润的空气，有点阴凉，但是这里的相聚却是温暖的。

黄大哥、阿缤、小沈、阿靖……这些蒲公英们用各自的方法在传播着爱。而在黄大哥的理念里，他所需要传播的爱并不是流于形式的纯粹的捐赠，而更多的是能真正参与进来，把内心托付出去，去感受爱的流动和传播。把自己看轻了，放低姿态，真诚付出，这颗蒲公英的种子就能飞得更远，把爱传播得更快。

旅行是快乐的，

旅行是可以独自快乐的，

旅行是可以让别人也跟着你快乐的。

阿靖很庆幸能在美丽的台湾遇到这么美丽的志工们，正如蒲公英的花语"停不了的爱"一样，阿靖也要把这份美好的情怀传递出去。真心付出了，自己的内心便是快乐的，当别人也得到了快乐，而你再次飘扬时，相信美好的微笑也会在美丽的天空下快乐飞扬，闪烁出最质朴的爱的光芒。

# D12 道离别

如果海会说话，如果风爱上砂？如果有些想念遗忘在漫长的长滩。我会聆听浪花，让风吹过头发，任记忆里的旅行在时间潮汐里喧哗，我会试着把故事再接下去说完。当阳光再次离开那太晴朗的国境之南。我会不会在告别前用微笑全归还？海很蓝、天很宽，请原谅我的爱，诉说的太缓慢……

——选自歌曲《国境之南》

在蒲公英之家已经呆了两个晚上了，阿靖决定第二天睡醒就要出发。

只是签证就只剩下3天了，而阿靖还想再留一天给台北。往北上的路途才刚刚开始，而且山路崎岖，起伏非常大，想要在两天内骑到台北是不可能的。

"你明天跟我到大武，我正好要去那儿买点东西，你坐一段火车，然后再骑，这样时间就来得及了。"黄大哥得知阿靖的困惑后，帮他给出了个建议，"而且，来台湾，你必须坐一段东岸的火车，这段的风景在火车上看非常非常漂亮的。"

"是吗？那我的单车可以上火车吗？"阿靖问道。

"可以的，有专门的车次是为骑脚踏车的人设计的。"黄大哥想了想说道，"只要不是上下班高峰期，车站还是愿意让你进的，你就放心吧。"

阿靖这才安心地点点头，他拿起地图看了看，说道："好的，那我就明天去大武搭火车吧，就坐到花莲，我在那里有位沙发主，我也想骑骑那段台湾最绝美的苏花公路。"这位沙发主是娜娜"梦想骑士"的学员志阳，也是娜娜帮忙介绍的。定下了行程，阿靖立刻和志阳取得联络。

"明天早上我带你们再进去一次阿朗一古道，走另一个通道，去里面的原始森林采野菜回来吃，然后我再带你去大武。"黄大哥说道。

"采野菜？"阿靖眼睛都亮了。

"呵呵，是的，阿朗一古道里还有一片原始森林，里面有很多野菜。明天会有一个当地的原住民泓铭，带我们进去。"黄大哥说。

"泓铭大哥是阿美族人，这个蒲公英之家少不了他，因为他本身是当地人。黄大哥一开始在这里成立志工团的时候，与被帮助对象互相还不了解，就必须有人来扮演桥梁的角色。让当地的民众不再用异样的眼光来看待志工们。"小沈在一旁补充道，"黄大哥、阿缤、泓铭大哥，现在已经是蒲公英之家的铁三角了。"

"嗯，太好了。这样的搭配会让志工们的工作好做多了。"阿靖说道。

"是的。"黄大哥点了点头，"对了，原始森林里可能会有野猪，我们明天最好都穿雨鞋，还要带上铁刀。"

"听上去好像很好玩，那我不能错过啊！"阿靖乐了，"可我没有铁刀啊。"

"这里有很多把，都是黄大哥自己做的，还有自制的刀鞘，明天再搬出来一些。"小沈说。

能目睹台湾原生态的原始森林，阿靖兴奋得一整夜没睡好，以至于第二天起床时有点晚了，太阳都晒屁股了。

起床时，阿靖的眼睛还有些肿，一出门，就看到黄大哥在整理进山的大刀。

这些大刀都是黄大哥自己亲自打磨的，每把都不一样，刀鞘也是用漂流木制作的，上面有的雕刻着龙、太阳，有的涂鸦着很有台湾味的图腾，看上去粗犷有力。

"起床了？赶紧收拾下，吃个早餐准备进山了。"黄大哥见阿靖走出来，边说着，然后指着椅子上摆着的几把刀，说道，"你随便挑一把，待会儿进山带着，可以砍野草还有预防野猪来袭，旁边还有几双水鞋，你挑一个先穿着。"黄大哥又指了指椅子下。

阿靖冲黄大哥比了个 OK 的姿势，走到大刀旁边，一把把地端起看着。

吃过早餐，其中一位志工留下为老人送餐，其他的都上了黄大哥的拖斗车，径直向阿朗一古道驶去。

黄大哥开车的线路确实和昨天小沈带的不一样，他穿过一片丛林小路，直接绕过大海，到了鹅卵石海滩的尽头处。尽头处也是土路的终点，连接着大海和一面悬崖，几个电线杆绕过悬崖，消失在远处崖壁的拐角处。真好，又见到了大海！今天的天气非常好，海天都一样蓝，蓝的很通透。

路的尽头停着一辆小车，里面走出一位穿着蓝色衣服、黑色裤子，脚穿人字拖，面色黝黑，五官突出的人，这个人便是泓铭大哥。看他的五官，确实很符合原住民在阿靖心里的形象。

他走了过来，黄大哥为大家做介绍后，泓铭大哥就带着大家往崖壁方向走去。泓铭大哥介绍说这里是不对外人开放的，进入时还需提前一个月申请，如果要聘

请古道解说员来做导览的话，还要另外支付一定的费用，而阿缤也考过了这里古道解说员的证，只是他今天没有一起进来。

转过崖壁，还有一段鹅卵石海滩，由于这里更偏僻，也不是每个志工都有时间到得了这里。人迹罕至，所以这里的垃圾、漂流木也非常多。进来时，黄大哥也带上了网袋发给大家，边走边捡拾方便带走的垃圾。

泓铭大哥带路从鹅卵石海滩中途的一个切口处走进了一片灌木丛，然后又经过一片高大的椰子林，有时候是平坦的土路，有时候要拿出铁刀披荆斩棘。每走一步都有惊喜的发现，或是没有看过的植物、野果，或是令人惊喜的野生动物，小蜥蜴、松鼠、蝴蝶……

泓铭大哥最终在一片稀稀落落的椰子林间停下，他蹲了下来，在高大椰树林下有一大片翠绿的蕨类植物，植物的叶片向上斜举，紧密排成鸟巢状，泓铭大哥采摘着叶尾卷曲的新嫩部分，他一边采摘一边为大家介绍着："这是我们原住民祖先留下来的生活智慧，在这片原始森林里很多东西都可以食用。我们现在采摘的野菜叫山苏，由于它长得很像一个个鸟巢，所以也叫'鸟巢蕨'，炒菜煮汤都挺好吃的。我们只要采摘细嫩的顶部，对折下就很容易摘下来了。"泓铭大哥边说边示范着给阿靖看，然后说道，"采摘的时候要注意，草丛中可能会有蛇，大家拿个棍子先打草惊蛇再去采摘。如果有野猪出现要提高警惕，掏出大刀，果断下手。"泓

铭大哥边说边笑着比了个杀猪的手势，动作很滑稽可爱。

没多少工夫，很快就装了满满一袋野山苏了，而之前担心的蛇和野猪也都没出现，大家在山里溜达了会儿便下山回去了。回到蒲公英之家，黄大哥亲自下厨，炒了盘野山苏。没想到刚才采摘的

　　一大袋野菜，炒完竟只有一小碟了，这样的劳动成果可真不易啊！自己吃的饭菜，自己摘，滋味更能进到心里。更何况这菜这么不经炒，大家吃起来就更珍惜了。

　　离别，终究还是要到来的。

　　吃完午饭，收拾好单车和行李，一并抬上了黄大哥的拖斗车。离别前，黄大哥指着屋前的一颗榕树，榕树上吊了许多牌子和漂流球，说道："这棵榕树上的漂流球或牌子，都是我们志工写上留言挂上去的，我希望你也能写一个漂流球挂上去。"黄大哥说着，拿了个漂流球和笔给阿靖。

　　阿靖接过了漂流球，想了想，很认真地在漂流球上写了 5 个字——把爱传出去。黄大哥拿着这个漂流球，抿了嘴点点头："嗯，这个好！就是要这样。把爱传出去！"他边说着，边在漂流球上系上绳子，然后把它挂上了榕树。最后喊了一句——

　　"出发！"

　　阿靖就这么告别了蒲公英之家，告别了他旅行短暂停留的美丽小渔村。也就是蒲公英之家改变了他的行程，他在这里的耽搁使他不得不坐一段火车，才能赶得上时间。然而，这一切都是值得的。汽车慢慢开动，蒲公英之家逐渐淡出视线，阿靖的眼睛噙满了泪水。这是令他感动的地方，是他舍不得离开的地方。

　　真正的快乐是付出，不是索取，旅行也不例外。阿靖在这里经历的一切有索取，也有付出，是第一次，也许也是最后一次。不知黄大哥在这里行善还能支撑多久，但是他帮助弱势的精神却是永恒存在的。社会需要蒲公英，社会需要爱，有爱的旅行也才能称得上完美的旅行。从途中遇到的每一个人开始，把爱传出去。

　　望着渐渐消失的小渔村，阿靖兀自暗语："旭海，我也还会再来……"

# 台湾最美的风景

早上在阿朗一古道鹅卵石沙滩捡垃圾的时候，阿靖接到一个电话。

电话那头是个年轻的男声，他说他是正在台湾学习的交换生小赵，学业快结束了，他也想用单车的方式环岛旅行一次，只是以前没有过单车骑行经历的他，却不知从何下手，他甚至连换挡都不会。而他在 Facebook 上看到阿靖骑自行车环岛的消息，一路上遇到很多让人意想不到的事情，或是遇到台湾温暖与美好的一面，让他对这样的旅行也产生了兴趣并一直关注。

兴趣是最大的"毒药"，在阿靖旅行的"毒害"下，小赵内心萌生跟着阿靖去旅行的想法，于是拨通了电话。小赵没有独自旅行的经历，而他之前也是个很闷的宅男，不太和别人沟通。他一开口就说最想骑台湾最美的公路——苏花公路。

苏花公路，在台湾号称"死亡公路"，因为这是一条面向太平洋，从悬崖峭壁里凿出来的公路，骑在路上，可以欣赏到绝美的山海风光。但是每逢雨季，便常有塌方发生，而且车道并不宽敞，不方便躲避坠石。这不仅仅是一条绝美的景观公路，而且还是天险公路，令人爱恨交加。

电话那头的小赵跟同学们也说了他想骑苏花公路的计划，同学们都纷纷劝阻他，告诉他可能发生的各种危险，尤其是没有骑行经验的菜鸟。小赵陷入了选择的纠结中……

这样的个性，让他在面对旅行的未知时，显得忧心忡忡，电话那头的他显得很没自信。

约伴旅行，一向是阿靖比较抗拒的，尤其是和新手。这样很容易因体力、速度，甚至是旅行的理念不一样而产生分歧，最终也是会分道扬镳的。而在蒲公英之家的志工经历，让阿靖觉得帮助别人旅行的旅行也是一种蒲公英的爱，所以他决定帮小赵一把，带着他一起去旅行。

"你会不会骑车？"阿靖问道。

"会，但是没有做过专业的训练。"

"好，那就够了，不想旅行，有千千万万个理由，怕危险、怕体力、怕没钱、怕没旅行过……但是你只要想旅行，理由就只有一个——出发！"阿靖斩钉截铁地说着。

小赵并没有回答，沉默了片刻，但是阿靖已经能感知到他内心天平的倾向。

"明天我到花莲，你在花莲火车站等我。"最后阿靖帮他下了主意。

电话那头的小赵点点头："我这就去准备！"

黄大哥开着拖斗车带着阿靖出发去大武了，比起车内密闭的空间，阿靖更喜欢在空旷的后拖斗上坐。同行的还有另外一位骑行志工，以及黄大哥的一条小黄狗。车开得很快，他并没有按照环岛的线路驶去，而是沿着盘山小路，从山里绕道走捷径。尽管山路狭窄，道路崎岖，但是黄大哥还是驾轻就熟，飞似地往山上冲。

阿靖车尾的鲤鱼旗活跃起来，迎着风，翩翩起舞。小狗的耳朵也被风吹翻起来，贴在头顶，看起来很滑稽，汽车过弯道时，小狗也跟着前后左右地闪躲。

坐汽车和骑单车的感觉就是不一样，在汽车里，很多风景都是一闪而过，没能静下心来细细品味。上山的盘山路，虽然是很痛苦的爬坡，但是秀美的风景，令人流连忘返。要是能骑单车经过，就可以更多地俯瞰到蔚为壮观的太平洋。

在车上颠簸了一个多小时，终于抵达了大武火车站。阿靖把单车搬下就与黄大哥匆匆道别了。

大武站是南回线三大车站之一，也是个很老旧的车站，车站内的主体建筑看起来虽显陈旧但却也整齐，站外正在做道路修葺，地上尘土飞扬。大武车站后方为排湾族和平部落，远远望去，有一个排湾族勇士的雕像高高耸立，半山腰的几个房屋顶上飘着的袅袅炊烟，让人感觉很平静。

车站里的乘客很少，这时候既不是旅游旺季也不是上下班高峰时间。车站墙上悬挂着经停此站的火车时刻表，以及周边旅游景点地图。售票窗口处坐着位年

轻人，见阿靖走到窗口，带着微笑亲切地询问。

　　此时已接近傍晚，到花莲的车只剩下一小时后的最后一班，而且还得转车。但是他并不确定这一班列车的车厢内是否还有单车停靠的位置，一直不敢售出车票。他必须等到火车停靠到前一站并开出后才能给出答复。

　　在这一小时里，阿靖一直很忐忑。如果今天上不了火车，他的时间就来不及了。他在售票厅焦急地来回踱步。售票员看着他，跟他说道："你是来环岛的吗？"

　　"是的。"阿靖走回售票口，以为是已经可以购票了，"前一站答复有票了吗？"

　　"呵呵，没，没有呢。"售票员笑了笑，"你别着急，多等等，以我的经验来讲，这时候人并不多，应该上得了。但是我还是要等前一站答复了，我才能卖给你票。"

　　"好，谢谢。一有票你就通知我。"阿靖看上去很着急。

　　"没问题，你先坐会儿吧，有票我就叫你。"售票员的态度非常温和，"不过，你别担心，待会儿如果没票我也会帮你想想办法，让你挤个位置。"

　　"太好了，谢谢你！"阿靖乐了。

　　"不会。"售票员还是微笑着，他突然说道，"对了，你要记得上1号车厢，只有那

节车厢是给单车专用的。"

"好，我记住了。"

过了 40 几分钟，售票员终于叫阿靖来买票了，阿靖开心得连蹦带跳。他拿着票，连忙把车推到了指定的月台等火车。大武站的遮雨棚是由两排柱子支撑起来的，它拥有两个岛式月台，由于地势较高，从月台上就可以鸟瞰大武村和远处的太平洋。阿靖走上月台，天空竟飘起了毛毛细雨。从月台上看去，几条铁轨在不远处合并，穿进黑乎乎的隧道里。

很快，火车在绵绵的雨中，开着车头灯缓缓入站。阿靖就在月台最前面等着，因为最前面停靠的就是一号车厢。

火车停稳了，阿靖走进第一车厢，一走进去，阿靖就被眼前的场景吸引住了。这截车厢分为两部分，前半段是专门停靠单车的设备，后半段则是给单车车主坐的座椅，座椅一律面向火车行驶的方向。这样乘火车的方式，阿靖还没有遇过，感觉很新鲜，深感台湾的火车设计很贴心。

火车靠站的时间很短，阿靖要尽快把单车固定好。固定单车的装置，操作简单易懂，只需将前轮放入固定的凹槽中，然后把车身用魔术扣绑在凹槽上一支立着的铁管上即可。阿靖俯身正要停放单车，一个熟悉的身影走了过来，帮他扶着沉重的单车。

是刚才那位售票员！

"我看你的行李比较多，蛮担心你的状况，所以过来看看。"售票员扶着车子说道。

"谢谢。"阿靖看到他有些发愣，怎么连售票员都会如此贴心为乘客服务？

"还不错，挺牢固的。"售票员帮绑好阿靖车子，摇了摇车身。

"这个设计得挺好的，很牢固。"阿靖举起大拇指来，啧啧称赞。

"嗯，肯定要考虑到各种可能的单车情况，不然就形同虚设了。"售票员点点头，然后环顾了四周，说道，"你今天算包车了哦，这个车厢没别的人了哦。"

"哦？"阿靖也看了看四周，确实没有其他的单车和乘客进来，乐了，"哈哈，对哦，是我的专列哦！"

"嗯，以我的经验来讲，这时候应该是没什么客人的，但是没有收到前一站乘客情况报告，我不敢随便卖票给你，不好意思啊，也请你体谅我们的工作。"

"不会不会。"阿靖连忙推辞，他越是这么说，阿靖越是觉得过意不去，"这是应该的，应该的。"

此时，汽笛声拉响了，一位身穿白色制服的中年男人走了进来，对着售票员笑了笑，点点头，对望的眼神看得出来他们是互相认识的。售票员心照不宣地往出口方向走，出门的时候，他回过头，向阿靖挥手，"祝你环岛成功！"

售票员说完，便扭身走入人群中。阿靖望着渐渐消失的背影，心头涌出一种莫名的感动，这是来自于这种素昧平生的关怀，和对这样的人文素养的敬仰。售票员这样的举动其实令阿靖惊讶之余，也并不觉得奇怪了，因为台湾人亲切友好的社会形态，决定了他们有这样的素养，越淳朴的地区，越能体现这样的状态。他在台湾接受过许多陌生人的帮助，他不是在消费这样的帮助，而是感恩这样的行动，让自己也变得热爱帮助别人。

台湾的火车有两种，一种是台铁，有四条干线：西部干线、东部干线、北回铁路以及南回铁路，正好构成了台湾环岛铁路网。台铁价格实惠，但是停靠的站点很多，车站大多为日式风格。另一种是高铁，主要线路是高雄到台北，速度很快，但价格很贵，坐车不太方便，因为要到专门的高铁车站。如果是非骑行自由行环岛，那么台铁是最好的选择，安全且风景好，特别是西部干线，紧贴着太平洋海岸线，美到极致。

"嘟～～"随着一声深沉浑厚的汽笛声，火车启动了。

出了车站，火车立刻就钻进了黑压压的隧道里。一出隧道，车窗外的景象让阿靖惊呆了。一望无际的太平洋在眼前展露无遗，蓝得层次分明的海水，像一块巨大的翡翠落在天地之间。

有时，又高又陡的中央山脉，直插海底，气势磅礴地奏响着山海协奏；有时候一个小村庄，毗邻海滩又立在林间，轻松惬意；有时候弄丢了大海，却能在丛山峻岭中发现山的隽美，偶尔瞥见的一汪浅蓝，那是时近时离的海水。

东部的轨道上，没有真正离开过太平洋，太平洋是上帝赐予台湾最美的礼物。

真好。

东部火车的窗户，都做得比较大，这让乘客能更完整地看到美丽的太平洋。天色暗下，窗外一片朦胧，空中慢慢飘下雨来，雨丝在车窗上横横地流散着。阿靖呵了口白气，在玻璃上写着：台湾。

"你是大陆来的吗？"穿白色制服的中年男对阿靖说道。

阿靖扭过头，看了看这位带着制服帽子的男子，他的胸前口袋上赫然挂着个牌子，写着"车长"两字。阿靖轻轻地点着头："是的，你怎么知道？"

"我看你写的是简体字嘛。"车长指着阿靖在玻璃上写着的两个字。

"呵呵，是哦。"阿靖笑道，"哈哈，车长，你好聪明哦。"

车长看了看自己胸前的牌子，也笑了，说道："你是来环岛的哦？"

"是啊，有位台湾的朋友让我一定得来体验下东部的火车，而且我时间不够用，所以搭一段火车。"阿靖说。

这位车长有点微胖，白色的衬衫上映衬着一条笔挺的领带，脸上的笑容总是可爱亲切，他微笑着说："环岛哦？很赞哦！在台湾，就一定得来坐坐东部的火车，我在这列火车上已经服务了几十年了，就快退休了，我还看不厌这样的风景。"

"嗯，这风景非常漂亮！"阿靖看着窗外，然后笑着说道，"今天的这截车厢算是我的专列了，台湾的火车很漂亮，坐得很舒服。"

"哈哈，是的。其实很喜欢你用单车环岛的方式来认识台湾，如果用火车的方式来认识台湾也是一种非常不错的选择哦。"车长还是一如既往的笑脸，"台湾的铁路不仅仅只是一种交通方式，它经历并见证了很多历史的变革，融入了社会人文的文化。而在台湾，如果坐火车旅行，不仅仅是要体验各种不同的火车和风景，还要仔细观察每一个车站，他们是各有风味的，还要仔细观察每一列火车，每一种造型都代表着一种历史。"

看得出列车长对台铁的历史很清楚，在他眼里，每一个和火车相关的东西似乎都散发着浓浓古香和人情的味道。

"嗯，台湾到处都很美，值得慢下来细细品尝。"阿靖点着头，说道，"而且台湾人都很亲切，尤其到了南部和东部，非常有乡里乡亲的感觉。"

"没有错！"车长每听到阿靖的夸奖就喜上眉梢，而是很自然地说道，"我在这台车上干到现在快退休了，坐过无数的陆客，以及其他老外，他们都说台湾的风景确实非常漂亮，有山有海，但是*台湾最美的风景是人*！"

"*台湾，最美的风景是人*。"阿靖听了这句话很有触动，不禁重复了一遍。

"嗯，是的。我们都热爱台湾，热爱自己的家园。每个人在自己家里都会保护好自己家里的一切，有客人来了也都会把最亲切友好的一面展现出来。台湾并不大，这个并不大的家更应该值得人人去爱，去保护它。只要心存这样的善念，你自然就会变得很亲切友好。"车长很认真地说着，"台湾这么美是靠大家一起保护起来的，所以其实台湾最美的风景就是——人！"

说完，列车长便带上他的背包去各个车厢巡视了。在窗外渐渐暗去的海天夜色里，火车驰骋于低调的山海之间，不断向前，也不断地带动阿靖的思绪。

中途在台东站换乘另一列火车，只是这换乘的火车并没有专门为单车设计的车厢，乘务人员有些内疚地将阿靖带到火车中间的一截车厢前，让他把单车放在货物车厢，人坐到毗邻的乘客车厢。这部列车的货物车厢很旧，里面空空的，一件货也没有。阿靖把单车推进去，在车厢里放平着。

这列火车的乘客车厢里，装饰很陈旧，但是却温馨清洁，干净有序，并不算宽敞的车厢里，一排四座，两两分开，中间留出一条过道。过道很干净，没看到一丝杂物，而且也都和上一辆列车一样，没有背对列车行驶方向的座位，全都面向前方。

火车驶出前，进来了几名学生，车厢里也不至于空无一人。

步入台湾的火车，有一样东西是必须要提的，那便是"台铁便当"。

台湾铁路的便当既好吃又好看，做得非常诱人，而且物美价廉。为了食品安全考虑，一般采用木纸包装，饭菜搭配精美，看起来很有食欲。很多游客甚至为了吃一顿台铁便当，而特意乘坐火车。每份便当荤素搭配、品种丰富、口味宜人，价格在 60 至 100 台币不等。而台铁便当也从最初的车厢叫卖，再到在车站指定窗口售卖，又到现在的电话和网络预定，与时俱进，个性便捷。

坐上这列火车时，天已经黑了。

阑珊的夜色，铁轨延伸着，潜入渐近的群山一路向北，一会进入隧道，一会儿掠过村庄。村子里寂静的灯光在黑夜的光影中，一个个从车窗前闪过，看不见的大海青山也一个个地闪过。阿靖闭上眼睛，想休息会儿，可是脑海里总是蹦出列车长的那句话——"台湾最美的风景是人"。

多么简单的一句表达。

然而，它重新唤起了阿靖脑海里台湾人给他留下的印象。买东西付钱时收银员的一句谢谢、没有听到过催促鸣笛、常见的亲切笑脸、对陌生人无私的帮助、对环岛的热爱、爱护环境、热爱动物、用旅行去帮助别人也找寻自己、有秩序的生活、谦卑的公德心、柔声细语、温和敦厚……这些关键词似乎用在阿靖在台湾旅行中见过的台湾人身上，并不为过。中华传统文化的浸润，在台湾人身上展现出优雅的涵养和高度的文明。

不同的人，来台湾都会有不同的体验。阿靖遇到的人也不一定能代表所有的台湾人，但也能管中窥豹，可见一斑。

如此说来也对，台湾最美的风景是人。

# 怎么旅行

火车走得并不快，在黑夜里默默穿行。

晚上 10 点，火车才慢慢抵达了花莲火车站，阿靖显得有些疲惫。他把单车扶起来，走进月台。阿靖发现单车的变速器出了点故障，可能是平放在车厢里被压到了，阿靖在月台上捣腾了好一会儿，才勉强修复。

出火车站，要从月台下楼梯到车站门口，阿靖看升降电梯前排队的人众多，就径直将车子推到石板楼梯。只见楼梯边缘有一道比单车车轮还大一些的凹槽，单车可以很方便地顺着凹槽滑行而下，这个楼梯巧妙的设计对这些带着沉重行李的单车更加好用，行李再多也能上下自如。阿靖看得很惊讶，刚才有些失落的情绪竟然一下子散去。

出了站台，雨势渐弱。

出口处，他与小赵、志阳汇合了。

还是交换生的小赵，骑着一辆红白相间的山地车，车上跨着个驼包，看起来有模有样。只是穿着牛仔裤和羽绒服外套，再搭一个骑行帽，这样的搭配似乎不太入格。但是不管怎样，旅行最主要的并不是带什么装备，而是已经出发了。

志阳是娜娜第一期的梦想骑士，他骑着一辆机车，先和小赵在火车站汇合了。他和小赵年纪相当，穿着一件黑色外套，手上挂着两条运动手链，齐肩的长发，黝黑的皮肤，看上去忠厚老实，甚至给人不善言辞的感觉。

"欢迎你们到花莲来。"志阳微笑着说，和阿靖、小赵握了握手。

"谢谢！晚上就打扰你了。"初次见面，阿靖客气说道。

"不会，不会。"志阳推辞着，"晚上就住我们常去的教会吧，我家比较小，住两个人有点不方便。"

"没问题，住哪儿都行的。"阿靖说道。

"好！那就跟我走吧，骑车大概要半小时吧。我在前面带路，你们跟上。"说完志阳扣上安全帽，开着机车行驶在前面带路，阿靖和小赵踏着单车跟了上去。

夜里的花莲城，不慌不忙。

天空虽然飘着雨丝，但是还能看见些许星光，与大街上恰到好处的霓虹灯相映成趣，让人陶醉。阿靖骑着单车常常抬起头来望一望天上的星星，它们总有几颗总是露着脸，闪亮着。志阳带着他们骑过了一个个街区，有进入梦乡的居住区，被突然经过的汽车划破静寂；也有嘈杂热闹的夜市，一声声"谢谢"在热闹的叫卖声中脱颖而出；有经过宁静的村野，青蛙的叫声此起彼伏；也有时尚的商场里，站在透明橱窗内的 model 盯着满街的车水马龙……

与其说花莲是慢都，倒不如说它动静相宜，恰到好处。

"这个单车是你的吗？"阿靖和小赵并肩骑着。

"呃，不是。我是租来的。"小赵踩着单车说道，但是动作有些生涩。

"嗯，还不错。你什么时候到花莲的？"阿靖问道。

"我早上就到了花莲了，没有别的事儿，我自己就在花莲骑了一天，又到七星潭看了冲浪，还在花莲市区随性地骑骑……感觉还不错。"小赵很开心地说着，很阳光快乐。

"嗯，有没有一出门，你之前担心的问题都没有了？"阿靖问道。

"嗯，确实是这样的。一出门，担心的问题完全不是之前想的，或是同学劝说的那些了，而是想着如何到达下一个目的地，有这样的目标，所有的精力便会集中到如何旅行上了，而且总能发现一路上精彩的美景与感动。"小赵为自己斩钉截铁地跨上行程，感到内心振奋。

"不错哦！第一天就能有这样的感受。"阿靖很为他开心。

小赵内心喜悦的劲儿，让阿靖至今想起都印象深刻。

半小时车程，志阳带路穿过一条两边都是稻田的小路，然后拐进一排小高层的连体房，他在其中一个房子面前，停了下来。房子一侧的柱子上赫然写着"花莲新生命小组教会"。这是志阳和朋友们经常来做礼拜和活动的地方，座落在城市郊边，显得很安静舒适。

志阳要带阿靖去的房间在五楼，而电梯的大小只能容得下一辆单车，而且还得把单车立起来，门才能合上。进了房间，是一间开阔的大厅，大厅里只放着一个桌子，所有的椅子都被折叠好，收在角落。椅子旁边还放着一台架子鼓和几样乐器，看起来这里经常举办小乐会。

大厅一侧有几个小房间，志阳把他们带入其中一个房间。这个房间也是空空如也，只是地上铺着一层薄薄的小床垫，上面摆着一个枕头和一床被单，简单但洁净。

"晚上将就睡这里了。"志阳带他们进来，把行李放进屋子里。和他一起进来的还有志阳的一位朋友，他是长住在这里的，这三床被子就是他准备好的。

"这很好了，比我睡帐篷强太多了。"阿靖连忙说道。

"这是我朋友帮我们准备的，我晚上也睡这儿。"志阳看上去很腼腆，"你们先冲凉吧，待会儿要是有时间，想和你们聊聊天，聊聊旅行。"

志阳讲话很慢很认真，而且他的表情、语调和用词听起来很正式，弄得大家都很客气拘谨。

志阳是娜娜梦想骑士的第一批成员之一，曾和娜娜一起旅行过。

娜娜之所以会选择（确切地说应该是帮助）他，是因为他曾是个非常自闭的人，只活在自己的世界，从不和别人做沟通交流，性格也因此变得古里古怪的。而娜娜带他们旅行，让他在旅途中，不得不不断地和别人做沟通，做有效的、能达到目的的沟通，而那趟旅行也让他能走出来，获得快乐，他也因此彻底改掉了他自闭的个性，活出了精彩。

不得不说，旅行改变了他的生活。

"没有旅行，确切地说没有这趟换工旅行，就没有现在的我。我之前，绝对不可能和陌生人讲话的，更不用说是接待沙发客了。"冲洗完，志阳和他朋友走进来，盘着腿坐在床垫上，很认真地和阿靖、小赵聊起来。他那股认真的，一直想要表达内心的情绪，极感染人。

他继续说道，"我以前，看到陌生人就没有勇气说话，看到女生脸就红了，生活上几乎没有朋友，闷闷不乐。我觉得我的生活一团糟，但又不知道如何走出困境。"

"既然你那么没有勇气，那为什么会选择做换工旅行呢？"小赵好奇地问道。

小赵独自旅行的经验很少，在台湾虽然住过民宿，但他却从来没想过，甚至不敢尝试"沙发客"的旅行方式，对他来说，这种方式是一种全新的、令他兴奋的方式。

"那是娜娜有了之前的旅行经历后，来我们这里做分享。她说她是个从小失去亲人关怀的人，不幸的成长经历，让她性格变得孤僻、内向，不与任何人沟通，以至于生活得非常不开心，甚至有过几次想轻生的念头。"志阳很认真地诉说着，"后来有朋友建议她做趟旅行，也没太多想，就踩着一辆借来的单车，开始环岛旅行了。在环岛前，由于她所有的生活来源都是靠自己，身上并没有太多钱。所以在旅行的过程中，每到一处都尽量'以力易物'，靠自己的劳动向餐饮店或民宿换取食物或住宿，一路走来，被拒绝了无数次，又无数次地把自己置于不得不和别人沟通的境地。本来规划了30天的旅行，到后来竟然用了99天。"

"99天？！"小赵惊讶地问道，"一个女生，99天独自旅行？！"

小赵的表情有点夸张，不停地摇着头。

"是的，没错。"志阳很诚恳地点点头，样子诚实得很可爱，他继续说，"也就是这 99 天，让她的性格发生了巨大的变化。她从一开始的不敢跟别人打招呼，害怕被拒绝，害怕独处，到最后变得性格开朗、活泼，善于和别人沟通。通过旅行，也让她开阔了视野，见多识广了。一个女生能做到这样，我想我应该也能突破自己。所以，在她的分享会的感召下，我觉得这样的方式也许能够让我重新开始，所以我当时就报名参加她的'梦想骑士'了。虽然是报名了，但心里对这样的旅行还是很忐忑的，也非常期待。"

"嗯，也许我能理解你当时的心情。就像我现在一样，没有做过骑单车旅行，更没有经历过沙发客的旅行方式，心里有点点担心，但也很期待。我还在担心我今晚会不会兴奋得睡不着，晚上估计会做梦，梦见明天骑车的情形。"小赵晃动着身体，说着。

"呵呵，淡定，淡定。别太兴奋了，睡不着，明天就没有体力骑车了。"阿靖在一旁打趣地说道。

"嗯，好的。也谢谢你，靖哥，你能带上我去行动，希望不会拖你后腿哦。"小赵很有礼貌，很腼腆。

"不会不会。我一路骑来，节奏一直不快。一般刚骑车的人，前几天体力都会比较好，而且有时候还比较不会分配好体力，一个劲儿往前冲。"阿靖笑着说道，"别到时候我拖你后腿就好了，哈哈。"

"所以，就像你很感谢靖哥带你走旅行一样，我也很感谢娜娜带我走上一段能够真正寻找内心的旅行。"志阳接着他刚才的话题，一如既往地认真说道，"后来娜娜召集了四位包括我在内的'梦想骑士'，一起走出去，用换工的方式去旅行。一路上，我们也是遇到了许许多多的困难。但是娜娜鼓励我们要学习永不放弃希望的观念，她能做到，我们也一定能做到，并一路上教了我们很多和别人进行有效沟通的好办法，以及一些生活和旅行的经验。一路上，我们帮餐饮店洗过碗，在民宿做志工，帮搭便车的司机搬货，到学校去做分享会……等各种方式换取食宿。我们也在旅行中，从零开始，慢慢成长起来。"

有共同爱好，能迅速地与陌生人之间建立友好，旅行也是如此。

刚接触沙发客旅行的小赵，对志阳的旅行经历非常好奇，盘着腿，坐得笔直，聆听着令他内心充满力量的旅行经历。小赵慢慢地对骑单车旅行，变得没那么畏惧了。只是到最后，一直担心明天要走什么线路。

"只要大方向定下来，怎么走都可以。旅行，要随遇而安。"阿靖看小赵的犹豫不决，便说道。

志阳的朋友听了，便拿出地图，指着地图上的某个地点，要阿靖和小赵明天一定要赶到那儿。连还要翻过几个山头，走过几个岔路口都说得非常清楚。而且一再强调要去这个地方、那个地方的。

"嗯，谢谢。但是我想现在不用规划，明天按大方向走就是，反正现在说也记不住，到时候路在嘴上，问问便知。"阿靖对志阳朋友的热心表示谢意，但并不认同他现在要记下详细线路的观点。

熄灯休息时，阿靖对小赵细声地说道："行程不是最重要的，重要的是体会旅行的过程。如果旅行总是根据别人的攻略或行程表，那你只是在完成别人定下的体力游戏和寻路游戏，这样周密计划的旅行不是不好，只是这样不能走出属于自己的旅行。如果你老是担心你会错过某个目的地的时候，你就已经错过旅行的意义。所以别担心明天会到哪里，现在规划好的目的地，往往不可能是我们的目的地。我们要谢谢别人的热情与好意，但是明天还是放开心，走走停停，骑到哪儿算哪儿。"

"嗯，我刚才也想通了，旅行就是要收获内心的快乐和幸福，这才是最重要的。尤其在志阳身上，我看到了他的行动力，他内心的善良、热情，还有通过旅行发现未知的自己，这对我来说是一股正能量！"小赵握紧了拳头，自信地说道，"对明天的旅程，我很有信心！"

怎么旅行？

这对小赵来说，是他刚要接触，而且感兴趣的一个课题。旅行目的，不同的人有不同的诉求。有些人带着快乐在旅行，有些人带着包袱在旅行，有些人为了寻找生活的亮点在旅行，而有的旅行并不是为了什么，只是单纯地为旅行而旅行……不同的旅行目的，就会有不同的旅行方法。

不管怎样，旅行就要有收获，而不能被所谓的攻略、行程表约束了，想想自己当初是为了什么而旅行，只要踏上路，怎么旅行，自然就有答案了。

# D13 梦想阻力

阿靖昨晚和志阳、小赵聊到深夜。

小赵为即将到来的新旅行，兴奋得一夜没睡好，阿靖醒来时，已经 8 点了，他还在呼呼大睡。

阿靖起身，走到房间的窗户前。拨开一帘窗布望出去，房间窗户的视线只能瞥见对面的楼顶和天空，厚厚的云层不慌不忙地笼罩着小镇，似乎在酝酿着，随时要拧出一场大雨。

阿靖转身正要去洗手间，看到床垫旁边摆着两盒便当和两杯豆浆。那是志阳为他们准备的早餐。

志阳在花莲的某个餐厅里当厨师，一大早就得去上班。他起床时看阿靖和小赵还在蒙头大睡，便帮他们买了早餐。便当旁边还有一张卡片，上面写着：

"阿靖哥，很高兴能够认识你，并参与到你的环岛过程中。愿神看顾你接下来的路程，平安、顺利，也让你在过程中享受。梦想骑士——志阳"

看到志阳的留言，阿靖心生感动。

其实，志阳是个涉世未深大学刚毕业的小伙，旅行真的改变了他的性格。用他昨晚说过的话，没有那场换工旅行，就没有现在的他。不可能主动和别人沟通，不可能主动和陌生人说话，更不会如此贴心地为朋友准备早餐和卡片。拿着这份沉甸甸的情谊，阿靖内心不仅仅是感动，更多的是坚信了做不一样的旅行的信念。

清晨的花莲，非常宁静。

走出教会门口，阿靖和小赵把单车立好，又整理了行李。在一旁玩耍的几个小男孩跑了过来，睁大眼睛瞪着单车上形形色色的装备。

花莲是个靠山靠海的慢城，空气真正纯净。

教会周围是一方方稻田，翠绿的田间挂着缕缕麦穗。风吹来，麦浪阵阵，飒飒作响，空气中还弥漫着一股泥土芬芳，很有乡村田园的气息。天空飘起了零星雨丝，有点儿凉，阿靖下意识地把外套拉链拉到了头。

启程后没骑出没多久，阿靖就感到后座软软的，晃得厉害。肯定是车胎破了！阿靖回头一看，轮子瘪了一大半。

"停下，停下。"他喊了喊一开始就冲出好远的小赵，然后下车来检查单车。

小赵见状折了回来，到阿靖身边停下，"怎么了？"

"应该是车胎扎钉子了，气快漏完了。"阿靖说。

"啊？车胎破了？"小赵有些着急，"怎么办，这附近有没有修单车的？"

"呵呵，不急不急。"阿靖下车把单车推到旁边一块还算平坦的水泥坪上，"单车旅行，首先就得学会修补车胎。"

"自己补？自己怎么补啊？"小赵犯难了。

"补车胎其实并不难，它并不是复杂的机械拆卸，而且现在有方便携带的工具套装，修过一次就懂了，多练习几次，就很熟练了。"阿靖说着，卸下了车轮。

"啊？你的意思是说还得多爆几次胎才能学会啊？希望别发生。"小赵笑着说。

"别，最好是一开始能多发生几次，这样，以后你独自旅行的时候就不会慌张了。你要体验各种各样的美景以及困难，你才能从旅行中获得成长。"阿靖边说着，

边娴熟地拆出轮子的外胎，露出补了好几次的内胎。

"你这轮胎补过好多次啊。"看到这条伤痕累累的轮胎，小赵有些惊讶。

"呵呵，是啊。这条轮胎陪我去过了好多地方，没舍得丢，还能补着用就将就下。"阿靖干脆坐在地上，边补胎，边开导小赵，"志阳如果在旅行中没幸运地遭遇到困难，他会能有现在这样吗？"

> 旅行有一点要记住，一旦遇到困难，第一反应不能感到气馁，反而应该感到高兴，因为接下来，你一定会有收获！要会享受这种收获成长的过程。

"嗯！"小赵点点头，蹲了下来。边修补边教着小赵。和上次在台南的爆胎经历一样，这次也是被钉子扎了。进入村庄就是有这样的烦恼，钉子防不胜防。

有小赵帮忙，这次的补胎快多了。拼上修补好的车轮，继续上路。

下一站，未知……

骑行在清晨的花莲城郊，实在是一种享受。

远处的高山，层次分明，顶着滚滚乌云，远远望去像是一副泼墨山景。村庄里，一座座悠闲的民房，点缀在翠绿的稻田间，有的是一般的平房，有的是豪华别墅。村里的道路并不是很宽敞，却也规划有致，干净整洁。每个路口都有交通信号灯，尽管来往车辆并不多，但是车辆都能自觉遵守信号灯的规则。很有秩序，悠闲惬意的感觉，很像日本动画片里，宁静安逸的村庄。

　　骑行在这个美丽的村庄里，一方方翠绿的稻田和略带倦意的树木，慢慢倒退。沿路电线杆纵横交错，几只麻雀似乎也还不愿意这么早起，成群结队地站在电线上，挨着取暖。天上的乌云朵朵，慢慢地压了过来。

　　阿靖和小赵并肩骑着。

　　刚骑上旅程的小赵，有些兴奋，他说道："我交换学习的时间也不多，我一直都想去苏花公路看看，那段是台湾最美的海岸线之一，没想到我们今天就要去那儿，而且还是用骑单车的方式。"

　　"嗯，今天我们应该能到，按这样的脚程，傍晚应该能到。"阿靖估算着骑行速度。

　　"我跟我同学说，我今天要去骑苏花公路，他们打死不信，说以我的性格，怎么可能去骑单车，而且还是去苏花公路。"小赵笑了。

"呵呵，旅行就是得勇敢走出去。当你走在路上以后，你会发现当初下了很大勇气决定的事，是多么的不值得一提的。但是这也是个过程。"阿靖边骑着边说道，"但是，旅行这东西也是像'小马过河'一样，自己要经历的旅行，并不是像你同学说的那么可怕，也不是像我或其他经常独自出去旅行的人说的那么简单，旅行也不例外，要自己尝试几次，才知道什么是最适合自己的旅行方式。"

"嗯，我想我回去可以和我同学好好交流下了，因为我希望他们也能像我一样，勇敢地走出来。"小赵说得很认真。

小赵毕竟还是骑行的新手，对单车换挡甚至还不熟。趁车辆较少，而且还没进入起伏较大的山路，阿靖便边骑着边教他换挡。小赵很认真地学着，骑得很慢。经过一十字路口，阿靖的余光看到侧面有一辆警车。可一过了路口，那辆警车突然从后面追了过来，从车窗里伸出一只带着手套的手，示意他们停下来。

阿靖和小赵面面相觑，不知道犯了什么事儿，但还是抓住了刹车停下来。车上的警官停下车，摘下手套，走了出来，对他们敬了个礼，说道："你好，你们刚才违反了交通规则，请出示你们的证件。"

阿靖丈二和尚摸不着头脑："你好，长官，我们犯了什么错啊？"

警官指了指后面的交通信号灯，说道："你们闯红灯了，没注意到吗？"

阿靖和小赵回头看了看，回想着刚才的细节。可能是刚刚一个顾着教，一个顾着学，忘记看交通信号灯了。难怪刚才阿靖看到警车是停着的，原来是在等红灯啊！嗨，真是不巧，正面撞上枪口了。

阿靖心里不免担心了起来，惴惴说道："长官，是这样的，我们是从大陆来台

湾单车环岛旅行的，我可以出示护照给你。"

"大陆来的？"警官看了看阿靖一眼，说道，"行，那就把护照给我吧。"

小赵在一旁，很担心地怵在那儿。阿靖边去行李包里翻着护照，边说道，"长官，我们知道错了，要罚我们是可以的，但是，这样会不会影响到我们回大陆？或者会不会以后被列入来台的黑名单啊？"

"呵呵，那不会。"警官笑着说道，"这还没到那个程度。"

阿靖翻出护照，把它交给了警官。警官从车里取出开罚单的文件夹，照着护照填写着一份表格，他说道："骑单车闯红灯，是要书面警告的。也不用罚你钱，也不会记录到护照记录里。我希望你来旅行也要遵守交通规则。"

阿靖听完，长舒了一口气，也庆幸刚刚闯的红灯并不是在闹市区。如果在闹市区，交通情况更复杂，也许就出会交通事故了。而警官的书面警告单也给阿靖敲响了警钟，再悠闲的公路上也不能掉以轻心。

警官写完警告单，递给阿靖签字，并忠告他们要安全骑车、安全旅行。警官最后关切地问道："你们今天打算骑到哪里啊？"

"我们要一直往北，今天路过了苏花公路的清水断崖，就要开始找地方住了。"阿靖说了他们的计划。

"嗯，看样子，今天可能会下雨，你们要抓紧赶路了。"警官顺着他们将要骑去的方向望了望，刚好有个岔路。为了帮他们节省时间，他指了一条离北上最近的道路，让他们骑去。

"加油！"临走时，警官对他们挥手道别。

这段令阿靖和小赵小小惊魂的一番经历，让他们捏了一把汗。这确实是他们的错，再怎样也要注意路面情况，更不能违法交通规则。这样低级的错误，让阿靖自责不已。

他们继续往前骑着，和慢慢压过来的乌云赛跑着。只是后来雨点还是不留情面地掉了下来，阿靖赶紧停下来，拿出雨衣，忙手忙脚地在雨中穿着。折腾了一阵子，刚要骑出去，却发现单车车胎又被扎钉子了。

真是不走运。

阿靖把单车推到公园旁边的凉亭里，不急不躁地补着轮胎。只是这幸运女神实在太不眷顾，补完阿靖的轮胎，刚要继续出发时，却发现小赵的车胎又破了。

真是祸不单行，一早上没骑几步路，就遇到各种麻烦。扎胎、被警察开罚单、遇到下雨、再扎胎……种种遭遇考验着他们的耐心。

面对着破洞的轮胎，阿靖也试着让小赵自己修补。小赵也很聪明，在阿靖指导下，也很快补好了。

终于搞定了一切，阿靖索性又好好整理了一番行李，像是整理了刚才因一连串遭遇而有点受挫的情绪，再次出发！

出发时，刚才下起的雨竟神奇地停了。

"待会儿会不会有彩虹呢？"这样的想法总是会在雨后从阿靖心里冒出，因为以前骑行西藏时总会在雨后看到彩虹。他笑了笑，继续踏上北上的行程。

> 能遇到困难的旅行，才能算得上真正的旅行。当你决定要为旅行梦想付诸行动时，你就应该去克服随之而来的，甚至是反复出现的困难、挫折、失败，有时候还要感谢、享受这些过程，因为这样的过程会让你的梦想更饱满，更珍贵。
>
> 面对这些梦想的阻力，有时真的会让人意志消沉。当你快要选择放弃的时候，想想当初是为了什么而开始这段旅行的，那你就会更加坚定自己的步伐了！

# 情迷苏花

　　接下去的行程中，阿靖和小赵最期待的是骑过苏花公路最美的路段——清水断崖。在旅行途中，阿靖一直在通过网络寻求清水断崖周边乡镇的沙发主，却一直都没有下落。虽然没有找到沙发主，却和另外两位同寻沙发主的一对德国情侣一直保持联系。而阿靖到花莲时，他们已经到附近的太鲁阁公园游玩了。他们约好在鲁阁公园入口所在地的新城乡见面。

　　从花莲到新城乡，再到苏花公路的道路，是顺路的，而且都是沿着美丽的山海公路行走。

　　阿靖顺路北上，一步步离开了花莲市。

　　花莲市的市中心很热闹，并没有太多高楼大厦，道路整洁干净。经常能看到闹中取静的特色民宅或者民宿，他们或高调或低调地彰显着自己的特色，或是生活态度。而让阿靖印象最深刻的便是，他沿途看到的城市围墙，都被刷成白色，并手绘上城市建设或宣传环保的美丽图案，正如某些路段的围墙上写的文字一样，这是一个"清静家园，美丽花莲"。

　　路过花莲港，到了七星潭，小赵便停了下来。昨天他先到花莲，自己一个人闲着没事骑着单车到处晃，就来到了这儿。在七星潭海滨公园，小赵指向海的方

向，说道："我昨天在那儿看冲浪了。"

他很认真地说："我看到蔚蓝大海中冲浪的勇者，让我突然明白'弄潮儿'这个称呼的贴切了。当浪将来时，冲浪人趴在冲浪板上向浪游过去，像挑衅一般，然后在被浪花拱起的时候，顺势从板上站起来，帅气地从浪头上冲下来，把浪踩在脚下，意气风发。这是我昨天印象最深的一幕。"

阿靖笑了笑，说道："你现在就是旅行的'弄潮儿'，哈哈。"

继续上路。一路上，阿靖一直保持自己惯有的骑速，小赵的速度却总是比阿靖快，经常骑一段，然后气喘吁吁地停下来等阿靖。尽管他还没找到自己的节奏，但速度上比阿靖快，似乎提振了他骑车旅行的信心。

中午到了新城乡，地势依旧平坦，而且还规划出专门的骑车专用道。太鲁阁公园里的大山也沿着公路，一直相伴着向北延伸。此时天空的乌云已渐渐褪去，远处的天空飘着淡淡的几朵白云。

阿靖和德国朋友联系上了，只是他们已经和朋友租车进了太鲁阁公园里面，要到晚上才能回来。阿靖错过了和这对德国朋友见面的机会。

相见不如怀念。

时近中午，阿靖和小赵索性在新城乡吃午饭，他们没太多休息便继续赶路了。其实，骑到新城乡，早已经是在苏花公路上了，而真正感觉是在苏花公路上骑行，是在遇到太鲁阁大桥之后了。

说看到它就能更真实地感觉骑在苏花公路上，绝不仅仅是因为桥尾有一个"苏花公路"的路牌，而是从这里开始，苏花公路真正有了山与海的绝美风景的陪伴。

　　太鲁阁大桥旁边有一座水泥厂，厂区里各种生产的罐子，错落有致地立在一片林间。大片的厂区与太鲁阁大桥，交相辉映，相映成趣。桥底的海床正值干涸，露出一片灰黑的细沙和大块的石头。海床的远处是铁路的高架桥，想必乘火车而过，从车窗里看过来，一定会是一幅美丽的画卷。

　　离开了太鲁阁大桥，便开始有了山海做伴，而道路的宽度也迅速缩短，而且有多个连续上坡，大部分路是从垂直的崖壁里凿出来的，有些路段还搭着高架桥，路桥下还常有北回铁路的火车呼啸而过。而路面也开始变得相对狭窄，但是放眼就能看到一望无际的太平洋，这里的海水不仅蓝得很有层次，而且还多了几分柔美。这样完全没有被打扰的路程，又有美景相伴，实在是旅行中最美的享受。

骑出没多久，就遇到了第一个凿壁而筑的隧道——崇德隧道。

阿靖骑行川藏线时，遇到很多隧道，隧道里常常是昏黑如夜，必须打开强光手电筒才能看到路。隧道内的回响特别大，迎面而来和尾随其后的汽车发出的声音全都混杂一起，分辨不出，只能靠微弱的视觉进行判断。所以骑行隧道一直是阿靖非常注意的路段。

尽管崇德隧道内灯火通明，但只有两车道，骑行期间也要常常避让来往的车辆，还是有一定的危险性。这也是小赵的同学觉得最危险的路段。进隧道前，阿靖还是打开了强光手电筒和后尾灯，也交代小赵减速骑行。

苏花公路最美的路段——清水断崖，就是从出了隧道开始的。

一出崇德隧道，清水断崖震撼的美景就立刻呈现在眼前。离出口不远的地方，便有个清水断崖的观景平台，平台上停着几辆小车和几辆机车。阿靖和小赵夺路而去，向观景台飞奔而去。

阿靖把单车停在平台上，站到平台的最边缘，凭栏远眺，他实在难以用言语形容他眼前的清水断崖。

垂直耸立、数百米高的悬崖峭壁，层层叠叠地伸向远方，一条天路在崖壁中间被凌空凿出，蜿蜒曲折，临崖逼岸，崖壁上石头狰狞毕露，和茂密的树木此消彼现。眼前碧波万顷、眼下白浪滔天的太平洋，用变化多端的、通透的蓝，化作色彩物语，与坚韧的崖壁不断对话。俯视着崖底的惊涛骇浪，像是观看着一块块巨大的翡翠，被瞬间砸得粉碎，夺人心魄，甚至有种令人欢乐的心疼！一山一海，一刚一柔，似乎正在谈一场永不结束的恋爱。徜徉在山与海的情爱里，吹着淡淡咸味的海风，是奢侈，是写意！

在这里，世界只被分为三部分——险峻的悬崖峭壁、蓝得不像话的太平洋和

变幻多端的天空，惊险壮丽，谁都不会把谁遗漏。镶嵌在狰狞的大理石崖壁上的苏花公路，似乎成为三者之间关联的纽带，横跨其间，像是一条上不着天、下不着地的空中走廊，蔚为壮观。令人不禁赞叹大自然的伟岸，与人类不畏艰险的智慧和勇气。

变得淡薄的云层，渐渐透露出阳光。朦胧的雾气把阳光从云层中呼唤出来，展现在海天之间，落在海面呈现出一隅波光粼粼。单车上的鲤鱼旗迎风飘扬，和鲤鱼旗一起飘扬的还有土地庙的旗子和阿靖出发前自己制作的一面旗帜，旗帜的背景图案就是眼前这一汪清水断崖。花莲的海，是阿靖见过最美丽的海，季风吹拂着海面，海水的颜色次第变幻。

想要知道海水能有几种颜色，就让花莲的海来告诉你；想要知道山海的刚柔并济，就让清水断崖来诉说……

陶醉其间，阿靖和小赵久久不愿离去。

清水断崖是苏花公路最美的一段，从崇德延伸至和仁，全长约21公里。蜿蜒着，穿梭在悬崖和峭壁之间的路，以其惊险绝美，被列为台湾八大景之一。据说记载，清水断崖是于2亿5千年前由断层构造所形成的海崖，由于海底有着珊瑚、螺贝类和藻类等生物遗骸渐渐堆积，经过成岩作用形成石灰岩，再经过上层岩石的深埋使得石灰岩变质为大理石岩，至大约900万年前时欧亚板块和菲律宾板块开始碰撞，海崖就渐渐隆起上升，加上受到雨水的侵蚀和风化作用，形成如今壮观的大理石崖壁。

  骑行在飘着几多浮云的壁崖之路，脚底下却是一望无垠的烟波浩淼，犹如腾云凌空，气势磅礴。在清水断崖路段，要骑经数个隧道——崇德、汇德、锦文、大清水、和清、仁清隧道。有几个隧道的中间都能拐进可能是修隧道时挖出的临时通道，阿靖和小赵便趁机走进通道，却发现，这些被遗弃了的通道更有一番天地。

  尤其是散落在崖底，一块块大大小小、深深浅浅的石灰岩，在翡翠蓝的海水的涌动下，像是一条条鲨鱼，在海中游窜。远处的海滩上，几个垂钓者站在海滩上，临海垂钓。回望着清水断崖的隧道，犹如一条巨蟒，在山间爬行，景致甚至比在观景台上看到的更美丽、震撼。

  隧道和山路，并不宽敞，只有两车道。车辆想要掉头，都得到专门修出来的宽敞的掉头路段，方可返回。清水断崖的美景也吸引着大量的游客，一路上旅游大巴车来来往往，络绎不绝。而巨大的砂石车也不甘示弱，载着满车沙石呼啸而过。

  且不说可能出现的坠石、泥石流等地质灾害，单单避让这些大车就足以消耗许多精力。骑完清水断崖，阿靖却发现，不管是旅游大巴，还是砂石车，或是其他车辆，也如同市区里的汽车一样，不会用刺耳的喇叭声，催促骑车人。只要做好足够的安全准备，小心骑行，是可以安全通过的。在这段号称"死亡之路"的清水断崖，在过去的 10 年中，有一千多人因各种意外死伤于苏花公路。最严重的一次是一辆载满大陆游客的大巴因山体滑坡而掉入太平洋，车上全部游客遇难！因此遇到雨天，尽量不要骑行此路段。

  尽管种种"死亡"传闻充斥着这条天路，阿靖和小赵还是恣意地慢骑在清水

断崖，以至于天快黑了，才骑完这一段人间仙境般的苏花公路。有了清水断崖，太平洋的风才不是一味的蛮横，而是多了几分人情的味道，清澈、温暖。

　　阿靖单车上的小音箱，一直重复播放着电影《练习曲》里的主题曲——胡德夫的《太平洋的风》。电影刚开始的镜头，就是主人翁东明相背着一把吉他，驰骋在美丽的苏花公路上。片中，单车带着梦旅者，独自穿行在台湾的每个角落，寂寞却不孤独。那份固有的认真，与清水断崖的美景糅合在一起，一开篇便构绘了一幅"有些事情现在不做，可能永远也不会做了"的执著。

　　如此画面，令人情不自禁迷上苏花，萌生"青春就应该在路上"的冲动……

# 日出计划

苏花公路上的美景，随着夜幕降临也慢慢沉睡了。

阿靖和小赵，打着强光手电，在夜色中继续前进。自从过了太鲁阁大桥，路上就没了任何商店，忽高忽低的地势最能消耗骑行者的体力。阿靖饿了。

在骑了五小时后，终于在黑茫茫的夜色中，看到一处亮光，那是 7-11 便利店。在饥肠辘辘、疲惫不堪的人面前，那家店简直就是万能的！更何况那家坐落在荒野中的便利店，规模宏大，可以与市区里的豪华餐馆相媲美，毕竟这是方圆几十公里唯一的一家便利店。

尽管如此，店里的商品价格却童叟无欺。阿靖和小赵，华丽丽地吃了几个鸡蛋，然后坐在落地窗前，看着夜色里的苏花公路，车来车往。便利店外面是巨大的停车场，常有路过的车辆，停下来购物。

"干脆晚上就在这里露营吧？"阿靖坐在窗前，看着巨大的停车场说道。

"这里可以吗？"小赵说。

"应该能行，我去问问店员吧。"阿靖说着，径直走去收银台询问了。

回来后，阿靖对小赵说："他们同意的。"

小赵喜上眉梢。

"只是，他们建议还是不要在这儿露营，因为这里车来车往的，会很吵，睡不好觉。"阿靖继续说道。

"那怎么办？我们晚上住哪儿？"小赵犯愁了。

"我们再往前骑一段吧，到前面的村庄再说，看看能否有警察局，或者学校能给我们地方搭帐篷的。"阿靖查了下手机地图，发现不远处还有村庄，便想着去那里碰碰运气。

简单休息了会儿，阿靖和小赵继续摸黑在夜色里前行。公路一边是被风吹得飒飒作响的椰树林，一边是笔直的铁轨。漆黑的夜色里，不时有火车呼啸而过，为寂静的夜里画上闪亮的一瞬。当火车的尾灯，由近及远，由大到小地被夜色吞没时，人似乎也被这时光的暗黑吞噬。

"这里荒无人烟的，如果一个人骑，怪可怕的。"小赵和阿靖并肩骑着，说道。

"一个人就要尽量避免在这样的荒野夜骑了，早点找地方落脚。"阿靖说着，把单车上的音箱打开，听着音乐，不急不躁地往前骑行。

而此时，骑了一天的小赵，体力消耗也蛮大，也是有节奏地慢慢前行。

就这么继续骑了一小时，方才见到一个小镇。路旁的指示牌写着"和平镇"。进入小镇的路口，路边有一个巨大的圆形花坛；后面是一栋长型建筑。朦胧的夜色里，屋顶上隐约可见几个字：和平车站。

哦，是个火车站。

他们骑了进去，坐在花坛旁边休息，有些倦意，有些饿意。小赵干脆躺在花坛旁边，伸着懒腰，疲倦得快要睡去。阿靖也坐着，眼睛都快合上了。

此时，路口开进来一辆小车，刺眼的灯光划过视线，晃了一眼驶进车站。阿靖突然脑子闪出一个念头，他拍了拍小赵，说道："小赵，小赵，起来。我有个好主意！"

"啊？？？"小赵吓了一跳，坐了起来，"什么，什么主意啊？"

"日出计划！"阿靖兴奋地站起来说道，"我们今晚找个海边露营，然后明天早上看日出！"

"日出计划？"

"没错。看日出！近距离的太平洋的日出！"阿靖越想越兴奋，刚才的倦意全

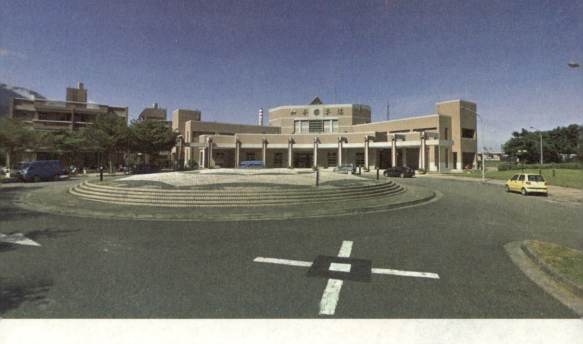

无，"我来台湾，还没近距离看过一次海上日出呢！这可是太平洋的日出啊，一定很震撼！"

"好！"小赵也兴奋了，站了起来，"好！就这么定了！"

"嗯！一定要找个无遮挡的海滩，要看全景日出！"说罢，阿靖摊开地图，仔细地寻找着离海边最近的路段。只是就近的公路离海边有些远，实在不是很好的看日出的地点。

"干脆，我们搭一段火车吧，选择一个近海的车站，在车站旁边露营应该是可以的。"小赵挠挠头说着。

"嗯……也可以。"阿靖看了看地图，这里离台北至少还需要两天车程，而他的签证，却只剩一天让他赶路的时间。阿靖皱了皱眉头，说道，"我剩下明天一天时间赶路了，明天晚上必须回到台北。我们今晚就到可以观看日出的地方露营，明天也许还要再坐一程火车，不然就赶不到台北了。"

说罢，阿靖和小赵推着单车，走进车站，想去听听售票员的建议。进入售票厅，空落落的候车厅内，灯光并不特别明亮，只有一个房间看起来光线比较明亮，原来那是驻车站的警察局。

阿靖并没有走向售票口，而是循着亮灯的警务室走去。警务室门口中间放着一台办公桌，有位警官正坐着值班。阿靖告明来意，警官则翻起了铁道地图，帮忙想主意。

"你可以坐车到外澳吧，我记得那附近有个公园，是靠近海边的，那里应该可以露营。"警官最后帮阿靖想个他曾经去过的地方，说道。

"外澳。好，谢谢哦。我去售票处买票吧。"阿靖说。

"露营要注意安全哦！"临走时，警官说道。

阿靖点点头，道了声谢，走向售票处。

夜晚乘火车的人并不太多，很容易就买到去外澳镇的票了。只是最近的一班车，是晚上9点发车，离出发还有一个多小时。阿靖和小赵便骑着单车在小镇晃悠，想找个地方先把晚餐解决了。

只是晃了许久，发现和平镇并不大，而且人们都很少晚间出门，路上的行人少得可怜。他们最后在路边一家卖铁板牛扒的小摊停了下来。

这家牛扒摊是搭着大帐篷的临时夜市摊，由一对年轻的夫妇一起经营着。简易快速的铁板牛扒，看起来尽管没有西餐厅做的好看，但是份量十足，而且非常鲜美道地、价格实惠，一大盘面条和一块手掌大的牛扒，只卖100元新台币。

阿靖和小赵大快朵颐，一口气还多嚼了一份。

回到和平车站，离出发的时间仅剩10分钟。他们迅速地通过检票口，推着单车往月台飞奔。抵达月台时，火车已经停在铁轨上，敞开着车门，等候乘客进入。这列火车没有单车专用车厢，阿靖和小赵一出月台楼梯，便扛着满满行李的单车，往就近的车厢里钻。

一进车厢，才发现明亮的车里，坐满了乘客。这列火车更像是城市间的地铁，没有一排排车座，而只有两排对坐的长椅。阿靖和小赵把单车停靠在靠门边的一条钢管边，握住扶手。本来有点吵闹的车厢，顿时寂静了，车上的乘客直愣愣看着两位气喘吁吁，扛着单车又带着一堆行李、装束奇怪的人。

火车拉起了汽笛，关上车门，慢慢驶离车站。

乘客们开始打量着他们的单车和行李，有几位还指着单车和同伴细声讨论着。阿靖也环视着四周，发现车厢里的乘客都是中年人，他有些尴尬了，低下头看着手机。后来他们的讨论声越来越大，还不时笑了笑，看起来，他们都是一起的。听他们说话并不像台湾的口音，倒是很像大陆某个地方的方言。阿靖便开口问大家："请问，你们是大陆过来的吗？"

"我们是重庆过来嘞。"

　　其中一位妇人说道，"我们是来台湾旅游的，这三节车厢都是我们一起的旅游团。"妇人边说着边指向一边车厢。

　　"哦！原来如此啊！幸会幸会！我也是大陆过来的。"阿靖笑道，给大家作了个揖。

　　车厢里，一下子又热闹起来了，大家没再遮遮掩掩地细语讨论，你一句我一句地问了起来。

　　"小伙子，你们骑起走哪嘞去？"刚才那位妇人还是最活跃，声音也很响亮。

　　"我们是来环岛的。"阿靖说道。

　　"骑自行车环岛？"

　　听到阿靖的回答，车上的人一阵惊讶，接着又是一阵细碎的讨论。然后各种关于环岛的各种问题就像雨后春笋般，一个个冒了出来。

　　"你们是一个队伍骑车的哇？"

　　"环岛有好远嘛？要骑几天嘞？"

　　"路上累了嘟个办，有没得骑不动的时候？"

　　"你们一路晚上住哪点嘞？"

　　"你是骑哪条路线嘛？"

　　"路上要带西嘟个装备？"

　　"骑车嫩个累，为朗格不像我们嫩个，跟着旅行团，朗个都不操心。"

　　"除了台湾，你还骑到哪些地方去来？"

"你是哪点的人？"

……

一个个问题目不暇接，阿靖和小赵都一一回答了。车厢内一下子热闹极了，谈笑声此起彼伏。这样的场景，阿靖觉得已经回到了大陆，坐在深圳的地铁上穿行。

突然，离阿靖最近的一位大叔，突然伸手捏了捏阿靖的小腿："这是啷个腿，愣个硬？"

车厢内又是一片笑声，有人笑着说道："勒是金华火腿哇！"

"哈哈。"阿靖和小赵听了，也笑个不停，车厢内一片欢乐。

重庆的大叔大婶们，比阿靖他们早很多站先下车，车站外有旅行团安排好了的大巴，等着接他们去酒店。阿靖就站在车厢门口，下车时，他们一一和阿靖、小赵握手击掌："加油！祝你们环岛成功！安全到达！"

他们一下车，车上立刻又恢复了安静。车厢内又进来了几位夜归的台湾人，伴着他们到了外澳站。外澳车站，是少有车次停靠的区间车站，它四面环山，位于宜兰县头城镇的一个小村庄。村庄并不大，只有沿着公路两岸而建的两排平房。阿靖和小赵出了车站，站在空无一人、灯光昏暗的马路上，便能听到海浪不知疲倦地拍打岸边的声音。

阿靖凭着感觉，往公路的一边寻路骑去，想要找到一处合适的海滩。果然，没几分钟就找到了一处观景区的公共建筑，那里真是一处绝佳的露营地，毗邻大海，又能遮风挡雨。阿靖选择好一处露营的平地，七手八脚地搭起了帐篷。

正当他们支起帐篷时，有一对中年夫妻正在那里散步，也许是刚要回家，路上遇见他们了。那位中年妇女问道："你们这是要在这里露营吗？"

"是的，我们想明天早上在这里看日出，海上的日出。"阿靖答道。

"嗯，这里的日出不错哦！不过你们可以到前面不远处的伯朗咖啡城堡去，那是外澳著名的景点，在那里露营应该更好。"妇女顺着咖啡城堡的方向指去，说道。

"哦！谢谢哦。"阿靖向他们谢过，他们也继续迈开步子，悠闲地离去。

阿靖继续搭着帐篷。小赵没再继续动手，他说道："不然，我去他们说的那个咖啡城堡看看，如果合适我们就去那里露营？"

阿靖想了想，说："好吧，快去快回。"

小赵一个人骑着单车向妇人指的方向骑去，阿靖留在原地继续搭着帐篷。没过多久，小赵就赶回来了，他气喘吁吁地说道："还是在这里吧，尽管那里确实是挺漂亮的，但是很吵，几个年轻人正聚在那里过生日，不知道要吵到什么时候呢。"

此时，阿靖早已把帐篷搭好了，他把防潮垫、睡袋、行李，一股脑往帐篷里塞，说道："好，那就在这里吧，反正这里也不错的。"

小赵点点头，走过来帮忙整理行李。

"住的地方都可以随遇而安，但就是担心云层太厚，明天早上看不到太阳升起。"阿靖望着远处白花花的海浪上面，一团团不肯离去的乌云，为他"日出江花"暗自发愁。

那一夜，没有煽情的满天星，只是枕着海声疲倦地入眠……

# D14 回归台北

睡帐篷的好处就是你可以早早地被大自然叫醒。

天还没亮，几个晨跑者的跑步声震醒了沉睡的阿靖，他拉开帐篷的拉链，探出头看外面的世界。

拉链一拉开，一阵猛烈的寒风，立刻灌了进来。阿靖打了个哆嗦，看天空中，浓云密布，海风推着海浪，向岸边的礁石和红树林涌动，推出一道道白色的浪条，像是一只只肥蚕，像天空吐丝，把云层越织越厚。

看来看日出是没戏了，阿靖只好悻悻返回帐篷，闷头又睡着了。只是没睡多久，晨练者越来越多，只好起床收拾行李了。

小赵昨天骑了一天，显得有些疲惫，也因脚力分配不均，导致脚踝有些疼痛。

阿靖给他用了点药，勉强还能撑着骑车。收拾完行李，他们又踏上回台北的路了。

今天是他们在行程上的最后一天，因为阿靖明天就要坐飞机回家了……人们总是在为了让自己在路上而找各种理由，或下很大的勇气，而对于在路上的旅行者，只有在想为什么要结束旅行时，才会在下勇气和找原因上花费脑筋。面对即将要结束的旅程，阿靖总是依依不舍……

天色渐亮，但是云层却越积越厚，酝酿着一场大雨。风也附和着乌云，迎面袭来。阿靖和小赵一步一步向前骑行着，尽管骑得有些辛苦，但是灰霾中海滨景色却依然美丽！海平面上，远处若浮若现的海岛，像是海市蜃楼，飘在海平面上，神秘兮兮；汹涌的浪潮冲过露出海面的层层石灰岩，拍打着车轮下的海堤；有些比较高大的石灰岩石上，迎风站着几位垂钓者，手持鱼竿，把鱼线抛向海中，享受着与大海之间的博弈；天气虽然冰凉，却阻挡不了强壮的弄潮儿，推着冲浪板在海中弄潮翻滚；岸上的椰子树随风摆动，诉说着耐不住寂寞的海滨不肯向冬日罢休的桀骜；岸上，有几座庙宇屋顶上，橙亮色的琉璃瓦和彩色雕塑，在灰黑的天空里，显得特别灵动俏丽。

离开外澳不久，便看到了两座和大海很不搭调的建筑，忮在海边。一座是苏州园林又带有点日式风格的别墅，和它紧挨着的是一座阿拉伯式的大型园林

城堡。两个建筑均被高达四米的城墙高高围起，外人根本无法一窥里面的究竟。

阿拉伯式的城堡，规模宏大，远超过了旁边的别墅，五个洋葱型的白色圆形屋顶，是唯一能观察得清楚的建筑的一部分，而且非常招眼，经过这里的人都会不自觉地被它所吸引，慢下脚步。

空中的阴霾久久没有散去，骑了近两小时，空中也飘起了绵绵细雨，而小赵的脚踝也开始隐隐作痛，而此时刚好经过一个 7-11 便利店，他提议进去里面避

避雨，休息下。

"脚踝很痛吗？"小赵在靠窗的椅子前坐下，阿靖买了两个鸡蛋，递给他一个，关切地问道。

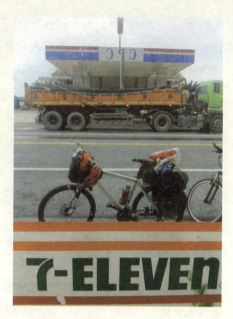

"用力踩时，还是蛮痛的。昨天就应该和你一样，尽量控制好节奏，匀速前进。"小赵用大拇指按了按脚踝处，还没怎么用力，手就很快缩回了。

"没关系，多骑，你就能掌握好技巧了。"阿靖安慰道。

小赵看着窗外呼呼的逆风和淅沥沥的小雨，这样的天气对他无疑是雪上加霜，他叹了口气，说道："这雨不知道还要下到什么时候？"

逆风，本来就是骑单车最犯愁的，现在又下起了雨，小赵的脚踝又受伤。他俩在便利店里愁眉不展。

阿靖想了想，拿起手机翻了会儿，然后站起来对小赵说道："小赵，我刚刚查了台北的天气，台北没有下雨，我们就直接坐火车去台北吧，趁天还没黑，你带我在台北到处走走。我第一天来台北时，没有好好看看台北，所以一直想找个人带着我转转台北。这样一来你也不用淋雨，而且在城市里没有风阻，你的脚踝也应该应付得了。"

阿靖看着犯难的小赵，最终不得不改变了行程。小赵听了阿靖的建议，低声说道："这样可以吗？不好意思，打乱了你的计划。"

"没关系，我们现在是个组合，有难同当的嘛。"阿靖拍着小赵的肩膀，笑了笑。

"好，那就这么办吧。"小赵点点头。

阿靖便走到收银处，问店员最近的火车站。刚好最近的火车站就在这家便利店不远的地方，见雨势小了一些，他们便飞奔到火车站了。

他们到火车站时，不料售票员不卖给他们火车票，因为这个车站是个很小的区间站，没有可供单车进入车厢的列车停靠。他们还气喘吁吁地站在车站里，面面相觑。

售票员最后告诉他们，要到外澳才能搭到车，那也是唯一的、离外澳最近的车站了。阿靖和小赵只能走回头路，回去外澳站。这样的决定挺让人失落的，毕竟旅行，尤其是骑车旅行，最不喜欢走回头路的。只是没有其他更好的选择，只能调整好心态，一步一步地踩回去。

回去外澳的路途，是顺风骑行的。回去的时间明显比骑来的时间缩短了很多，骑在路上，见到外澳车站时，阿靖和小赵终于长舒了一口气。这个站台一般除了当地居民以外，很少有人会在此站下车，所以车站里几乎空空如也，只有两位清洁工人在打扫已经非常干净的地板。

而令他们惊讶的是，其中一位清洁工人竟然认出了他们，原来，她就是昨晚阿靖他们在搭帐篷时遇到的散步的妇人。这位妇人告诉阿靖，这个车站不卖车票，车票只能上车后再向列车长购买。于是，他们谢过妇人，便把单车推到月台等候列车的到来。而此时，已经下起了滂沱大雨……

过没多久，一辆灰色的列车缓缓驶入月台，车上没太多乘客，阿靖和小赵便不慌不忙地把单车扛进车厢。这列车同样没有单车专用车厢，列车长见乘客不多，才让他们带着单车进去。

列车开动了，本来急匆匆赶路的小赵，终于笑逐颜开，一路上边看着风景，边拿起笔记本，不停地写着什么。这场旅行对他来讲，是跨出去的第一步，很多旅行的体验都是第一次，所以他会有很多话想对自己说，笔记本就是最好的方式之一。

阿靖并没有打扰小赵，让他独自安静地书写着。他也坐在车窗边，努力地看着车窗玻璃上的雨珠，一滴滴划过的风景。

列车走到一个叫"侯硐"的站点时，突然被告知前面的铁轨上，有列车发生故障，必须原地等候放行通知。而此时已经没有下雨了，乘客们趁机纷纷走出车厢，透透气。据同车厢的台湾乘客介绍，侯硐火车站位于新北市瑞芳区。这里也被称为"猫公站"，是因为毗邻这个车站的村子，养了许多猫，他们经常造

访火车站。车站里的工作人员为它们在人行通道旁设计了跳台供猫行走，甚至还准备了喂猫的碗，既方便猫的生活，也让人和猫更和谐、自然地亲近。因此很多人慕名而来看猫，这些可爱的猫竟也拉动了本地的旅游业，颇为有趣。

而此车站除了闻名于猫之外，还有座废弃的选煤场，原来叫瑞三矿业公司选煤场。残破的钢筋水泥厂房，被恰如其分地保留或改造，与新式民居和翠绿的青山共处一处，让这座车站充满了浓浓的历史韵味。

阿靖正细细品味着历史与自然、动物的和谐，车上的广播却把他拉回了车厢。列车又能出发了……

令人失望的是，火车行驶了大概半小时，又被通知列车故障，需要停靠就近的"八堵"车站维修。车上的乘客怨声载道，许多人开始冲着列车长抱怨。

等了半小时，依旧没有得到列车可以继续运行的通知，车站的广播开始向乘客道歉，并承诺允许退票。许多不愿意等候的乘客，便到站内的退票口排队退票。

阿靖和小赵商量后，决定出站，从这里开始骑行到台北市区。阿靖的单车扛到车站大厅时，后货架突然滑落，重重地摔在地上。原来有一颗螺丝掉了，幸好，阿靖准备了几颗备用螺丝，临阵派上了用场。

倒腾完货架，走出车站的阿靖和小赵已经饥肠辘辘，便在八堵车站所在的基隆市暖暖区的集市里吃了碗粉条。吃面时，阿靖和第一天的沙发主阿峰取得了联系，阿峰也再次邀请他去他家里住，阿靖欣然接受。

八堵所在的基隆市暖暖区，离台北市还有一段距离，但阿靖和小赵不舍得骑得太快，却又想在天黑之前赶到台北，面对终点的到来，真是让人又爱又恨。

台北是个钢筋水泥的城市，在台北的城郊看到写着"欢迎莅临台北市"的路

牌时，就能远眺到 101 大楼了。热闹繁华的街道，行色匆匆的都市人群，浮华忙碌的都市，没有了山里的静寂。

　　阿靖没有哪个地方是非去不可的，他干脆就冲着 101 大楼的方向，慢悠悠地骑了过去。用慢步调的方式，巡望着台北的街头。站在 101 大楼面前，阿靖似乎没有激动的情绪，看着热闹的游人，似乎无法让心静下来。

阿靖在那里站了许久，对小赵说道："小赵，你带我去自由广场吧！我想把那里作为我环岛旅行的终点。"

自由真好！阿靖带着这样美好的愿景，潜入慢慢降临的夜色……台北是个物质繁华，精神却不会被放逐的都市。尽管夜幕下人潮攒动、车来车往、灯红酒绿，人们总能在奢靡的浮华下，找到自我救赎，那也许是一间闹中取静的二手书店，也许是一家巷弄里别致的咖啡馆，或是一家毫不起眼但却是经过百年推敲的古早味小摊……

城市的嘈杂车流和声音，容易使人心烦意乱。尽管如此，骑在单车上，更多时候还是能听见自己内心的声音。把自己交给台北，台北总能给你一片栖息之地。

小赵带着阿靖穿梭在台北的街头，穿过"大忠门"后，进入了中正纪念堂，中正纪念堂正对着的便是自由广场。庄严威武的纪念堂，"自由广场"的牌坊大门，还有两边古色

古香的宫殿建筑。

　　自由广场的正中央，几位列队士兵们正徐徐降下青天白日旗，阿靖抽离出围观的人群，站在一旁目睹着飘在空中的旗帜，他的心变得平静。闭上眼睛，他知道他已经在台湾环了一圈了，很享受在台湾的自在、快乐，感恩路上遇到的热情、善良、真诚的朋友们。

　　一人一车一世界，单车上的台湾，让阿靖在这块陌生的地方，找到了久违的感动。在旅行的路上，能深刻印在脑海里的往往不是醉人的风景，或是令人垂涎的美食。反而是那些不经意的邂逅——可能是发现某个奇妙的地方，抑或是遇见不同寻常、形形色色的人。

　　单车上的旅行，累并快乐着，但单车让旅行慢了下来，让阿靖看到了台湾最美的风景——人！

　　对着夜色霓裳的台北，阿靖大声喊道："台湾，我会回来的……"

# 攻略

### ★ 最佳旅行时间

台湾全年温暖，四季中以春冬的变化较大，夏秋变化较小，年平均温度约为22度，平均最低温不过 12～17 度，所以这里的冬天看不到霭霭白雪，只有在少数的高山地区，可以一瞥雪花的影子。秋天（约每年 9 月至 11 月）天气晴朗凉爽，是适合旅游的好季节。

### ★ 穿衣指南

台湾南部比北部热很多，台北比较湿，气温不高，高雄相对干燥。需注重防晒，注意打伞以避免紫外线过度侵袭。另外，南部较热，高山较凉，雨伞应自行备用。南部也是夹脚拖的天下，从 30 台币到 1000 台币的夹脚拖任你挑选。

### ★ 航空

台湾目前拥有 2 个国际机场，分别为：桃园机场和高雄机场。台湾和全球主要国家都有班机直航，大部分的国际班机都在桃园机场起降，少部分大陆、香港及东南亚的航班可直接到达高雄机场。而目前两岸包机以桃园机场起降为主，其次是台北松山机场，此外也有少部分起降高雄机场及台中机场。另外，台北松山机场也有直飞航班到上海虹桥、厦门、福州、太原、温州、杭州等地。

### ★ 台湾高铁

营运时间为 06:00－23:30。台湾高铁采用窗口订票与网络、电话订票等多种购票方式。提前一定时间订票有打折的优惠活动，当然也可以亲自前往台湾遍地都有的 7－11 等便利店订票，只是要收取 10 台币的手续费。

服务电话：40663000 语音订票：40660000 订票网站：irs.thsrc.com.tw

### ★ 台北捷运

台北捷运大体呈双十字形状，台北火车站是最主要的枢纽。

捷运列车经过台北繁华的市中心，沿途串起几乎所有热闹的商业街市和观光景点。无论是到北投泡温泉，到士林夜市吃小吃，还是逛时尚潮头的西门町，都可以搭捷运呼啸来去。

有单程卡、一日卡、悠游卡三种，最低票价为 20 元新台币，最高目前为 65 元新台币。

### ★ 货币

台湾流通货币为新台币（Taiwan dollar，简称 TWD、NT 或 NTD）。人民币对台币 1：4.7 左右，浮动不大。

### ★ 信用卡和人民币兑换

目前台湾已有许多地方开通银联，7—11 就可以提台币，一般 ATM 也可以使用银联取款，仅有一些旅游点会私下接受人民币找换，所以还是备齐台币或国际通用之信用卡比较合宜。建议带现金和 Visa 卡。

人民币可以在台湾指定的银行进行兑换，每人每次兑换不得超过 2 万元人民币。台湾商场以及免税店使用信用卡非常方便，均接受万事达（MASTER）或维萨（VISA）卡。但是小摊或者是夜市只接受新台币。

目前人民币兑换银行如下：台湾银行、土地银行、兆丰银行、元大银行、合作金库、彰化银行、华南银行、第一银行等八家，汇率以银行为主。

目前 1996 年以前以及 1996 年发行的 A、B 版美金、2001 年发行的 C 版美金、2003 年发行的 D 版美金均不能在台使用，建议游客前往中国银行兑换新版美金。

### ★ 台湾当局针对入境旅客携入货币规定

新台币：入境旅客携带新台币入境以六万元为限。

人民币：入境旅客携带人民币逾两万元者，应自动向海关申报；超过部分，自行封存于海关，出境时准予携出。

### ★ 电话

台湾的公共电话主要分为投币式和卡式两种。

投币式电话可投 1、5 或 10 元新台币硬币。使用市内电话，1 块钱新台币可通话 1 分钟。卡式电话分为磁条式储值卡及 IC 储值卡，全台湾皆适用，其中磁条式储值电话卡每张售价台币 100 元，IC 储值电话卡分为 200 元及 300 元两种，可在各当地火车站或便利商店购得。市内电话不必拨前面的区域号码；打外县市电话，则要先拨对方区域号码（请参考公共电话上说明），再拨电话号码。

### ★ 在台湾使用电话

由台湾直拨大陆电话时的拨号顺序如下：

(1) 台湾的国际代码 001

(2) 受话国之国际区域代号（大陆 86）

(3) 对方的区域号码（不需拨长途识别码 0）

(4) 对方电话号码。人工转接国际电话请拨 100 挂号。

有办理国际漫游的手提式电话，可在台湾使用。赴台湾前，应向所在电信部门申请办理，话费 12 元人民币／分钟。

游客若要购买台湾本地手机卡，出境即能办，有台湾大哥大和中华电信两种。背包客也可以到台湾的青辅会申请免费宝贝机，分别为 3G 的 SIM 卡和 2G 的 SIM 卡手机两种，只是需要提前一个月左右网上申请。网址：http://tour.youthtravel.tw

### ★ 电压

台湾电压为 110 伏特，插座为扁头二脚式，部分旅馆有 220 伏特设备，旅客应自备转换插头及转压器备用。少数电器会使用 220 伏特电压，例如冷气机等。

### ★ 常用词汇

台湾国语有不少词汇和大陆不太一样。和台湾当地人交流时，这样最好：公尺－米；回转－掉头，陆桥－高架桥；牵车－推车；号志－信号灯；超商－超市；网咖－网吧；例假日－公共假日；脚踏车－自行车；捷运－地铁、城铁；不会－不用谢（对方说"谢谢"，你就回应"不会"）。

### ★ 骑行季节

台湾全年多雨，5、6 月份是梅雨季，而 7 月到 9 月则可能遭遇台风和豪雨。除北部地区以外，台湾多为集中型降雨，大而短暂，躲雨相对更加明智。冬春季气温略低，最低 10 来度左右，宜穿着长袖车衣车裤，或外加防风外衣，避免风寒；夏秋季节则日光猛烈，需注意防晒。台湾全年适宜观光，除冬季以外都有非常好的自然风景，但若想在骑行之余亲近海洋（如游泳、潜水），夏季仍然是最佳建议。

### ★ 如何寻路

自行车用 GPS 导航仪，有了如此大气高端上档次的设备，好像就不需要再费口舌了。请参考使用说明书，或大胆自行摸索，反正摁错键也不会爆炸。

### ★ Google 地图

如果你有一部智能手机，"手机地图＋手机定位"的配置在绝大多数情况下都足以解决路线问题了。唯一要注意的是，若通过地图导航，"步行到达"比"驾车到达"的模式更适用于单车党的你。

### ★ 免费纸质地图

免费地图可在各游客服务中心取到，纸质的地图在特定范围内可以提供比较明确的路线指示，但缺点在于灵活性不足。

**★ 问路**

在任何疑惑的时候，向热心的台湾人问路吧，你会得到满意答案的。警察、车友和年轻人是更好的问路选择。记住，不管有没有得到正确的解答，一定要诚恳地说谢谢喔！

# 环岛路线、里程、高度表

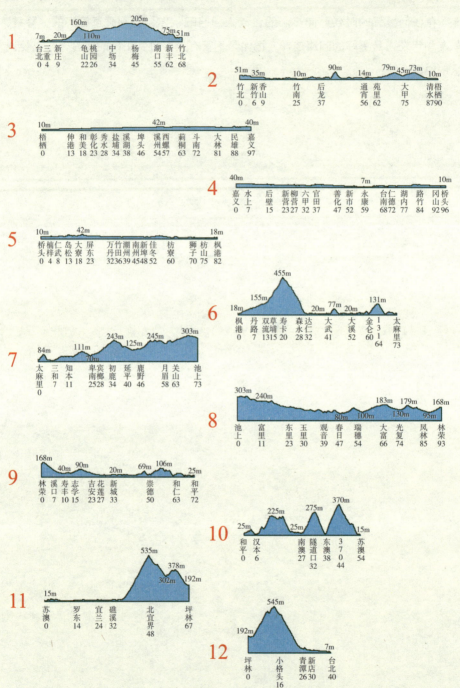

**1** 160m 205m 7m 20m 110m 75m 51m
台北 0　三重 4　新庄 9　龟山 22　桃园 26　中坜 34　杨梅 45　湖口 55　新丰 62　竹北 68

**2** 51m 35m 10m 90m 14m 79m 45m 73m 10m
竹北 0　新竹 6　香山 9　竹南 25　后龙 37　通宵 56　苑里 62　大甲 75　清水 87　梧栖 90

**3** 10m 42m 40m
梧栖 0　伸港 13　和美 18　彰化 23　秀水 28　盐埔 34　溪湖 38　埤头 46　溪州 54　西螺 57　莿桐 63　斗南 72　大林 81　民雄 88　嘉义 97

**4** 40m 7m 10m
嘉义 0　水上 7　后壁 15　新营 23　柳营 27　六甲 32　官田 37　善化 47　新市 52　永康 59　台南 68　仁德 72　湖内 77　路竹 84　冈山 92　桥头 96

**5** 10m 42m 18m
桥头 0　楠梓 4　仁武 8　岛松 13　大寮 18　屏东 23　万丹 32　竹田 36　潮州 39　南州 45　新埤 48　佳冬 52　枋寮 60　狮子 70　枋山 75　枋港 82

**6** 18m 155m 455m 20m 77m 20m 131m
枋港 0　丹路 7　双流 13　草埔 15　寿卡 20　森永 28　达仁 32　大武 41　大溪 52　金仑 60　131 64　太麻里 73

**7** 84m 111m 243m 125m 245m 303m 70m
太麻里 0　三和 7　知本 11　卑南 25　宾椰 28　初鹿 34　延平 40　鹿野 46　月眉 58　关山 63　池上 73

**8** 303m 240m 183m 179m 168m 80m 100m 130m 95m
池上 0　富里 11　东里 23　玉里 30　观音 39　春日 47　瑞穗 54　大富 66　光复 74　凤林 85　林荣 93

**9** 168m 40m 90m 20m 69m 106m 25m
林荣 0　溪口 7　寿丰 10　志学 15　吉安 23　花莲 27　新城 33　崇德 50　和仁 63　和平 72

**10** 25m 225m 25m 275m 370m 15m
和平 0　汉本 6　南澳 27　隧道口 32　东澳 38　3 70 44　苏澳 54

**11** 15m 535m 378m 302m 192m
苏澳 0　罗东 14　宜兰 24　礁溪 32　北宜界 48　坪林 67

**12** 545m 192m 7m
坪林 0　小格头 16　青潭 26　新店 30　台北 40